すでに腹につくほど反り返った肉竿の先端が、
花弁を優しく押し広げてきた。
（う、そ……こ、んなふうに……入ってくる、の……っ？）
薄暗がりの中の情事ではわからなかった。
本当にリクハルドのものなのかと疑うほどに雄々しい男根が、ゆっくり——
ゆっくり、ライラの中に侵入してくる。

実は国王の娘ですが、
甘党侯爵さまに仕えたら
カラダごと濃密に食べられました

舞 姫美

Vanilla文庫

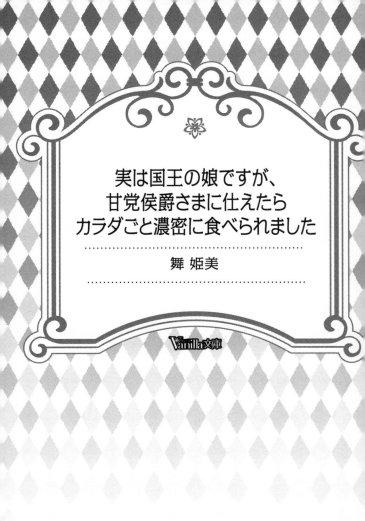

実は国王の娘ですが

甘党侯爵さまに仕えたらカラダごと濃密に食べられました

Contents

イラスト／小倉つくし

【第一章　何事もやりすぎはいけません！】

東西に広がる広大なコティペルラ大陸の北部に位置するヴァルタサーリス王国は、一年の半分近くを雪に閉ざされる国だ。だが豊富な地下資源による貿易が活発なうえ、王国内には美術館、歌劇場など大小様々な芸術施設があり、観光客にも人気がある。特に美術品は傑物が多い。美術界の天才のほとんどは、ヴァルタサーリス王国が輩出していると言っても過言ではなかった。

王都アウノラだけでも、数日は見て回ることができるほどの大きな美術館が三つもある。さらに、王城自体も建築技術面と美術様式面で価値が高い。現国王ヨハンネスは、良きものは皆で共有するべきだとし、王城の一部を定期的に開放していた。

そして、周囲を森に囲まれた王城の正面には、昼間だけ開放されている大庭園があった。三人の女神像が背中合わせに立ち、肩の上や頭に掲げた瓶《かめ》からくみ上げた地下水を優しく足元に注いでいる。女神像を中心によく手入れされた庭園が円形状に広がり、ひと休みできるベンチや、軽食や飲み物等の屋台が出ていて賑《にぎ》やかだ。

ライラは庭園の大通りを進み、固く閉ざされた城へ続く鉄の格子門の前で足を止めた。近衛兵がしかめっ面で立っているが、追い返すことはしない。門越しに遠く見える王城も観光名物の一つになっているからだ。

だがライラは観光客ではない。住まいは先月亡くなった母とともに転々としていたが、生まれも育ちも王国だ。四年ぶりに王都に来、またしばらくはここで生活しようと決めた。

母の代から世話になっている馴染《なじ》みの者を頼り、王都での住まいと仕事を探している真っ最中だ。その合間をぬって、ここに来た。

(お父さん……)

ライラは胸の中でそう呼びかける。

――ライラの父は、この国の国王・ヨハンネスだ。だが彼は、自分がいることを知らない。母・イーリスが、ライラを身ごもったと知ったあと、身を隠したからだ。

当時、身分を問わず優秀な者を次期国王の教育係にしたいという前国王夫妻の意向から、平民とはいえ奨学金で王都内最高峰の学園を主席で卒業し、歴史学を学んだイーリスも、抜《ばっ》擢《てき》された。

出会った頃、ヨハンネスは十歳、イーリスは二十歳で、彼女以外は顎鬚《あごひげ》をたっぷり蓄えた老教師ばかりだったという。ヨハンネスはイーリスを姉のように慕って懐き――そして八年の歳月を経て、彼は彼女に愛を告げた。憧れから一人の女性への愛を長く育《はぐく》んだ年下の教え子のひたむきさにイーリスは胸打たれ、やがて彼を受け入れた。

イーリスの予想に反し、ヨハンネスの愛は若さゆえの一時的な熱情ではなかった。彼の愛は深くなる一方で、彼女以外の異性に目を向けることすらなかったという。

二人が育む愛は、貴族社会ではなかなか受け入れられない。ヨハンネスの統治する世がそれによって乱れるかもしれないと恐れた王妃は、イーリスに姿を消すよう頭を下げた。イーリスも納得し、どうか探さないで欲しいと愛するヨハンネスに懇願の手紙を残して、身を隠したという。

その後イーリスは王妃の助力を得て身を隠し、ライラを産んだ。そしてヨハンネスに見つからないよう住まいを転々とし、母子二人で手を取り合い、質素に生きてきた。

母の昔話が妄想でないことは、ライラの髪と瞳の色が教えている。

ヴァルタサーリス王国王族は、建国時に神の祝福を受けたという逸話《いつわ》があり、冴《さ》えた月光のような見事な銀髪と鮮やかな紫色の瞳をしている。血が濃いほどその色彩は強く、民からはロイヤルカラーとして親しまれていた。

顔立ちは年を経るごとに母に似てきたが、髪と瞳の色は見事な銀髪と鮮やかな紫色になっていった。イーリスはその色を隠すため、ライラの髪を自分と同じ濃茶色《こいちゃいろ》に染め続け、王妃の知り合いから処方された、瞳の紫を薄くさせる目薬を点眼させていた。髪はもっと短くしようと何度か提案するものの、お母さんの唯一の我《わ》が儘《まま》だからと言われて、長いままだ。

それは今も続いている。

本来の姿でないことを物悲しく思うときもあるが、苦痛はない。自分が王女として名乗りを上げても、父に迷惑しかかけないことはよくわかっているのだ。

『お父さんは素晴らしい人よ。民のために力を尽くせる人なの。そんな人の迷惑になるのは駄目よね。だから私たちは、お父さんがお父さんらしく仕事ができるよう、遠くから見守っていましょうね』

母と二人、手を取り合って生きてきた。だが昨年、イーリスは風邪《かぜ》をこじらせて肺炎になり、帰らぬ人となった。

十八歳で、一人になった。もう充分な大人だが、やはり寂しさはすぐには消えない。ふとしたことで亡き母との思い出に涙を浮かべてしまう。そんな日々の中、ここ最近、ヨハンネスの体調も良くなく臥《ふ》せっている日が多いという噂《うわさ》を耳にし、ライラは王都に来たのである。

王都では様々な行事が行われ、ヨハンネスも民の前に姿を見せることが多い。父の容態を知るため、民の一人として彼の姿を見たかった。

(ちゃんと一人で生きていけるから大丈夫って、お母さんには言ったのにね……)

息を引き取っていく母の手を握って、安心させるために何度もそう囁《ささや》いた。最後の息を吐き出す瞬間まで、母はライラを一人残していくことを心配していた。

『あなた……甘えるのが、苦手な子、だから……』

母の言葉を思い出すと、鼻の奥がツンとして涙が滲《にじ》みそうになる。軽く首を振って気を取り直すと、庭園を行き交う人々の会話が耳に届いた。

「今度の式典で国王陛下のお姿は見られるかしらねぇ。陛下のお元気な姿を見たいものだわ」

ヨハンネスの容態を心配し、彼の姿を見たいと願う言葉が続く。心から慕う言葉は優しい。歴代の王の中でもかなり特殊な王であるが、国のためにと邁進《まいしん》してきた結果だろう。

十五年ほど前、流行病《はやりやまい》で相次いで国王夫妻が亡くなり、ヨハンネスが戴冠した。彼はイーリスに操《みさお》を立て、王妃を娶《めと》らないことを当時の貴族議会に認めさせた。現王太子は王族に次ぐ家格の侯爵家であり、家長が宰相である侯爵子息に嫁いだ王妹の子・サウルが担っていた。詳細は聞いていないが、その決意は当時の貴族社会を大きく揺るがしただろう。

ヨハンネスはその後、民のために様々な政策を立ち上げた。王国はこれまで以上に栄え、民の生活は潤い安定し、誰からともなく賢王と褒め称えられるようになっている。

だがときには寝食を忘れて務めを果たしていたことも多々あり、近年、ヨハンネスはよく床に臥すようになった。

もし父が国王ではなく平民だったら――家族一緒に過ごすことができたのだろうか。そして母の死に目に会えないなどということも、なかっただろうか。

ヨハンネスが本気でイーリスを探そうと決めたのならば、ライラたちの居場所などすぐに突き止められたはずだ。それでもそうしなかったのは、イーリスの気持ちを汲《く》んでくれたからだろう。だがそのせいで、二人はもう二度と会うことができない。

（お母さんが息を引き取るときに最後に呼んだのは、お父さんの名で……）

あのとき母の手を握っていたのが父だったら、母の心はもっと安らかになれただろうに。

（……考えても仕方のないことよね。時間はもう戻らないのだもの）

過ぎてしまった時間は戻らない。ならば今、このときに最善を尽くす。母がそう教えてくれた。

今の自分がすることは、父の容態が少しでも良くなるよう祈ることだ。そして父と母の愛の証《あかし》であるこの命を、精一杯生きることだろう。

（よし、明日から職探しよ‼　前にもお世話になった食堂に声をかけてみて……あら……？）

ふと、もめ事らしいやり取りが視界に映り込んだ。

休憩用ベンチの前で、二人の子供が立ち竦《すく》んでいる。その前に三人の青年が立ち、威圧的に見下ろして文句を言っているようだった。

子供たちは青ざめ、泣き出す寸前で身を固くしていた。大人は見て見ぬふりをして通り過ぎるか、あからさまに離れていく。男たちの様相がわかりやすいごろつきだからだろうか。

（相手は子供よ。大人が助けてあげなくてどうするの！）

ライラは大急ぎでそちらに向かった。男たちの威圧的な怒鳴り声が聞こえ始める。

「てめぇらがぶつかってきて、俺の服を汚したんだろ！　だから代わりの服を買うために金出せって言ってるだけだろうが‼」

「お前らが持ってねぇなら親に払ってもらうからよ！　家に連れてけ‼」

(呆《あき》れたわ。子供相手に恐喝……こんな情けないことをして恥ずかしくないのかしらね⁉)

「——あんたたち、子供相手に何してんのよ！」

男たちの背後に立ち、ライラは両手を腰に当てて叱りつける。男たちが一斉に気色ばんだ表情を向けた。一瞬心が竦んだが、表情には表さない。

子供たちが救いを求めるようにライラを見つめた。ライラは力強く笑いかける。

「あとはお姉ちゃんに任せなさい」

「……あ、あり、がと……ございま……っ」

辛《かろ》うじてそれだけ言うと、子供たちは手を取り合って走り去っていった。男たちは追いかけない。

代わりに驚きの表情を一転させてライラを取り囲み、ニヤニヤと人の悪い笑みを浮かべる。

「へえ、あんたが代わりに責任取ってくれるわけ？」

「別に金はいらねぇよ。俺たちと朝まで付き合ってくれるんだったらさー」

ライラを頭から爪先までじっくり見つめながらの言葉は、こちらの身体《からだ》目当てなのが明らかだった。物好きな者もいるものだわと思いながら、ライラは中心に立つ男の服を見る。

腰の辺りにソースがべったりとついていた。庭園の屋台で売られている腸詰め焼きにかけられているものだ。食べ歩きをしていてぶつかってしまったのか、あるいは男がわざとぶつかったのか。

ライラは頭の中で男の服を値踏みし、懐から財布を取り出そうとした。その腕を男が掴《つか》む。

「ちょ……ちょっと離してよ‼　あの子たちの代わりに私が弁償するわ‼」

「別に洗ってくれりゃそれでいいぜ。馴染みの宿があるんだ」

足を踏ん張って拒むが、男の力は強い。半ば引きずられてしまう。

ライラは大きく息を吸い込んだ。こちらのやり取りに気づいていない門の近衛兵に届くほどの大声を出そうとしたとき、柔らかく品のある青年の声が投げ込まれた。

「こらこら、駄目だろう。嫌がる女性を無理やり連れていこうとするなんて、紳士のすることじゃないな」

ライラはもちろんのこと、男たちも予想外の声に驚いて軽く目を瞠《みは》る。

直後、ライラの右の肩口から伸びた腕が男の手首を掴んだ。男が呻《うめ》き、ライラから手を離す。

「おい、離せよ‼」

「彼女に謝罪したら離してあげよう。さあ、謝るんだ」

大して力を入れているようには見えないのに、男は手を振りほどけない。男は苛立《いらだ》ち、空いている手を握り締め、ライラの斜め後ろに立ったままの人物を殴ろうとする。

危ない、とライラが叫ぶより早く、背後の人物が男の手首を掴んだまま、軽く手を動かした。

ボキリ、と聞いたことのない鈍い音が上がった。一瞬の沈黙のあと、男が悲鳴を上げる。ライラから離れた手は支えを失い、だらりと垂れ下がった。骨が折れたのだとわかる。

(まさか……だって少し手を動かしただけだったのに……!?)

驚いて振り仰げば、柔らかな微笑《ほほえ》みを浮かべた眉目秀麗な青年と目が合った。

ライラ自身が同年代よりも小柄だからか、頭一つと半分ほど背が高い。艶がない黒生地に袖や襟に深い藍色の糸で蔦模様《つたもよう》を刺繍《ししゅう》したシックな上着、長い足を包むシルクのトラウザーズ、黒革の長靴、刺繍糸と同色のクラヴァット、そこに刺さっているツバメをかたどった飾りピン——身に着けているものすべてが品良く整っていて、裕福な高位貴族だとわかる。

さらに加えて、一瞬ぼうっと見惚《みと》れてしまうほど整った容姿だ。

すらりとした長身と無駄な筋肉の付いていない鋼のようにしなやかな全身、毛先に少し癖のある柔らかそうな金茶色の髪と、深い海の底のような濃青《こいあお》の瞳、精悍《せいかん》な頬と顎、穏やかな微笑を浮かべた薄い唇、整った鼻筋など、どこに行っても必ず女性に注視されるのは間違いないだろう。

青年が徐々に大きく目を瞠った。驚きと喜びが濃青の瞳に広がっていく。

（……あ、ら……でも、……？）

どこかで会ったような懐かしい感覚が、ほんの一瞬、胸に湧いた。だが一瞬の風のように通り過ぎてしまった。ライラは気を取り直し、礼を言おうとする。

「……君、は……！」

形のいい薄い唇が動き、青年がどこか焦った声を出す。直後、新たな拳が青年に降りかかってきた。

「てめぇ‼　いい加減にそいつを離せ‼」

怒声と暴力が同時だ。本当にろくでもない男だと、ライラは青年を守ろうと前に出る。

青年の腕が、ライラを抱き寄せた。すっぽりと包み込まれて息を呑《の》むと、彼の長い右足が優雅に上がった。

拳を打ち込もうとした男の首筋を狙って、蹴りを入れる。衝撃に男は大きく目を瞠り、ばったりと顔面から地に倒れ込んだ。

仲間の無様な様子に怒りを煽《あお》られた最後の一人が、暴言を喚《わめ》き散らしながら拳を打ち込んできた。ライラを腕に抱いたまま、青年は数発の拳を首を傾けて避ける。まるで子供の癇癪《かんしゃく》を相手にしているようだ。

男が怒りに顔を真っ赤にして、渾身の一撃を繰り出した。青年は軽く嘆息し、ライラを片腕に抱いたままで一歩踏み込む。

「己の力量をきちんと把握していないのは駄目だね。おやすみ」

男の鳩尾《みぞおち》に、青年の膝が打ち込まれた。男は苦痛に大きく目を瞠って崩れ落ちる。意識を失っていないとわかると、青年がすぐさま男の首筋に手刀を打ち込んだ。

手首を折られた男も痛みのためか失神している。大口を叩《たた》いて喧嘩を仕掛けてきた割には弱すぎてあっけない。

（……で、でもこれはやりすぎだわ……!!）

「助けてくださってありがとうございました。ですが……！　えっ、あ、あの……？」

青年はライラを抱き寄せた腕を少しも緩めない。しっかりと抱き締められているだけでなく、食い入るようにこちらを見下ろしてくる。妙に圧のある視線で顔に穴が空きそうだ。

「突然、ごめんね。僕の顔に覚えはないかな」

「……え……？」

「君とは昔に会っていると思うんだ。十年ほど前だよ。僕をよく見て。覚えてないかな」

鼻先が触れ合いそうなほど近くに顔を寄せ、青年が意気込んで尋ねる。端整な顔で迫られ、ライラは戸惑いと驚きでどうしたらいいのかわからない。

「も、申し訳ございません。何のことだかさっぱり……!!」

「……うん、間違いない。君は僕の心を救ってくれた僕の天使だ。ああ……こんなに可愛《かわい》くなったんだね。予想以上だ……もっとよく顔を見せて」

（な、何を言っているの、この人は⁉）

新手の誘いなのかと思ったが、向けられる表情はとても嬉《うれ》しげなものだ。事情はよくわからないが、彼が十年ほど前に会った少女のことをとても大切にし、会いたがっていたことはよく伝わってきた。

だがそれは、自分ではない。ライラは一度息を呑んで気持ちを整えると、誠実に答えた。

「申し訳ございません。私にはあなたらしき方と昔、会った記憶はありません。どなたかと間違えられているのかと……」

「あのとき君は、僕にとても甘くて美味《おい》しい菓子をくれた。それも覚えていないかな……」

一応記憶を探るが、思い当たらない。そっと首を左右に振ると、青年はとても悲しげに目を伏せた。

「……そう……絶対に君だと思ったのだけれど……驚かせて悪かったね」

こちらがとても申し訳なくなるほどの落胆した表情だ。なんとか元気づかせたくなり、ライラは肩から提げていた鞄《かばん》の中からナプキンに包んだ菓子を取り出した。

「あ、あの……ご期待に応えられずに申し訳なかったですけれど……よかったらこれ、差し上げます。助けていただいたお礼に」

青年が受け取り、甘い焼き菓子の匂いに戸惑いの目を向けた。

「あなたの思い出の味とは違うかもしれませんが、私が作ったクッキーなんです。お菓子作りが好きで……」

へえ、と青年が感心して目を細める。柔らかな微笑みにドキリとした。

早速食べようと、青年はナプキンの折り目を外そうとする。ライラはそれを止めて続けた。

「それと、助けてくださったことにはとても感謝しています。ありがとうございました。でも、かなりやりすぎだと思います。あなたはきっと、とても強いのでしょう？」

「……まあ、そうかな。うん、そうだと思う」

悪びれもせず青年は頷《うなず》く。ライラは内心で深く嘆息しながら続けた。

「でしたら力は加減してください。いくら正しいことをしていても、やりすぎては駄目だと思います。大きな力で押さえつけるとかえって反発されてしまうものですし……」

言いながらライラは倒れた男たちに歩み寄り、容態を確認する。青年が驚愕《きょうがく》した。

「何をしているんだい？」

「応急手当を。といっても大したことはできないのですが……ここで寝かせたままなのは身体に悪いと思うので、ベンチにでも運びます」

言いながら手近な男の腕を掴んで立ち上がらせようとする。青年が慌てて止めに入った。

「そんな必要はない。僕が助けに入らなければ君はこの男たちにどこかに連れ込まれて、貞操の危機だったと思うのだけれど」

「……仰《おっしゃ》る通りになっていたと思います。それは無謀だったと反省します。……でも、やっぱり放ってはおけないです」

青年が絶句した。

すると、門を守っていた近衛兵が駆け寄って声をかけてきた。彼らは青年の姿を認めるなり動きを止め、すぐさま敬礼する。

「こ、これはリクハルドさま‼　このようなところでどうなされたのですか⁉」

言って彼はライラをじろりと威圧的に睨《にら》みつけた。青年がさりげなくライラを背に庇《かば》う。

「警護、ご苦労さま。ちょっと揉《も》めごとを起こしてしまってね。事態は片付いたのだけれど……少しやりすぎてしまった。とりあえず、しかるべき処理を頼みたいのだけれど」

「わかりました。詰所にでも連れていって介抱したあと、調書を取ってリクハルドさまに提出いたします」

「うん、ありがとう。君は気が利くね」

頼られたことが嬉しかったようで近衛兵は笑顔で頷き、すぐさま男たちに歩み寄った。ライラは邪魔にならないよう離れ、改めてリクハルドと呼ばれた青年に頭を下げた。

「助けていただき、本当にありがとうございました。では、失礼します」

「――待って」

立ち去ろうとした右手を掴まれる。思った以上に強い力で、振りほどけない。慌てて見返したときにはもう、リクハルドの身体が傍《そば》にあった。

「今の彼との会話で僕の名を君は知ったのに、僕は君の名を知らない。不公平じゃないかな」

反対の手が頬に伸び、優しくひと撫《な》でされる。ぞくりと背筋に言いようのない甘い震えが走り、ライラは慌ててスカートを摘まみ、軽く腰を落として答えた。

「ラ、ライラ、です。ライラ・サルメラ……です」

リクハルドはライラの名を、なぜか何度も噛《か》み締めるように呟《つぶや》いた。

「ライラ……ライラ、ね。うん、可愛くて優しい名だ。君にぴったりだ」

「あ、ありがとうございます……」

「僕はリクハルド・シニヴァーラ。覚えてくれると嬉しいな」

覚える必要などない。どう見ても、彼とは住む世界が違う。もう会うこともないだろう。

……もちろん、それを口にはしないが。

ライラはとりあえず感謝の笑みを浮かべて頭を下げてから、立ち去った。背中に強い視線を感じ、振り返ろうとしてやめる。

もし目が合ったら、彼から逃げられないような——そんな気がした。

リクハルドは去っていくライラの後ろ姿が見えなくなっても、その場に佇《たたず》んでいた。近衛兵が倒れた男たちを回収してくれたことで、庭園内はいつも通りの穏やかさを取り戻しつつある。

『ラ、ライラ、です。ライラ・サルメラ……です』――戸惑いながらもきちんと腰を落として挨拶してきた彼女には、一般の平民とは少し異なった知性が感じられた。

発音に平民特有のなまりはなく、綺麗《きれい》な響きをしていた。完全ではなくともそれなりの教育を受けていたのではないか。少なくともただの平民には思えない。

リクハルドは濃青の瞳を細める。大切に胸に抱き続けてきた思い出が、彼女を目にした直後、刺激された。

――リクハルドは妾腹《しょうふく》の子でありながら跡継ぎがいなかったため、幼い頃に正妻に引き取られ、彼女からずいぶんと抑圧されていた。教育と称した暴力や暴言に耐えきれず、十二歳のとき、無謀にも屋敷を飛び出した。町を彷徨《さまよ》い、少年の身では一人で生きていくことなどできないと思い知らされただけの逃避行だった。

屋敷から許可無く出ることなど許されていなかったため地理感覚が乏しかったリクハルドは道に迷ってしまった。加えて身なりからどこかの金持ち息子と判断されたのか、ごろつきに絡まれて暴力を受けた。

金目のものは何も持っていないことと身分と家名を決して明かさなかったことで興味を失

ったのか、リクハルドはそのまま見捨てられた。通り過ぎる者たちは見て見ぬふりをし続け、もうこのままここで野垂れ死んでもいいかと道端に転がったままでいたところ、声をかけてきた少女がいたのだ。

『……だ、大丈夫……？』

ワンピースが汚れるのも構わず少女は地に膝をつき、手に持っていたハンカチでリクハルドの汚れた顔を拭いた。どこかの井戸水でわざわざ濡らしてきたようで、湿った冷たさが心地よかった。思わずホッと息を漏らすと、少女はわずかに安心したのか笑みを見せた。

体格差からして、少女は自分よりも年下のようだった。それでも懸命に力を振り絞ってリクハルドの身体を起こし、近くの壁にもたせ掛けてくれた。

濃い茶色の柔らかい髪とこちらを心配して痛ましげな光を浮かべている淡い紫色の瞳が印象的な少女だった。親近感を抱く愛らしい顔立ちをしていた。

今にも泣きそうな顔で大丈夫かと何度も聞かれ、リクハルドは小さく頷いた。

ふと、遠くの方で少女のものと思われる名を呼ぶ大人の女性の声が聞こえた。何という名で呼ばれたのか、記憶には残っていない。少女はぱっと顔を輝かせる。

『ちょっと待っててね。お母さんを連れてくるから！』

リクハルドは弱々しく首を左右に振った。こんな裏通りにいつまでもいたら、少女とその母親もごろつきたちに狙われてしまう。

『僕のことはいいから……安全な場所に、行って……』

『駄目！　放っておけない。あのね、助けてって言っている人がいたら、自分ができることをしてあげるのは当然のことなんだよ。お母さんが言ってた。そうすると、助けた人も私も、笑顔になれるの。それにね、助けてって言っている人を見捨てるなんて、絶対駄目なんだよ。そういう人は、人でなしって言うんだよ！　心がすごく悪い人なの。私はそういう悪い嫌な大人にはなりたくないの！　だからあなたを助けるの』

むんっ、と両手を拳に握って少女は言った。

(僕よりずっと小さいのに……僕を、助けようとしてくれている……)

父親は正妻の折檻《せっかん》を見て見ぬふりをしていた。正妻は後継者を産んだ母を虐《いじ》め倒し、屋敷から追い出した。だが生母は追い出されるとき、どこかホッとしたように急ぎ足で、息子が追い縋《すが》るのを振り解き、一度も振り返ることなく去っていった。使用人たちの何人かは同情してくれる者もいたが、表立って助けてくれる者はいなかった。

仕方ないことだと、理解はできた。

誰だって、我が身が可愛い。そして大切な者でなければ、身を挺《てい》して守ることなどしない。

『僕は、君の家族でもなければ、友だちでもないよ……だから、助けなくて、いい……』

そう諭すと、少女はきょとんと目を丸くした。そして、当たり前のように笑う。

『今、友だちになったでしょ！』

その言葉に驚いた直後、大粒の涙が零《こぼ》れ落ちた。堪《こら》えることができず、リクハルドは少女に縋り付き、声を上げて泣いた。

少女も驚いたようだったがすぐに小さな両手を背中に回して、抱きしめ返してくれた。そして大丈夫だよと、背中を優しく撫でてくれた。

やがて少女の母親がやってきてリクハルドの怪我《けが》に仰天し、すぐさま医者に連れていってくれた。手当てが終わったあと、二人はリクハルドを帰り道がわかるところまで送ってくれた。

余計なことは何も聞かず治療費も払ってくれ、そして元気を出してね、と少女が手作りクッキーの入った包みを渡してくれた。

『お母さんと一緒に作ったクッキーなの。すごく美味しいの！　食べたら元気になるよ！』

無断で屋敷を抜け出した体罰はそれなりのものだったが、渡されたクッキーは正妻に見つからないよう隠し、大事に食べた。甘くて優しい味のする、とても美味しいクッキーだった。

そもそも正妻は菓子など与えなかった。甘味は子供の成長には毒だと言い切っていた。玩具など、教育に必要ないと判断したものは決して与えられなかった。

食べきってしまったときは、とても悲しかった。誰にも見られない場所で食べていたからか、悲しいと泣くことができた。

（あのときの僕は辛《つら》いことを辛いとも言えず、悲しくて泣くこともできず、ただ与えられる

苦痛に耐えることが当然なのだと思わされていた）

だがそれが違うことを、少女が思い出させてくれた。

泣きたいときは泣いていい。辛いときは辛いのだと自分を慰めていい。

だからといって幼い頃に刻まれた傷は完治するわけでもなかったが、彼女に出会わなければ、無機質な——言われることだけしかできない人間になっていただろう。

（あの子は僕の天使だ）

辛く苦しいときは、彼女の笑顔を思い出して乗り越えた。正妻の折檻も不当な扱いも、そうやって乗り越えた。

力をつけ、父の病死を機に爵位を継いだときに、正妻は一番遠い風光明媚《ふうこうめいび》な領地に追いやった。もうリクハルドを脅《おびや》かす者はいない。こうして自由を手にできたのも、あの少女のおかげだ。

先ほどの娘には、思い出の少女の面影が色濃く残っていた。あのとき出会った少女が成長すれば——あの娘になる。そう確信した。

それに、自分よりも強い者に対して立ち向かう心の強さ、リクハルドの本質を即座に見抜く聡明さも、少女と同じだった。

リクハルドの強さを見誤ることなく悟り、そのうえでやりすぎだと叱りつけた。だが助けてもらったことにはきちんと礼を言い、己の無謀さを反省する潔さもあった。たとえ求めていた少女でなくとも、好ましい。

（渡されたこの菓子が、ずっと探し続けている味と同じだったら……）

鼓動が高鳴る。かすかに震える指で、ナプキンを広げる。

直後、斜め後ろで青年の柔らかな呼び声がした。

「リクハルドさま、まだこちらにいらしたのですか。先にお帰りになると仰っておりましたのに……何か、起こりましたか」

王城で頼んでいた仕事が終わったのだろう。リクハルドより三つ年上の側近・アートスは、主《あるじ》が見つめている方向へと目を向けると、端整な顔を厳しく引き締めた。主を少しでも傷つける存在があるのならば、すぐにでも駆けつけて成敗しそうな様子だ。

その忠実さに微苦笑し、手にしたままの包みをそっと開く。現れたのは、厚みがあるクッキーだ。砕いたアーモンドが交ざっているようで、香ばしさが食欲をそそる。

アートスが訝《いぶか》しげに眉を寄せた。

「それはどうされたのですか。屋台のものではないようですが……屋台のものなど常ならば口にされませんのに……」

「さっき、僕の天使を助けたんだ。そうしたら御礼にとくれてね」

「天使というのは何者ですか？　まずは毒味を……」

リクハルドは摘まんだクッキーを何の躊躇《ためら》いもなく口にする。アートスが青ざめ、慌てて吐き出させようとした。

「何が仕込まれているのかわからないのに……‼　いけません‼」

だがリクハルドはすぐに歓喜の笑みを浮かべた。

「……ああ、この味だ。間違いないよ。あの子は、僕の天使だ……！」

侯爵家当主になってから、リクハルドは思い出の味を求めて自分専用の菓子職人を雇った。だが思い出の味と同じ菓子には、未《いま》だに辿《たど》り着けていない。

期待に応えられないからと、何人もの菓子職人が申し訳なさげに辞めていった。そう簡単に再現できるとは思っていなかったが、その都度、落胆していた。

今、雇っている菓子職人は根性が人一倍あるようで、試作品を作ってはリクハルドの感想を求め、努力してくれている。だがもう彼にそんな苦労をさせなくていい。この味だ。

彼女――ライラが、間違いなく思い出のあの少女なのだ。

「……ハルドさま、リクハルドさま‼　大丈夫ですか、私の声が聞こえますか⁉　私の顔も見えますか⁉　ああ、一体どんな毒を……すぐに医者に……‼」

真っ青なアートスが肩を掴み、顔を覗《のぞ》き込んで叫んでいる。どうやら感激に打ち震えたあと、まったく動かなかったようだ。

「大丈夫だよ、アートス。感激と歓喜が大きすぎて、茫然《ぼうぜん》としてしまっていただけだ……」

「こんなリクハルドさまは、拝見したことがありません……！　大丈夫でも一度医者に診ていただきましょう！」

正妻教育の賜《たまもの》で、リクハルドは本当の気持ちを見事に隠すことができた。

下手に感情を見せたら、正妻から教育という名の暴力をふるわれる。だから笑顔を決して崩さず、何か気に障ったのならばすぐに謝って、全力で求められることに応え続けた。おかげで心にもない笑顔を浮かべても、皆が見たままだと信じてくれる。アートスが傍にいるとはいえ、いつもならばこんな公衆の場では絶対に感情を見せることはしない。

（それほどに僕は、君に会いたかったんだ……）

「驚かせてごめん。でもそれくらい嬉しいことが起こったんだ」

「でしたら良いのですが……」

リクハルドはナプキンを元通りに直す。

これは大事に食べよう。いや、食べ終わってしまったのならば、また彼女に作ってもらえばいいのか。

ならば頼めば応えてくれるところに、彼女がいてくれなければならない。

（そう、僕の隣に）

「アートス」

呼ぶ声に、自然と力がこもっていたようだ。アートスは撃たれたように居住まいを正す。

「僕の天使がどこにいるのか、探してくれないか」

数年ぶりに会えたことを喜んでくれた母の友人の家に厄介《やっかい》になり、ライラは王都での住まいと就職先を探していた。就職先についてはほぼ確定した。王都の中でもかなり繁盛している大食堂の賄い仕事だ。

次は住まいを見つけなければと、その日、ライラは町に出た。できれば職場近くがいいと町の賃借業者をいくつか巡り、何件か目星をつけ、内見させてもらえるよう手配を整える。

その頃には昼を大分過ぎていた。直近でしなければならないことにめどが立つと、急に空腹感を覚える。

昼食の混雑時間はとっくに過ぎている。どこかの店に入っても待つことはないだろう。だがライラはあえて店には入らず、屋台で美味しそうなサンドイッチと茶を買い、王城前の庭園で食べることにした。

空いているベンチに座り、和やかな談笑をしたり子供たちと散歩をしたりしている人々の流れを眺め、時折近衛兵の守る門へと目を向ける。

もしかしたら、馬車に乗って出てくるヨハンネスを垣間見《かいまみ》ることができるかもしれない。

（もし、お父さんの容態が噂以上に悪いのならば……傍にいて、看病したい……）

母の言いつけを破って、名乗りを上げたくなる。その気持ちを、茶と一緒に呑み込んだ。

——頭上から柔らかな青年の声が降ってきたのは、そのときだった。

「やあ、こんにちは。また会えたね」

リクハルドと名乗った青年の声だとすぐに気づき、ライラは慌てて顔を上げる。彼は後ろからライラの顔を覗き込み、にっこりと優しい笑みを浮かべていた。

今にも鼻先が触れ合ってしまいそうなほどの至近距離で、危うく悲鳴を上げそうになる。

普段、接する機会がないほどの端整な顔立ちなのだ。これほど間近にすると、どうしたらいいかわからなくなる。彼のような存在は、遠くから眺めて鑑賞するのが一番いい。

ライラは思わず両手を上げ、リクハルドの顎を押しのけた。

「近……‼　近いです……‼」

「……本当だ、近い……」

言われて気づいたのか、リクハルドが驚きに軽く目を瞠った。自分の行動が理解できていないのかと驚くと、彼は名残惜しげに身を離した。

「恋人でも妻でもない女性に対して適切な距離感ではなかったね……ごめん」

すぐさま頭を下げる潔さと誠実さに、新たに驚いてしまう。普通、彼のような高位貴族の男性は、平民の娘に容易《たやす》く謝罪しない。

「い、いえ、こちらこそ‼　その、驚きすぎてきつく当たってしまって……ごめんなさい」

リクハルドは再度、軽く目を瞠ったが——すぐに柔らかい微笑を浮かべた。その微笑がどこか嬉しそうにも見え、ドキリとする。

「許してくれてありがとう。隣に座ってもいいかな？」

「あ、はい。どうぞ」

三人掛けのベンチはこのとき、ライラが独占していた。少し座る位置をずらすと、すかさず隣にリクハルドが座る。太腿《ふともも》が触れ合いそうな近さにリクハルドの方が早く気づき、軽く微苦笑して適切な位置に座った。

（悪気はないみたいだけれど……）

よく知らない異性に接近されると、困ってしまう。男女のやり取りには慣れていないのだ。とはいえすぐにリクハルドは気づいてくれ、きちんと謝って正しい距離を取り直してくれる。誠実で、いい人のようだ。

「今日はどうしたの。一人なのかい？　昨日みたいなこともあるだろうし、一人で出歩くのはよくないと思うよ」

王都の治安が悪いとは聞いたことがない。昨日は運が悪かっただけだ。だが気遣いは嬉しかった。

「ありがとうございます。気をつけます」

「……その、誰か君と一緒に行動してくれる人はいないのかな。そういう人がいるならば、安心できるのだけれど……」

昨日会ったばかりなのに、どうしてこんなに心配してくれるのだろうか。小首を傾《かし》げそうになって昨日のやり取りを思い出し、ライラは納得する。

（そうだわ。この人が大事にしている思い出の女の子に、私が似ているから……）

あのあとも時折過去の記憶を探ってみたのだが、リクハルドが熱弁をふるった思い出は見つけられなかった。申し訳なく思いながらもライラは笑顔で答える。

「大丈夫です。私、今は知り合いの家に厄介になっているんですが、これからそこを出て、一人暮らしをするんです」

「一人暮らしだって……!?」

信じられないと言いたげにリクハルドが声を高めた。それほど驚かれることでもないはずだ。

「君がどうして一人暮らしをしなければならなくなったのか、詳しく話してくれないかい!?」

がしっ、と肩を掴んで瞳を覗き込みながら、リクハルドが問い詰める。

高位貴族なのに思った以上に気さくで話しやすい相手ではあるが、まだ二度しか会っていない。これほど心を砕いてくれるのは、それだけ思い出の少女が大切だということだ。

ほんのわずか、ちくん、と、胸に痛みが走った。何だろうと不思議に思う間もなく、痛みは消えている。

「もちろん、君が話せることだけで構わないよ。でも、知りたいんだ。……駄目、かな？」

この様子だと何かしら話をしないと離してもらえないような気がした。

出自のこと以外は、どこにでもある話だ。ライラはかいつまんで事情を説明する。

リクハルドは神妙な顔つきになり、顎先を軽く指先で摘まんでこちらの話に聞き入った。

彼からすると苦労の多い人生に感じられたのかもしれない。

だが難しい顔で黙り込んでいる姿も、何だかドキドキしてしまうほど格好いい。とんでもない人だな、と妙な感想を抱いてしまう。

「なるほど、事情はわかった。苦労してきたんだね」

リクハルドの手が、ライラの手を励ますように握ってきた。温もりにまた鼓動が跳ねるが、意識しすぎだと己を叱咤《しった》する。きっと彼は誰にでもこういう距離感で優しい人なのだ。

「このくらい、ありふれた事情ですよ。大丈夫です。それに母の友人たちも力になってくれるので……」

「でも、本当に一人になって暮らしていくのは初めてなんだよね？」

「それは……でも母が亡くなって、もうすぐひと月になります。これまでに問題はなく……」

「今は大丈夫でも今後はそうではないかもしれない。うら若き女性が一人で何事もなく生きていけるほど、王都は優しいところではないよ。変な輩《やから》に狙われたら最後だ。昨日のようにいつでも誰かが助けてくれるわけではない」

眉を寄せてリクハルドは言う。少しだけ不安になったが、ライラは力強く笑い返した。

もしそうだとしても、会って二度目の彼を頼るのはおかしい。

「じゃあ変な人に狙われないよう、充分に気をつけて生活していきますね！」

「──君は、菓子を作れるんだよね？」

何の脈絡もなく、リクハルドが問いかけてきた。急な話題転換についていけず、ライラは素直に頷いた。

「はい。お菓子作りは好きです。いつかお菓子に関わる仕事に就ければいいと思っています」

「素敵な夢だ。でも、今度就く仕事は大衆食堂の賄いなんだよね？」

菓子作りからはほど遠い職だ。それでも賃金がもらえるのだから蔑《ないがし》ろにはできない。

「どんな仕事でも、仕事は仕事です。お給金をもらえるのですから有り難いです」

「素晴らしい考え方だ。とても好ましい。なら、僕専用の菓子職人になるのはどうかな」

「……は……？」

提案がすぐに理解できず、ぼんやりしてしまう。リクハルドは魅力的な笑顔で続けた。

「実は僕は甘党でね。屋敷に僕専用の菓子職人を雇っている。君がお礼にくれたあのクッキーがとても美味しくて、毎日でも食べていたくなるほどの味で……他に作るお菓子もきっと美味しいんだろうなと思ったら、いてもたってもいられなくなってしまったんだ」

握られる手に力がこもり、声が興奮したように弾む。よほど菓子が好きらしい。贅肉《ぜいにく》などまったくついていないすらっとした彼の長身からは、想像できない嗜好《しこう》だ。だがその反面、ちょっと可愛いな、などと思ってしまう。

（だってこんなに素敵な人が、お菓子に目がないなんて……）

ふふ、と思わず小さな笑みが零《こぼ》れ落ちた。リクハルドが少し眉を寄せる。

「……男の僕が菓子好きだなんて、変、かな……？」

「笑ってしまってごめんなさい。そうではなくて、失礼ですけど可愛らしい方だなって思ってしまって。こんなに素敵な方なのにお菓子に目がないなんて……ふふ……っ」

リクハルドが一瞬目を見開き、やがて照れくさそうに微笑んだ。

「そうか。可愛いと言われるのは初めてだけれど……うん、君が言うのならば悪くない気持ちだな」

「ご、ごめんなさい！　あの、馬鹿にしているわけではなくて……!!」

「大丈夫、ちゃんとわかっているよ。その様子だと引き受けてもらえそうだね。じゃあ、君の給金は……そうだな。このくらい出す」

誰かに聞かれないようにするためか、リクハルドが耳元に唇を寄せて囁く。また鼓動が跳ねる至近距離に身が強張《こわば》ったが、提案された金額に仰天して思わず彼を見返した。

半年は何の心配もなく生活できる金額だ。確かに往来で不用意に口にできることではない。

「多すぎです……‼」

「その代わり、少し条件がある」

リクハルドはさらにライラの耳に唇を寄せ、条件を教えてくれた。

甘党であることを誰にも話さないこと。侯爵邸で住み込みで働くこと。午後の茶の時間と夕食のあとに、別々のデザートを用意すること——声を潜めるほどの条件でもない。それどころか家賃代が浮く。

(秘密にするほどのことでもないのに、なぜ耳元で囁くの⁉　しかも声もすごく素敵で嫌になるわ……‼)

甘さを含んだ柔らかい声と一緒に吐息が耳朶《じだ》に触れ、背筋が震えてしまう。

なるべく遠ざかろうとするが、それでは何だか彼を嫌がって拒絶しているように思えてしまい、あからさまに離れることも憚《はばか》られてできない。結局、話が終わるまでされるがままだ。

終わった直後、ライラは囁き続けられた右耳を手で押さえて言った。

「……あ、あの……近すぎます……っ‼」

「ああ、ごめん。……駄目だな。気をつけているんだけれど、気づくと君に近づいてしまっているんだよね……。本当にごめん」

嘆息してリクハルドが身体を離してくれる。気づけば近づいてしまうとは、どういうことなのだろう。よくわからない。

だがようやく落ち着ける距離になって、ライラは小さく息を吐いた。リクハルドも気を取り直して言う。

「それでどう？　僕の菓子職人になってくれるかい？」

給金をそんなにもらっていいのか気が引けるが、好条件なのは確かだ。

しかも屋敷にはすでに実力のある菓子職人がいて、彼が指導もしてくれるという。これまではほぼ独学だったが、専門的な職人技術を教えてもらえる機会を与えてもらえるのはとても嬉しい。

「わかりました。お受けいたします……‼」

自然と勢い込んで頷くと、リクハルドがとても嬉しそうに笑った。その笑顔が魅力的で、ドキリとする。

リクハルドが立ち上がり、ライラに向かって片手を差し出した。

「これからよろしく、ライラ」

笑顔にしばし見惚れてしまったあと、慌ててライラは頷き、彼の手を取った。

【第二章　もう少し距離感を考えてください】

マドレーヌの味見をする師匠を、ライラは神妙な顔で見つめた。

リクハルド専用の菓子職人として雇われていた彼はそのまま留《とど》まり、ライラの師匠として菓子職人としての様々な技術を教えてくれている。それまで独学だったために妙な手癖がついてしまっていたところがあったが、彼が丁寧に矯正してくれた。

おかげでこの屋敷で世話になり始めてから一ヶ月ほど経《た》った昨日、師匠の手伝いは一切なしでマドレーヌを作ることを許された。師匠が頷けば、このマドレーヌはリクハルドの今日の午後の茶の菓子として出されることになる。

出会ったときに礼として渡したアーモンドクッキーだけは、彼が求めればライラが作っていた。だが他の菓子に関しては「まだリクハルドさまの口に入れられるものではない‼」と師匠に言われてしまっていたのだ。

ライラはリクハルド専用の菓子職人として雇われ、相場よりかなり多い給金をもらっていた。彼はあのクッキーが食べられればいいようだが、それでは駄目だ。もっと他の菓子も作れるようになって、甘味好きな彼の舌を満足させられるようにならなければ。

ゆっくりとマドレーヌを咀嚼《そしゃく》し終えた師匠は、厳しかった表情を一変させて破顔し、ライラの背中をバシバシと叩いた。

「よくやった、美味《うま》いぞ‼　これならば午後のお茶の時間にリクハルドさまにお出ししても良いだろう」

「……ありがとうございます‼」

ライラは飛び上がりたい気持ちを抑え、オーブン用の皿に載せたままだったマドレーヌを小さな籠《かご》に移し替えた。二つの籠に平等に分け入れたあと、片方を師匠に渡す。

「こちらは使用人の皆さんで食べてください！　突然雇われた私にも、皆さん、すごく良くしてくださるので！」

「では、有り難くいただこう。午後の茶の時間までお前は……そうだな。このレシピを頭に叩き込んでおけ。明日、作り方を教えてやる」

内ポケットから取り出したメモ帳に菓子名を書き付けたメモを渡され、ライラは顔を輝かせた。

シニヴァーラ侯爵邸には立派な図書室があり、蔵書はまるで小さな図書館かと思えるほどに多種多様なものが揃《そろ》っている。図書室には地下蔵書室も備わっていて、面白い料理本などもあった。技術ももちろんだが知識も必要だと師匠は言い、時々ライラに菓子名からレシピを自力で調べてこいと指導することもあった。

ちゃんとしたレシピを覚えるのももちろん楽しいのだが、材料の由来や体内に取り込まれたときの効能などを知るのも楽しいと、ここに来てから知った。ただ、皆が働いているときに勉強などしていていいのかと、気後れはする。

「ありがとうございます。あのでも……お手伝いすることがあればそちらを……」

「余計な気は回すな。お前はここに、リクハルドさまの菓子職人として雇われているんだ。まずはそれを全うできるよう力を尽くせ」

もう一度礼を言い、ライラは急ぎ足で図書室へと向かった。

途中、すれ違った年配の使用人から、「廊下は走らないように」と柔らかく注意され、慌てて頭を下げる。誤りをきちんと正し、同じ間違いを繰り返さないようにすれば、皆、ライラを必要以上に叱ったりはしない。

(本当にいい人たちばかり。それは主人であるリクハルドさまがいい方だから……)

雇用が決まったらそのままリクハルドに屋敷に連れていかれ、使用人たちに紹介された。皆の視線が一斉に集中し、その圧の強さに驚いて息を呑んでしまったのも数秒だ。皆、何やら感激した表情でライラを部屋に案内し、あれこれ世話を焼いてくれた。知人宅に置いてあった荷物を運び入れる手配もしてくれ、知人宛ての手土産まで用意してくれたのだ。

優しいというよりは過保護に思える。

ライラは一日中、菓子を作っているわけでもない。手が空いたときには掃除や洗濯などの手伝いを申し出ているのだが、こちらから声をかけなければ菓子作り以外の仕事を割り振られることすらないのだ。

昨日など、リクハルドが購入した書物が書店から大量に運び込まれて大玄関に積まれ、それを図書室に運ぶ作業を見てすぐさま手伝いを申し出たのだが、二冊以上は一度に運ばないようにと、使用人頭からきつく命じられた。

それほど軟弱ではない。母と二人きりで生きてきたから、色々な仕事をしてきた。力仕事だってそこそこやってきたと主張すると、使用人頭はずいっと顔を近づけ、ひどく険しい表情で言い聞かせた。

『あなたが怪我をして、リクハルドさまが大好きなお菓子を食べられなくなったらどうするのですか』――そこまで言われてしまうと、従うしかなかった。

ライラは幼い頃から生活のため、下働きに出ていた。ときには貴族の屋敷で働いたこともある。子供だからとか言われたことをすぐにできないからという理由で、主人に暴力をふるわれたこともある。だが大抵において不当な仕打ちをする者は、その上の者が同じことをしていると経験から気づいた。

上の者がやっているのだから自分もやって構わない。まさに虎の威を借る狐《きつね》だが、誰もそれが愚かしく間違っていることだと気づけない。気づいても、わが身可愛さに見て見ぬふりをする。

それが一切感じられないこの屋敷では、リクハルドが正しき行いを常に下の者に見せて手本となっているからだろう。彼は素晴らしい人だと、改めて思う。

使用人たちからリクハルドの立場を教えてもらったが、シニヴァーラ侯爵家は長い歴史を持つ立派な家格で、彼は先代が病死した三年前を機に、まだ二十歳になったばかりで侯爵位を継いだという。

リクハルドは先代の愛人の子であるが、庶子であることを馬鹿にされないよう侯爵家に引き取られたときから文武両道を学び、習得し、今では国王の第一側近として大いなる信頼を得ているとのことだ。

国王が極秘に特別任務を頼むこともそれなりにあるらしく、平素の仕事もあって多忙な日々を過ごしているらしい。実際、屋敷にいるときはほぼ一日中、執務室にこもっていて、食事のときと息抜きの鍛錬のときくらいしか出てこなかった。

週の大半は王城に出かけており、帰宅が深夜になることが普通だった。ある夜などライラがたまたま手洗いで起きたときにリクハルドが帰宅したのを見て仰天し、温かい蜂蜜《はちみつ》入りの茶を差し入れたこともある。

（少し多めに蜂蜜を入れて甘くしたら、すごく嬉しそうな顔をされていて……）

そのときのやり取りを思い出すと、心がほわっ、と温かくなる。ライラは慌てて首を左右に振り、甘い気持ちを呑み込んだ。

リクハルドはこれまで出会った男性の中で一番優しく尊敬できる人ではあるが、それ以上の気持ちを抱いてはいけない。気安くしてくれるからと大それた気持ちを抱いては駄目だ。

(私の出自が知られたら、面倒をかけることにしかならないのだから……)

秘密が知られてしまったときのために、ここにいるべきではないのかもしれない。

ふとそんなことが頭に浮かび、図書室の扉の前で足が止まった
「――ライラ？　こんなところで立ち止まってどうしたんだい？　中に入らないのか？」

突然背後からリクハルドに声をかけられ、反射的にビクリと大きく震えてしまう。慌てて肩越しに振り返ったときにはもう、身体が触れ合うほど傍に彼がいた。

ひえっ、と声にならない悲鳴を上げ、ライラは扉に取りすがってしまう。リクハルドはどうもライラに対する距離間がおかしく、気づけばくちづけも可能なほど近くにいることが多い。

いつもそのことにすぐ気づき、申し訳なさげに微苦笑しながら離れてくれる。だが、今回は違った。大きな右の掌《てのひら》で慎重にそっと頬に触れてくる。

「何かあったのかい？　難しい顔をしている……」

濃青の瞳をとても心配そうに曇らせ、リクハルドが顔を覗き込んできた。精悍な顔が鼻先に近づき、ライラは口をパクパクさせてしまう。

「何か悩み事があるのならば遠慮なく話して欲しい。君にはこの屋敷では健やかに過ごしてもらいたい。君が作ってくれる菓子が、僕の唯一の癒やしになっているんだからね。悩みごとのせいで君が菓子を作れなくなってしまったら……僕はどうしたらいいんだ……」

まるでこの世の終わりだとでも言いたげな口調だ。一人ですべての行程を任されてもいないライラが作った菓子に、それほどの価値があるとは思えないのだが。

「お、大げさですよ、リクハルドさま。私のお菓子なんて、本当ならばまだまだリクハルドさまに食べていただけるようなものではないんです。もっと修行して、もっと美味しい素晴らしいお菓子を作れるようになってから言ってください」

「謙虚だね。でも僕にとって大事なのは、誰が作ってくれるかだ。僕は君が作ってくれる菓子が一番美味しいと思うのだからね」

その言葉が彼の気遣いと優しさによるものだとわかっていても、やはり嬉しい。ライラは目元をほんのりと赤く染めて礼を言う。

リクハルドが小さく笑い、頬を撫でた。扉と彼の身体に挟まれて、身動きが取れないことに改めて気づかされる。

「それで、何を思い煩《わずら》っていたんだい。教えてくれないか？」

「……べ、別に何も……それよりもリクハルドさま!!　ま、また近づきすぎです……!!」

身長差があるため、これだけ密着されると何だかくちづけでも迫られているようだ。

リクハルド以外の男にこんなことをされたら、恐ろしくて震えてしまう。彼の人となりをこの数週間で知ることができたからこそ、震えることなく指摘できるようになったのだ。

リクハルドがはっと瞳を瞬《まばた》かせ、嘆息した。

「……ああ、またやってしまったか……。気づくと君に近づいてしまうのは、本当に何でだろう……」

名残惜しげにリクハルドが身を離す。ライラも少し物寂しい。

だが恋人同士でもないのにこの距離は不適切だ。

「だ、大丈夫です。また近づかれてもちゃんとお教えします。……他の女性には、こんなことをされないのですよね？」

「しないね。君だけだ」

言ってリクハルドが図書室の扉を開けてくれる。一緒に中に入りながら、ライラは眉を寄せた。

（どうして私にだけ、こうなのかしら……？）

「ライラ、ここには何をしに来たんだい？」

師匠に命じられたことを教えると、リクハルドが小さく頷き、料理本がまとめられている書棚へと案内してくれた。一人で探せると慌てて断ったが、リクハルドは聞き入れない。

「リクハルドさまだってこちらに用があってこられたのでしょう？」

「そう、ちょっと仕事に関わる資料本を取りにね」

「じゃあ、私の本が見つかったらそちらを探したり運んだりするのを手伝います」

「妙なところが律儀だよね、ライラは」

ふふっ、と小さく笑いながら言われて、何だか気恥ずかしくなる。リクハルドは料理本のコーナーに連れていくと、続けた。

「でも僕はライラのそういうところを、とても好ましいと思うよ」

（……こ、この方は……‼　こういうことをどうしてさらりと当たり前のように仰るのかしら……‼）

リクハルドは他の使用人たちにも、良い働きをすれば必ず褒める。もちろん、駄目なことをすればきちんと叱る。それが権力者の身勝手な判断によるものではないから、皆の働く意識を高めることに繋《つな》がっていた。

（これは主人が部下の良い部分を褒めてくれただけ‼　変な期待はしないこと‼）

ふんっ、と内心で鼻息も荒く自分に言い聞かせたあと、ライラは目的のレシピが載っている本を見つける。だが、背が低めなライラでは背伸びしても届かない。

背後からリクハルドが優しく笑って手を伸ばし、取ってくれた。

「はい、どうぞ」

「あ、ありがとうございます……」

「新しい菓子のレシピを勉強するのかい？　どれ？」

ライラの手元を覗き込んで、リクハルドが問いかける。ライラは目次を開き、勉強する菓子名を指し示した。

「これです」

「へえ……美味しそうだ。試作品ができたら、是非《ぜひ》、僕に味見をさせてね」

「わかりました。それと、今日の午後のお茶のお菓子はマドレーヌです。これは私が最初から最後まで作りました」

「それは楽しみだね！　彼がついにライラを認めたということか。うん、記念すべき菓子になるよ。じっくり味わわせてもらおう。……一つだけしかないってことは……ない、よね？」

少しだけ心配そうに問いかけられる。暴食というほど多く食べるわけではないが、リクハルドに出す菓子はお代わりを用意しておくことも、師匠から教えられていた。

ライラは笑って頷く。

「もちろんです！　おなか一杯食べても大丈夫なように用意してあります」

「ありがとう。じゃあ、僕の資料探しを手伝ってもらおうかな」

ワゴンを運んできて、リクハルドに付き従う。彼が本棚から抜き出した本はワゴンに載せられた。もっと力仕事の手伝いをさせられるかと思ったのに、ただ付き従っているだけで何とも簡単な仕事だ。これでいいのだろうか。

だがその間、リクハルドは他愛《たわい》もない世間話をしてくれる。時折笑い合ったりして、楽しいひと時だ。もちろん、菓子に関係する話も出てくる。

「この前、通りで見かけた飴細工《あめざいく》がとても綺麗で素晴らしかったんだ。あれは食べてしまうのがもったいないものだったね……」

「この間、食後のデザートにお出ししたケーキに飾られていた飴細工もすごかったですよね」

「そうだね。レース生地のようでびっくりしたよ。ライラはあの細工は作れるのかい？」

「……あ、あんなに繊細なものはまだ……でも、練習しています。飴づくりは手伝わせてもらえるようになりました！」

そんな話をしているうちに、必要な資料本は揃ったようだ。ワゴンを押して、リクハルドとともに図書室の扉に向かおうとする。

ふと、リクハルドが足を止めた。どうしたのかと肩越しに振り返ると、リクハルドは少々戸惑ったような表情でこちらを見返した。

「どうかされましたか？」

「……いや、ライラは僕と普通に菓子の話をしてくれるから、改めて変わった子だなと思って……悪い意味ではないよ。僕が本当は甘党だなんて基本的に屋敷の外では誰も信じないし、それどころか菓子なんてものは口にしないと思っている人がほとんどだから」

「なんとなくわかりますね。リクハルドさまの素敵な外見とお菓子好きって、一見すると結びつきません……」

　正直に答えると、リクハルドが深く嘆息した。

「そうなんだ。だから茶会に誘われても甘くない菓子ばかり用意される……確かにそれもとても美味しいよ。でも僕は甘いものが好きだ。チョコレートもキャンディもケーキも、マカロンもタルトも」

「貴族の男性でお菓子好きだなんて公言していたら、ちょっとどうなのって思われてしまうんでしょうか」

「そういうことだね。君は何も思わないかい？」

「リクハルドさまが甘党でお菓子が大好きだということに驚きはしましたけれど……それ以外は特に何も。だって好きなものって人それぞれですし、誰かに迷惑をかけていなければ別にいいと思います。リクハルドさまが私の作ったお菓子を美味しそうに食べてくださるのを見るのが、今の私の励みですし」

　リクハルドが柔らかく微笑み、ワゴンを引き受けた。執務室まで運ぶつもりだったが、大丈夫だからと断られてしまう。

「午後の茶の時間を楽しみにしているよ。よく勉強しなさい」

元気よく返事をすれば、さらに温かい笑みが返される。リクハルドはそのままワゴンを押して、執務室へ向かった。

その姿が廊下の角を曲がり見えなくなると、ライラはすぐ自室に戻り、レシピの確認に入った。

まずは完璧にレシピを暗記することが、美味しいお菓子作りの第一歩だ。何も見なくてもすぐにレシピが頭に浮かぶようにならなければいけないというのが師匠の教えで、ライラもその通りだと思っている。


――仕事をするのは好きだ。仕事が煩わしいことを遠ざけてくれる。

お近づきになりたいからと上っ面だけの会話と、自分に注目させるためだけの過剰なまでの自己主張とアピール、そして頼んでもいないのに性的接触を持とうとする令嬢たちの必要以上に飾り立てた似合わないドレス姿と、瞳の奥に浮かぶ隠しきれていない欲望の焔《ほむら》などな ど――そんな輩がひしめき合う場所になど、進んで行きたいとも思わない。

しかもシニヴァーラ侯爵家唯一の跡取り、今では侯爵家当主となっても、その出自が愛人だった男爵令嬢の子だということを内心で蔑《さげす》む者も減らない。どれだけ実力をつけ、成果を出していても、真の意味で正統なる評価は下されない世界だ。

認めてもらおうとする気持ち自体が間違っているのだとリクハルドは早くから学び、悟った。だから必然的に、何かを求めることもしなくなった。

大事なものは、ただ一つだけ。あの少女との思い出だけだ。この思い出が壊されなければそれでいい。

だからこびへつらってくる女たちには、そもそも興味が湧かない。だが下手に邪険にすれば後々面倒なことになるため、その場は社交的に受け流している。だがそんな処理ばかりでは心を病むから、ますます仕事に没頭した。

仕事があるからと言えば、しつこくまとわりついてくる者たちも引き下がるしかない。そして実績も実力も、確実に身に着いていく。だがそこに、高みを目指す私欲はない。

だからこそ国王ヨハンネスはリクハルドに目を留め、今では第一側近として傍に置くようになったのだろう。

極論を言ってしまえば、国王の信頼自体もリクハルドにとってはあまり価値がない。国王という後ろ盾があれば色々とできることも増える。反面、面倒なことも増える。それだけだ。

だが彼と自分には、共通している気質があった。

(陛下も僕も大事な人がいて、その人にだけ自分のすべてを捧げている)

正妃を迎えないことを認めさせるために、ヨハンネスが積み重ねてきた努力と民への献身は凄《すさ》まじい。結果、民は彼を賢王と讃え、敬愛している。

近年、これまでの無理がたたって臥せがちになった彼を見舞う者が減らないことも、その証拠だ。国王への見舞いを受け付ける部署が相変わらず閉鎖されないのもそのためだ。

（でもこの平穏は間違いなく、陛下が存命の間だけだろう）

現在、王太子位についているのは、王妹の子・サウルだ。

リクハルドと同じ年頃の青年だが、次期国王として期待はできない。彼は国を継ぐつもりなど毛頭なく、将来は画家になりたいとそのための技術と感性を磨くことに邁進しているのだ。

決して頭が悪いわけではない。政治的思考もきちんと持っている。それはリクハルドが国王に依頼されてサウルと直接対話し、動向を監視していてわかった。

正しく導けば、ヨハンネスに継ぐ賢王になるだろう。しかしサウルは国政にほんのひとかけらの興味も抱かないのだ。

ただ、絵に関しての才能は非常に希有《けう》なもので、情熱も凄まじい。一枚の絵を描くときに寝食を忘れることしばしばだ。そうやって出来上がった絵は、いつも美術界を騒がせる。

サウルは施政者よりも芸術家であることをしみじみと感じた。

（サウル王太子の後ろ盾は、カレヴィ・ハヴェリネン宰相だから……まあ、彼が王太子を操るんだろう）

カレヴィは王妹を息子の妻とし、王族外戚として一番力を持っている。ヨハンネスの右腕として力を尽くし、彼が王妃を迎えないとしたときにも協力した。現状では、ヨハンネスの政策にも比較的協力的だ。

それが本心によるものなのかは、わからない。ヨハンネス亡きあと、それまで隠していた牙《きば》を剥《む》く可能性は大いにあった。

根拠は一つ。サウルの言動を矯正することを一切しないからだ。

孫に甘い――皆はそう思っているようだが、リクハルドの考えは違う。あえて王太子を無能のままにしておいて、彼が王位を継いだあとは彼を操り実権を握る――そんなやり方を狙っているのではないか。

ヨハンネスが床に臥すことが多くなってから、カレヴィの動きに微妙な変化が見え始めている。サウルを手助けしてきた彼が、最近は一から十まですべて代理で行うことが増えてきたのだ。

サウルは祖父に仕事を任せてしまい、自ら学ぼうとしなくなった。これでは王位を継ぐ頃には、カレヴィの傀儡《かいらい》になるだろう。

それを危惧する者も少なからずいるが、実際、カレヴィの政治力はサウルよりも頼りになる。じわじわと、彼が貴族社会に支配の手を伸ばしているのは間違いないだろう。

このままではいけないとは思うが、カレヴィを政《まつりごと》から完全に退けさせる要素は今のところ一つもない。そして血筋的に、サウル以外に今のところ後継者はいないのだ。

（もし、陛下に御子がいらっしゃれば……）

ヨハンネスが恋人に操を立て、子を成すための異性を決して受け入れていないことは周知の事実だ。もし彼の恋人が姿を消す前に子を宿してくれていたら。

（その子を僕が擁立《ようりつ》してもいいのだけれど……）

すべて、たらればの未来だ。考えてもどうにもならない。

リクハルドは小さく嘆息し、改めて意識を仕事に向けた。

決裁書類の内容を確認し、目の前に立つアートスの報告を耳にする。聞きながら書類にサインをし、報告で気になる部分についてさらなる指示を与える。

報告が終わると丁度区切りがよく、一息吐《つ》けた。アートスが茶を用意してきますと言って、一度退室する。

両腕を天井に向けて伸ばし、固まった背筋を伸ばす。椅子から立ち上がって背後の窓に何気なく目を向け、リクハルドは眼下の庭で草むしりをしているライラを見つけた。

同年代で同性の使用人が一人、ついている。手は休んでいないが、時折他愛もない世間話を交えているようで、控えめな笑顔を交わし合っていた。

（可愛い）

思わずその場に留《とど》まり、ライラを見つめてしまう。

明るく素直な笑顔には飾り気が一切ない。心のままに笑っているのだとわかる。

化粧などしていないのに、ふと目を引かれてしまう愛らしい顔だ。今日は柔らかな濃茶の髪を邪魔にならないように三つ編みにし、頭上高く巻いている。おくれ毛に陽光が当たって、卵型の顔を光が縁どっているようで少し眩《まぶ》しい。リクハルドは目を細めた。

手袋は土に汚れ、少し汗をかいたのかライラが手の甲で頬を擦った。乾いた土が頬についてしまうが、彼女の愛らしさを損なうことはない。むしろ、瑞々《みずみず》しい生気に満ちた表情が目を引く。

(僕の天使)

いつの間にか、ライラに向かって手を伸ばしていたようだ。こつっ、と指先に窓ガラスが当たり、ハッと我に返る。

触れて、抱き締めて、くちづけたい。好ましいと思う異性がいる健康な青年ならば、当然の欲求だ。理解しているが、リクハルドは緩く唇を噛む。

(僕が彼女に触れたいと思うこの気持ちは、ちゃんとお互いを知って、僕の気持ちを受け入れてもらえてから実行に移すことだ……)

内心でリクハルドの出自を蔑みながら、権力と財産を狙ってこびへつらってくる者たちを何人も見てきた。色仕掛けをしてくる者もいた。気持ちがないのに身体で陥落しようとしてくる浅ましさに、吐き気がした。

だからこそ、ライラに触れるのならばきちんと気持ちを通じ合わせてからでなければならないと、強く思う。

（僕はケダモノじゃない。ライラが大事だからこそ、無闇に手を出してはいけないのに……気づくと、君に触れようとしている）

そうなのだ。気づくとライラの腕や肩が触れてしまうほど近くにいるし、話をするときも唇にくちづけそうなほど顔を近づけてしまう。彼女が優しく寛容であからさまに逃げないから大きな問題にはなっていないが、これではいけない。

なのに今もまた、彼女に触れようと指が勝手に動いている。もし、傍にいたら抱き締めているのだろうか。

（……いやいやいや‼　それは駄目だ。抱き締めたりなんてしたら……その先を我慢できる自信はない……でも、抱き締めてみたい……）

同じ年頃の娘たちに比べれば、ライラは小柄だ。小さくて、小動物のように愛らしい。きっと抱き締めたら白兎《しろうさぎ》のように柔らかく温かいのだろう。

（きちんと恋人同士になってから触れたら……）

身体が触れ合う至近距離に近づいただけで、耳まで真っ赤にして戸惑ってしまうほど無垢《むく》な娘だ。唇で頬に触れただけで、失神してしまうのではないだろうか。

試してみたいなどと、身勝手な欲望がむくりと湧いてくる。リクハルドは窓ガラスに掌を押し付けた。

ピシッ、と嫌な音がしたとき、ライラがふと、顔を上げた。

こちらに気づくと明るい笑顔を浮かべて手を振ってくる。まるで家族か親しい友人に向けるような仕草に、胸がきゅうっ、とした。

一緒にいた使用人がぎょっと目を剥き、慌ててライラを窘《たしな》めた。ライラも不敬に気づいて表情を強張らせ、頭を下げる。そしてすぐに顔を上げ、大声で謝罪した。窓ガラスに遮られてくぐもった声に、リクハルドは思わず笑ってしまう。

彼女にとって気安い主人であると、親しみを持ってもらえている証拠だ。嬉しいばかりで不敬ではない。……ライラに限ってだが。

リクハルドの笑顔をみとめ、ライラたちは安堵《あんど》したようだ。もう一度謝罪の礼をすると、草むしりを再開する。リクハルドはその場を離れず、ライラを見守った。

こちらからの視線を感じるようで、ライラは時折戸惑いながらも顔を上げる。だが目が合うと、笑顔を見せてくれる。何度もそれを繰り返すと気恥ずかしくなってきたのか、だんだん笑顔を浮かべる頬が赤く染まっていった。それがたまらなく可愛い。

ずっと見ていても飽きない。できれば今このとき、自分の隣に座らせてじっくり堪能したい。

（いや、椅子じゃなくて僕の膝の上がいいかな……）

想像し、それはいいと頷いたあと、ハッと我に返る。

想《おも》いを通じ合わせてもいないのに、そんなことをしては駄目だ。あくまで妄想に止《とど》めておくべきだ。

（僕は父とは違う。相手の気持ちを踏みにじって自分のものにするなど、最低なやり方だ）

ぐっ、と窓ガラスに押しつけていた手を握り締める。触れたい、と思う気持ちは無理やり心の奥に押し込めた。


リクハルドのもとにとある伯爵令嬢がやってくると、アートスがライラに教えてくれた。

とはいえ、対面時間は一時間程度らしい。多忙なリクハルドが屋敷にいる日程を聞き出し、少しでもいいからと対面を願ったという経緯を教えてもらって気づいた。

「……それって、リクハルドさまと少しでも仲良くされたいご令嬢、ということですか？」

アートスが眉を寄せて頷いた。しかめっ面が、その令嬢の強引さを教えてくれる。

「何しろ既成事実さえ作れればこっちのものだと、貞操観念などまったくない令嬢もいらっしゃるからな……リクハルドさまと二人きりにして何か事が起こってからでは遅い。ライラ、当日は君がリクハルドさまのお傍に控えていてくれないか」

内心で驚きの叫びを上げながらも、ライラは強く頷いた。

（リクハルドさまはお優しい方だし、強引に迫られたら断れないのかも……ならば私がお守

りしなくちゃ‼）

そう気合を入れて、当日を迎えた。

窓が大きく取られた応接間に通された令嬢は、リクハルドと対面できたことをとても喜んでいた。窓の外は前庭で、二人の庭師が剪定《せんてい》作業をしている。彼らもリクハルドを守るためにいるのだと、すぐに分かった。

だが令嬢は時折庭師たちが視界に入るのが嫌なようで、すぐさまライラに言った。

「あの庭師たち、別のところにやってもらえないかしら。目障りなのだけれど」

きちんと仕事をしている者に対して目障りとは何だ、とライラは内心で不快になる。だが表情には出さず、頭を下げた。

「申し訳ございません。ですが剪定をやりながら、植物に変な虫がついていないかどうかも確認しています。お嬢さまがお帰りになられるときに突然大きな毛虫などが地面を這《は》ってきたりなどしたら、大変なことですから……」

毛虫と聞いて、令嬢が小さく身を震わせた。どうやら虫は苦手なようだ。

ライラは少しだけ誇張して続ける。

「それに葉の陰には大きな蛾《が》が潜んでいるときもあるんです。見つけたら退治しておかないと、お嬢さまがお帰りのときに飛んできてしまうかもしれません。蛾の鱗粉《りんぷん》がお肌についたら、それこそ大変です。何かの皮膚病《ひふびょう》になってしまうかもしれません……」

「わ、わかったわ！　もういいから‼」

内心で勝利の笑みを浮かべる。リクハルドがライラをちらりと見やった。

やりすぎてしまったかしら、と心配するより早く、彼の目が優しく細められた。よくやった、とその濃青の瞳が告げている。

土産に持ってきた茶を淹《い》れるようにと、令嬢がライラに言いつけた。この場を離れることに少し躊躇いがあったが、庭師がいるからすぐに何か起こることはないだろう。

大急ぎで茶を淹れ再び応接間に戻ると、リクハルドと令嬢は話をしていた。

一見すると、令嬢が積極的にアプローチをかけ、それをリクハルドが失礼にならない程度に受け流しているように見える。社交の場に出ればこういう令嬢ばかりにまとわりつかれるのかもしれない。

（せめてお屋敷の中くらいは、のびのびしていただきたいわよね……）

使用人たちがそのために尽力するのも納得できた。

土産の茶は味見をしたが、初めて口にする強い苦味があった。えぐみではなくコクとほのかな酸味がある。

不思議な味だった。『大人の味』と言えるかもしれないがリクハルドの好みではない。

（なら、お菓子で調整すればいいわ）

ライラが持ってきた茶を、令嬢はリクハルドに勧めた。一口、口にしたが、リクハルドの感想は無難なものだった。内心では苦くて堪《たま》らないと思っているのだろう。

「この苦味と酸味が、まさに大人の舌だけが美味と感じられる特徴です。リクハルドさまにぴったりなお茶だと思います。我が家ではこの茶葉を入れてブレンドしたものを何種類か購入しておりますので、いつでもお申しつけください。すぐにお届けにまいりますわ！」

そしてそれをきっかけに仲を進展させるつもりか。ライラは内心で大きなため息を吐きつつ、令嬢に大皿から菓子を見繕って取り分ける。

（このお茶ならば、リクハルドさまにはうんと甘くておいしいこのタルトね）

濃厚なチョコレートクリームをタルト生地にたっぷりと入れ、さらにその上に刻んだチョコレートを載せ、甘酸っぱいラズベリーソースを格子状にかけた菓子だ。取り分け皿を差し出そうとすると、令嬢が小馬鹿にする目を向けた。

「リクハルドさまにそんな甘いお菓子を出すなんて、駄目よ。もっとさっぱりとしたものにして差し上げて」

それ以外あり得ないとでもいうほどの強い口調だ。

「大丈夫だよ、ライラ。せっかく作ってくれたものを断るほど失礼なことはない。食べるよ」

そう言ってリクハルドが取り皿を受け取る。令嬢は敬いの目を向けた。

「優しいのですね、リクハルドさまは」

「そんなことはないのだけれど」

リクハルドはすぐにタルトを食べ始める。俯《うつむ》き加減でもくもくと食べる仕草は、一見すると不機嫌そうに見え、令嬢はほらごらんなさいと言わんばかりにライラを見返した。

令嬢よりもリクハルドの近くに控えて給仕をしているライラには、彼の口の端がほんの少しだけ笑みのかたちになったのがわかった。


（……あのご令嬢、いくらリクハルドさまが好きだからってべたべたしすぎじゃないの⁉）

夕食の片付けまで終わった厨房《ちゅうぼう》は、ライラが菓子作りの練習をするために時折借りている。次の日の朝に仕事が滞りなく始められれば好きにしていいと、リクハルドが便宜を図ってくれたのだ。

菓子作りの勉強のために訪れるのはもちろんのこと、考え事をしたり気分が落ち込んだりしたときなど、菓子作りをして気持ちを上向かせるために訪れている。

今夜は練習中のスポンジケーキに挟むクリームを作っていた。ラズベリーソースと生クリームを混ぜたものだ。リクハルドの好みの配分を自分で考えてみろと師匠に言われ、あれこれ試作を続けていた。

（そりゃあね。リクハルドさまは素敵な人だもの。好きになってしまうのも仕方がないわよ。

でもでも……!!）

理由をつけてリクハルドの傍にやってきては密着してくるのをさりげなく引きはがす、というのを何度も繰り返したのだ。邪魔をするライラに令嬢は殺意を込めた鋭い目を向けてきたが、社交的な微笑を決して崩さず居続けた。リクハルドのためだと思えば、その恐怖もなんとかやり過ごせた。

そのおかげかはわからないが、令嬢は思った以上に早く帰っていった。

リクハルドは助かったよと礼を言ってくれたが、その横顔に仕事とはまた違う種類の疲労がうっすらと見えた。大した役には立たなかったのが、予想以上にがっかりした。

それがなぜなのかは——わかり始めていた。

（私……リクハルドさまのことが、好き、なんだわ……）

彼の人となりを知るたびに、胸に甘いときめきが優しく降り積もっていくのを感じていた。

だがこれは、決して認めてはいけない気持ちだ。平民の自分と侯爵のリクハルドでは身分差がありすぎる。それに本当の出自を教えても面倒な存在にしかならない。

（好きになっては駄目な人、なのよ……）

スプーンとボウルが触れ合う定期的な音が、しばらくして止まる。

（お母さんがお父さんの傍にいちゃ駄目なんだって離れた気持ちが今、すごくよくわかるわ）

好きになるのは自由だ。人の気持ちに枷《かせ》をつけることはなかなか難しい。だが、成就させようとしてはいけない想いは、間違いなく存在する。

――自分がリクハルドに向ける気持ちのように。

（だったら私はここにいては……いけないいんじゃないの……？）

――ふと、気づいてしまった。

リクハルドも屋敷の皆も優しく温かく、ここはまるで我が家のように居心地がいい。だが大して役に立ってもおらず、未だ目立った成果も上げられず、リクハルドに迷惑しかかからない想いを抱き続けて滞在していることは、いけないことではないか？

胃の奥が、ぎゅうっ、と握り締められたような感覚がした。思わず蹲《うずくま》りそうになる。

直後、その身体を、優しく頼りがいのある腕が支えた。

「どうしたんだ、ライラ！　どこか具合が悪いのか⁉　医者を呼ぶよ！」

血相を変えたリクハルドにふわりと抱き上げられる。ライラは仰天した。

（いったい、いつの間に⁉　まったく気配を感じなかったんですけど⁉）

ここ最近、気づけばリクハルドが傍にいるということが多い。しかも、近づかれたことにまったく気づけないのだ。大抵、何か仕事をしているときだからかもしれないが。

「だ、大丈夫です！　ちょっと……こ、このクリーム作りが上手くいかなくて、悩んでしまっただけで……‼」

「本当に？　嘘《うそ》じゃないね？　もし嘘ならば怒るよ。お仕置きするよ？」

何だか不穏な言葉がちらついたが、ライラは真摯な顔で何度も頷く。リクハルドは鼻先が触れそうなほど端整な顔を近づけライラの瞳を覗き込み、こちらの言葉を吟味《ぎんみ》する。

「何か少し違うような気がするけれど……とりあえず、わかった」

（す、鋭い……）

ホッと安堵の息を吐くと、リクハルドが下ろしてくれる。そして隣に並び、微笑んだ。

「このクリームが美味しくないのかい？　ちょっと、味見をさせてもらおうか」

リクハルドは持ったままだったスプーンをライラの手ごと掴んで、クリームをすくい取ろうとする。自然と身体が密着し、ライラは慌てた。

「リ、リクハルドさま！　近い、です！」

リクハルドは目を瞠って自分たちの距離感を測り、大きく嘆息した。

「……ああ、またやってしまった……ごめん」

「どうして私にだけこうなんでしょうか……？　他の女性にはそんなことないようなのに」

少々気まずそうにリクハルドが目を逸《そ》らす。

「……ライラから、いつも甘くて美味しい香りがするからかもしれない」

思わず腕を上げて、自分の匂いを確認してしまう。特に美味しい香りはしないのだが。

「ライラを食べてみたら、とても甘くて美味しいのかもしれないね」

いつの間にかリクハルドが傍に寄り添って、首元の匂いを嗅《か》いでいる。ライラは驚いて慌てて飛び退《の》こうとし、体勢を崩した。

「……ライラ！」

作業台の角に頭を打ちつけそうになったライラの後頭部を、リクハルドが右手で包み込む。気づけばライラは背中を作業台に乗せて仰向けになっていた。リクハルドの長い足と自分の足が絡み合い、彼の左腕が腰に絡んで引き寄せられている。

彼の膝頭がスカート越しに恥丘に押しつけられ、ビクリと震えた。

「大丈夫か⁉」

いつもの優しく柔らかな口調からは想像しづらいほど、険しい声だ。ずいぶん心配してくれているのだとわかる。

ライラはなるべくリクハルドに触れないよう身を強張らせたまま、コクコクと何度も頷く。

リクハルドが安堵の息を深く吐いた。

「……よかった……」

また距離感がおかしいことになっている。そう指摘したいのに、何も言えない。

リクハルドはじっとライラを見下ろしたままだ。見つめ合ったまま、わずかも動けない。

リクハルドの瞳の奥に、ちらちらと見え隠れしている焔に気づき、ライラは息を呑んだ。

（私の期待がそう見せているの？　リクハルドさまが私を欲しがっている、なんて……）

クリームをかき混ぜていたスプーンは、もつれ合った際に作業台の奥に飛んでいってしまった。そのときにクリームが飛び散ったのだろう。リクハルドが呟く。

「……頬に、クリームがついてる」

慌てて指で拭《ぬぐ》い取ろうとするより早く、リクハルドが覆いかぶさってきた。えっ、と思う間もなく、彼の舌がぺろりとクリームを舐《な》め取っている。

舌の熱と柔らかな動きに、思わず肩を竦めてきつく目を閉じてしまう。リクハルドが少し寂しげに言った。

「……僕にこうされるのは、嫌、かな」

目を開けられなかったが、すぐに首を左右に打ち振った。リクハルドが嬉しそうに笑う小さな声が聞こえ、額を軽く啄《ついば》まれる。

ひゃっ、と妙な声が出てしまった直後、唇に彼の唇が触れた。驚きに大きく目を見開く。唇が、柔らかく触れ合う。薄く理知的な唇が、優しい熱を伝えてくる。

目が合った。互いの瞳に、互いの顔が映っている。リクハルドは一瞬も目を逸らさない。

リクハルドがわずかに唇を離し、呟いた。

「……嫌では……ない、かな……？」

触れた熱に、嫌悪感は一切抱かなかった。ライラも目を逸らせないまま、答えている。

「嫌……ではない、です……」

「……なら、もう少ししても……いい、かな……?」

今度はすぐに答えられなかった。このあとにするくちづけは、きっと——間違いなく、互いを求めるものになってしまう。

ライラを欲しがってくれるリクハルドの熱情を拒める自信は、ない。

ここは笑ってやり過ごそう。そう決める。

「これ以上は、駄目、で……」

冗談だったと済ませられるよう、軽い口調で言う。だが言い切る前にリクハルドの唇がぶつけるように押しつけられた。

直後、ライラの唇を開かせてくる。驚いて身を固くすると、唇の隙間から彼の舌が入り込んできた。

唾液《ぬ》で濡れた熱い肉厚な感触に、ビクッ、と震える。反射的に逃げようとすると、リクハルドがすかさず上体を強く押しつけつつ、くちづけを深くしてきた。

「……ん……んんぅ、ん……っ」

首を左右に振っても、逃げられない。それどころか腰に絡んだ腕に力がこもり、強く引き寄せられる。女の自分とはまったく違う硬い身体が密着し、鼓動が跳ねた。

リクハルドの舌が、ライラのそれに触れた。

今度はリクハルドが震える。何かに気づいたように大きく目を瞠ったが、何を思ったのかは濃青の瞳からは読み取れない。

一度ゆっくりと瞬きしたあと、リクハルドの舌が改めて動いた。ライラの歯列をなぞり、上顎のざらつきを舐め、舌の裏まで味わってくる。

口中を蹂躙《じゅうりん》するかのように舐めくすぐってくる舌の動きは淫猥《いんわい》で、官能的だった。反射的に逃げる舌を搦《から》め捕られ、互いの唾液が混じり合い、どちらのものともつかなくなるほど味わわれてしまう。

「ふ……ん、ん……っ」

息が苦しくなり、本能的にリクハルドの胸を押しのける。気づいて止まってくれたのは、一瞬だけだ。すぐに煽られたかのように舌の根が痺《しび》れるほどに強く吸われてしまう。

「……んぅ……っ」

次には舌先を甘噛みされ、ライラは本能的な涙を滲ませてしまう。

こんな濃密な触れ合いを他人とするのは初めてだ。どうしたらいいのかわからない。いや、何よりも——どうしてそれを、蕩《とろ》けるほど気持ちいいと感じるのか。

身体の奥深くに甘い疼《うず》きが生まれ、もっと深いつながりが欲しいと願ってしまう。

「……は……っ、ライラ、もっと……もっと君と、深く……繋がり、たい……っ」

リクハルドも上手く息ができておらず息苦しそうにしているのに、くちづけを止める様子がない。それどころかライラをさらに強く抱き締め、舌を奥深くまで差し入れてくる。喉奥まで味わわれてしまうのではないか。

ああでも、とライラの身体から力が緩やかに抜けていく。

彼もまた、自分と同じ気持ちになっているのだ。繋がり合いたい、と。

やがて、息苦しさから頭がぼうっとしてきた。ライラは知らずリクハルドの頬に指を伸ばす。

唇を離さないままで、その手を受け止められた。指を絡めるように握り締められ、ぴったりと重なる掌から伝わる熱が気持ちいい。

「……ライラ……」

息継ぎの合間にかすかな声で呼びかけられる。その声の甘さも、思わず小さく震えてしまうほどに気持ちがいい。

「リク……ハルド、さま……」

くちづけの合間に返す呼び声が、本当に自分のものなのかと疑うほどに甘い。ライラ自身も彼を求めているのだと、その声音が教えてしまっている。

リクハルドが嬉しそうに微笑んだ。こんなに優しく甘い微笑を見るのは初めてだ。

「ライラ、君が……好きだ。だから、君が欲しい……」

え、と大きく目を見開く。熱に浮かされたような告白はあまりにも予想外で、思考が止まってしまった。

リクハルドは愛《いと》おしげに目を細めた。

「君が好きだ。君が僕を助けてくれたあの子だろうとそうでなかろうと、もうどうでもいいんだ。僕は今の君がいい。僕の菓子好きなところを可愛いなんて言ってくれるのは、君くらいだよ。僕のことをただの男として見てくれていることが、嬉しいんだ」

リクハルドの唇は、愛の告白を紡ぎながら情熱的なくちづけを何度も繰り返す。一度溢《あふ》れ出した気持ちはすぐには引かないようだ。

そしてライラも真《ま》っ直《す》ぐに想いをぶつけられて、嬉しくなる。彼の情熱に流されてしまいたくなる。

「ここで君と一緒に過ごして……君の傍がとても居心地がいいと知ったんだ。だからライラ、ずっと僕の傍にいて欲しい」

（一緒に、いるだけならば……）

ライラの厄介な出自が外部に漏れないようにすれば――傍にいるだけならば許されるのではないか。自分に都合のいいことを狡《ずる》く考えてしまう。

（結婚、とかではないのだから……）

だが次の瞬間、ライラは冷水を浴びせられたような気持ちになる。

「――ライラ、こんなところで君に伝えるのはどうかと思うけれど、我慢できないから言うよ。僕の、妻になって欲しい」

（それは、駄目……！）

唯一無二の人として求められて嬉しい。だが、それは絶対に受け入れてはならない。ライラの出自が明らかになれば、リクハルドに迷惑がかかる。下手に動けば彼の立場も悪くなるのだ。

そしておそらく彼は、ライラの事情を知っても簡単に手放さないだろう。そういう人だろうとは、これまでのやり取りで何となく予想できる。

喜びの涙が、一粒零れ落ちた。リクハルドがすぐに唇で優しく吸い取ってくれる。抱きしめてくれる腕にすべてを委《ゆだ》ねたい。だがそれは駄目だと甘える心を叱咤し、ライラは微笑んだ。

「ありがとうございます。そんなふうに思っていただけて、とても嬉しいです。本当に……申し訳ないのですが、私はリクハルドさまにそのような気持ちは持っていません。おこがましいとは思いますが、優しく頼りになる友人以上、には……んぅ……っ？」

噛みつくように唇が重ねられ、先ほどよりも激しく貪られた。欲望のままに舌を搦め捕られ、吸われる。いやらしい淫《みだ》らな水音とともに舌をたっぷりと味わわれ、再び下腹部の奥が疼き始めた。

「……んぅ……ん……っ」

顔を左右に振ってくちづけから逃れようとすると、舌を甘噛みされた。びくん、と反射的に腰が跳ねてしまう。

リクハルドの両手が、ふいに耳を押さえてきた。外の音が消え、代わりに舌を絡め合う淫らな水音がはっきりとわかるようになる。

「……んぅ……っ」

だんだん息が苦しくなり、ライラは本能的に大きく口を開いた。それすらも許さないとでもいうのか、リクハルドの舌が喉奥まで侵入してくる。

頭がくらくらして、意識が薄れそうだ。自然と涙が滲み、視界がぼやける。その霞《かす》みの中で、リクハルドの端整な顔が見える。

彼もまた息苦しそうに眉を寄せている。目は薄く開かれていて、ライラの反応を確認するかのように、じっと食い入るように見つめている。

濃青の瞳の奥に、息を呑むほどの欲情があった。言葉よりもはっきりと、ライラを欲しいと訴えている。

ほんのわずか、リクハルドが唇を離して囁いた。

「僕はこれまでそれなりに色々なやり取りをしてきていてね。人の真意というものをそこそこ読み取れるようになっている。そうしないと生き延びてこられなかったからだけれど……今の君の言葉は、嘘だと感じてしまう。本当に友人としてしか僕のことを思っていないのならば、こんなことをするべきではないと君なら僕を叱りつけるだろう？　……君を助けた僕を、やりすぎだと叱った君ならば」

反論しようとした唇をまた深く官能的なくちづけで塞がれてしまう。

どうしよう、とライラは混乱する。拒まなければいけないのに、できない。リクハルドの唇が心地よくて、できない。

リクハルドが唇を重ねたまま、身体に触れてきた。大きな掌は熱い。けれどその熱が心地よい。

彼の手は形を確かめるように身体を撫で回してくる。背中を滑り落ちた手に腰を優しく撫でられると、無意識に甘い吐息が零れた。

「……あ……っ」

リクハルドが驚いたのか、軽く目を瞠る。慌てて両手で口を押さえるが、遅い。これでは彼の愛撫《あいぶ》に——気持ちに、応えているのと同じことだ。

リクハルドがすぐに嬉しげに目を細め、ライラの反応を窺《うかが》いながら腰を片腕で抱き、反対の手でそっと胸の膨らみを包み込んだ。

びくりと震えたのは、一瞬だ。口中に留まっているリクハルドの舌が、宥《なだ》めるように動く。そうしながら、優しく胸を撫でてくる。

恐《こわ》いことはしない、と優しい愛撫が教えてくれる。

(……あ、あ……どうし、よう……恐く、ないの……それよりも、気持ちいい……)

「……ライラ……好きだよ、愛してる。君が欲しい……君にずっと触れたかった。だから気づくと君に近づいていて、触れようとしていたんだろうな……」

リクハルドがブラウスのボタンを外す。露わになった喉元に彼が唇を押しつけた。そのまま鎖骨まで下り、窪《くぼ》みに優しく吸いついてくる。

反射的に身を竦めると、今度は舌先で優しく舐められた。甘苦しい不思議な快感に、ライラは息を呑む。

「……リク、ハルド……さま……」

呼びかける声は弱い。リクハルドは首を伸ばして柔らかく唇にくちづけたあと、両手で乳房を軽く押し上げるように包み込んだ。

胸元がはだけられ、胸のふくらみを優しく揉みしだかれる。くちづけも加わって、甘い痺れるような快感が全身を緩やかに巡り始めた。

「……ん、ん……っ」

リクハルドの手はさらに大胆になり、服の上から的確に胸の頂《いただき》を捉えてきた。ふっくらと柔らかかった胸の頂点は、指の腹で軽く捏《こ》ね回されると硬く尖《とが》ってしまう。

リクハルドが喉の奥で嬉しそうに小さく笑い、摘まんで擦り立ててきた。

「……んぅ、ん……んんっ」

離れなければ、と警告する理性も、与えられる快感には勝てない。

とろん、と目を閉じかけたライラを熱い視線で見返して、リクハルドの手は胸から下腹部へと移動した。そのままスカートの下に潜り込み、ゆっくりとたくし上げてくる。

靴下に包まれた脛《すね》から膝へ、そして太腿へ。熱い掌の優しく――けれども確かな情欲を感じる仕草に、ライラは胸をドキドキさせる。

（このまま、私、リクハルドさまのものに……？）

内腿をリクハルドが焦《じ》らすように撫で回す。肌に直接触れる彼の掌が熱くて気持ちいい。

リクハルドの人差し指が、つ……っ、と下着のクロッチ部分に触れた。自分でもまともに触れたことがない秘密の場所に触れられ、ライラは息を詰めた。

反射的に腰が震えたが、拒否感は一切なかった。

彼が自分を一人の女性として求めてくれている。くちづけと触れられる愛撫でもう心が蕩けてしまっているライラには、拒否する理由がない。

リクハルドの指が、布地越しに蜜口に触れた。優しく入り口をほぐすように押し揉まれ、じわりと広がっていく甘苦しい疼きにライラは小さく喘《あえ》ぐ。

リクハルドが息を詰める。直後には膝の間に優しく身を押し入れ、愛おしげに頬やこめかみ、額にくちづけながら指を沈ませた。

だが布地が阻《はば》んで浅くしか侵入できない。それでもしばらく出し入れされると愛蜜が滲み出し、しっとりとそこが濡れ始める。

指を湿らす感触に気づいたリクハルドが、熱い息を吐き出した。

「……僕の指に……感じてくれている、ね……？　濡れてきて……可愛い」

リクハルドが耳に唇を押しつけながら言う。低い囁きに背筋がゾクゾクし、ライラは身震いした。そして思わず涙声で返す。

「……は、はしたなくて……ごめんなさい……」

少し弄《いじ》られただけで湿ってしまうなど、淫乱だ。だがリクハルドは嬉しそうに微笑んだ。

「謝ることはない。僕は嬉しい。君が僕に触れられて喜んでくれている証拠だからね。僕も君に触れることができて嬉しくて……ここ、が……硬くなってしまっている……」

ぐっ、とリクハルドの股間が、下着越しに強く押しつけられた。

硬く熱く張り詰めた感触に、ライラはびくっ、と身を震わせる。何をするのかまざまざと教えられ、一気に我に返った。

（駄目よ、駄目……‼　そんなことになったら……っ）

リクハルドの熱情に流されていた理性が戻る。ライラはきゅっ、と一度唇を強く引き結んだあと、彼の肩を押しのけた。

「……あ、の……あの、リクハルドさまのお気持ち、ちゃんと考えます。だから少しだけ待っていただけませんか……？」

あまりにもつたない言い訳だ。だがリクハルドはそれを聞いて我に返り、今更のようにひどく申し訳なさげに目を伏せた。

「……ごめん、暴走した。これはとても、紳士的ではない、ね……ごめん」

そしてすぐにライラから身を離し、服の乱れを整えてくれる。

（優しい人……）

そして誠実で、一途な人だ。やろうとすれば男としての抗えない力で、あるいは雇用関係や身分差による権力で、彼はライラのすべてを奪えるはずだ。けれど、そうはしない。

（……ああ好きです、リクハルドさま）

心の中でそっと呟くライラの額に、リクハルドが詫《わ》びのくちづけを与えた。

「一晩は、このまま待つよ。明日、朝食を一緒に食べよう。それからゆっくりと今後のことについて話し合いをさせて欲しい」

本気でライラを正しいやり方で手に入れようとしてくれている。そのことに内心でとても驚き、ひどく動揺しながらもなるべく顔には出さないようにして、頷いた。

断られなかったことに安堵したのか、リクハルドが微笑んでから厨房を出ていった。ライラは両手を胸の前で強く握り締め、身体の火照りを吐き出す。

（これ以上ここにいたらいけない……後戻りできなくなる前に、ここを出ていかなければ）

良くしてくれた皆に不義理をしてしまうのは心苦しい。何よりも、リクハルドの気持ちを裏切ることが辛い。

（でもそうしなければ、リクハルドさまに迷惑がかかってしまうのよ）

――心を決め、ライラは自室に向かった。今ここで動くのを止めてしまったら、自分に都合のいい理由ばかりを連ねて、結局リクハルドの気持ちに甘えてしまう。

ライラは手早く荷物を纏《まと》め、リクハルドと皆へ、感謝と謝罪を手紙にしたためる。そして使用人用の勝手口から、誰にも見つからないよう注意しながら屋敷をあとにした。

どうやって自室に戻ったのか、記憶がない。気づけば扉を後ろ手に閉めて寄りかかり、自室の天井を見上げていた。

部屋を出る前に点《つ》けていたランプの淡く頼りない揺らめきが、視界の端に映る。リクハルドは指先で唇をそっと押さえた。

ライラと、くちづけをした、のだ。いや、それだけではなく服越しとはいえ、胸や背中や腰や――彼女の秘められた場所にも、触れてしまった。

（大事にしたいと……そしてきちんとしかるべき手順を踏んで、ライラを自分のものにしたいと思っていたのに……!!）

なのにこの有様だ。これではリクハルドが嫌悪するケダモノと変わらない。

ライラに関しては思い通りにいかないことばかりだと、リクハルドは歯がみする。気づいたらライラに近づいて、触れようとしているのもそうだ。

理性が飛ぶきっかけが何かなど、本当に予測がつかない。ライラが怪我をしなかったことに安心したというのに、抱き止めた身体の柔らかさと彼女が纏う甘いクリームの匂い、そしてすぐにくちづけできるほど間近に愛らしい桃色の唇があって――我慢できなくなった。

それでもクリームを舐め取るだけだから、と、自制はできていたのだ。

(なのにライラは嫌がるどころか、嫌じゃないと言ってくれて……‼　そんな言葉を聞いたら、我慢などできるわけが……‼)

ああ違う、とリクハルドは反省する。ライラのせいではない。そう言ってくれたことを喜んでそれ以上は何もせず、気持ちを伝えて彼女の心も確認して、そしてきちんと触れていいと許可を得てからするべきだったのだ。我慢できなかったのは、自分の落ち度だ。

だがそれでも成果はあった。

(明日、僕とライラの関係は変わる。求婚する者と、される者として)

話し合うための約束も取りつけた。すべては明日だ。

ライラの心を尊重し、彼女が間違いなく憂えるだろう身分差について、負担をかけない方法で愛を告げて受け入れてもらわなければ。

だがそのための策が、今のところさっぱり思いつかない。リクハルドは途方に暮れ、もたれ掛かった扉に後頭部をごつ……っ、とぶつけた。

（恋とはなんと厄介なものか……）

だがそれすらもライラが与えてくれる苦痛だと思うと、甘美なものに思えるのが不思議だった。

――だが一つだけ、懸念していることがある。リクハルドはすぐにアートスを呼びつけた。

【第三章　君を絶対逃がさない】

朝の仕事を始める前に、シニヴァーラ侯爵邸内の使用人休憩室では、ライラを除いた使用人たちが真剣な顔で額をつき合わせていた。仕事に支障を出さないよう、集合は仕事開始の一時間前にしてある。

執事と使用人頭を含めた二十人近くの使用人が集まっている。そして皆、神妙な顔で仕事仲間の若い娘を取り囲んでいた。彼女が教えることの詳細に、皆が息を呑んで聞き入った。だが彼女は皆とは違い、期待と歓喜で瞳をキラキラさせている。使用人頭が重々しい声で確認した。

「それは本当のことなのね……？」

「はい！　昨夜、厨房で、リクハルドさまとライラがくちづけを交わしていました！」

昨夜、喉が渇いて水を飲みにいこうとしたときに目にした二人のやり取りを、彼女は使用人頭に教えた。その報告を受けて、この場が設けられたのだ。

「とてもデリケートな場面よ。なのにしっかり見ていたなんて……それは反省なさい！」

「はい。……でもでも！　これでライラちゃんがリクハルドさまの奥方さまになるかもしれませんよ!?」

皆で顔を見合わせ――そして一斉に深く、安堵の息を吐いた。

「ああぁぁぁ、本当に良かった……!!」

「これで二人はもう恋人同士ですよね……!!」

実のところ皆、ライラとリクハルドのやり取りにやきもきしていたのだ。

どう見ても二人は想い合っている。だが、なかなか進展しない。幸い、リクハルドの方は無意識のうちに態度に出ているが、ライラは雇い主の彼に決して一線を越えるようなことをしなかった。

彼女の頑張り屋なところ、リクハルドに決して色仕掛けなどしない誠実なところ、使用人たちに真摯に対応する心根などが、皆にとても高評価だった。何よりも、リクハルド自身が初めて自ら連れてきた女性だ。これはもう、ライラがリクハルドの妻になるに違いない。

使用人と侯爵、という身分差についての心配は、実のところさほど心配していなかった。リクハルドならばなんとかしてしまうだろうと、皆、根拠のない安心感を持っている。

その二人がついに、くちづけをしたというのだ。これは夫婦になるための一歩を踏み出したと言っても過言ではない。さらに今日、二人は互いの想いをきちんと話し合うという。

使用人頭と執事が次々と命じた。

「通常業務は決しておろそかにしないことを前提に、ライラを徹底的に磨き上げましょう」

「ドレスの用意は終わってます！　奥さまが残されたドレスでライラに似合いそうなものをいくつか」

「結構。湯浴みの準備は？」

「できています。香油も用意しました」

「私、ライラを起こしてきまーす！」

ドアの近くにいた若い使用人が元気よく休憩室を飛び出す。二人に出す茶と菓子はどんなものにするかと相談していると、彼女が青ざめた表情で駆け戻ってきた。

「た、大変です、ライラがいません!!　か、書き置きを残して、出ていったようで……!!」

「──なんだってー!?」

握り締めた便箋《びんせん》を突き出しながらの言葉に、使用人たちは絶叫した。


時折道端で旅行バッグを椅子代わりにして休憩しながらとはいえ、さすがに一晩中歩き続けて疲れた。どこかで眠りたいと、ライラはとりあえず手近な公園に入る。空腹もあった。

住まいを転々としていたから、荷物が少ないのはこういうときに助かる。旅行バッグ一つでどこへでも行ける。先立つ物があれば、なお安心だ。

幸い、給金は手つかずで財布の中に入れていた。何しろあの屋敷では、必要なものは言えばリクハルドが揃えてくれたのだ。

（ごめんなさい、リクハルドさま……）

心の中で何度もリクハルドに謝りながら歩いてきた。だがどんな言い訳をしても、許されることではないとも思う。

ならば、怨《うら》んで欲しい。心を弄《もてあそ》んだ悪女と思ってくれていい。

（そうすればリクハルドさまも次の恋に……駄目ね。私ってば、自分勝手すぎる……）

己を叱咤すべく、両手で頬を勢いよく叩く。朝の空気に、パンッ！　と乾いた音が響いた。

眠気と疲れがほんの少し飛ぶ。

（次の住処《すみか》を探すためにも、まずは朝ご飯ね！　空腹だと何もできなくなってしまうもの）

空元気でも、今は必要だ。心の痛みを呑み込み、ライラは気を取り直して周囲を見回す。

公園にはまだ人がほとんどいないが、それでも旅行者や散歩をする人などが出歩き始めていた。そういった人向けに、いくつか屋台が出ている。

どの店にしようか、と眺めていると、馬蹄《ばてい》の音が聞こえてきた。全力疾走の音だ。それがこちらにぐんぐん近づいてくる。

驚いてそちらに目を向けると同時に、進路を塞ぐように立派な黒毛の馬が止まった。何事だろうと顔を上げて、ライラは危うく悲鳴を上げそうになる。

「――やあ、ライラ。こんなところで何をしているんだい？　今日、君が休みだとは聞いていないけれど」

（リ、リクハルドさま……!?　どうしてここに!?）

にっこりと満面の笑みを浮かべ、馬上のリクハルドが言う。思わず一歩退くと、濃青の瞳が鋭く光った。

しなやかな獣を思わせる一切の無駄がない仕草で、リクハルドが馬を降りる。そしてライラが逃げ出すより早く、腕を掴んで引き寄せた。

「ライラ、今日は休みではないよね？　きちんと仕事はこなさないと。それに今日は僕と今後のことについて話し合う約束をしているはずだけれど？」

「……あ、あの……不義理をして申し訳ございませんが事情がありまして、辞めさせてくださいと手紙を……っ」

「ああ、置き手紙は見た。でもそんな自分勝手な辞め方は認めない。雇用主の僕にその事情というのをきちんと説明して、正式に解雇されてから屋敷を出ていくのが筋だよね？」

まったくもってその通りだ。反論の言葉など出てこず、ライラは口ごもる。

「とりあえず、屋敷に戻るよ。こんなところではゆっくり話もできないから」

言ってリクハルドがライラを抱き上げた。そして馬に乗せ、手綱を握る両腕の間に横抱きに囲ってしまう。

「お、降ろしてくださ……っ‼」

慌てて降りようとするがリクハルドの左腕が腰に絡んで強く引き寄せられたうえ、馬の腹を蹴って一気に走り出されてしまっては叶《かな》わない。馬に乗り慣れていないライラは小さく悲鳴を上げ、反射的に彼にしがみついてしまう。

リクハルドがライラの頭頂にちゅっ、と軽くくちづけた。

「そう。そのまましっかりとしがみついていて。絶対に落とさないし……逃がさないから」

何だか不穏なことを言われたような気がする。だがその疑問は増した馬の速度でかき消えてしまった。

屋敷に戻ると大玄関の前にアートスと執事と使用人たちが並んでいた。主人に対しての挨拶をライラにもしてくれることを訝しみながらも、最後のあがきとばかりに馬から降ろしてもらった隙に、再び逃走を試みる。

だがすぐさま使用人たちに進路を塞がれる。そしてリクハルドに再び抱き上げられ、そのまま運ばれてしまった。普段の彼からは予想できない強引さだった。

結局、彼の私室のソファに座らされてしまう。

リクハルドは真向かいに座った。扉は彼の背の奥にあり、濃青の瞳はライラにじっと向けられ、一瞬たりとも逸らされない。これでは何をしても逃げられそうになかった。

（もう腹をくくるしかないわ……！）

ライラは強く唇を引き結び、膝の上に乗せた両手を握る。

最後の手段として、ライラが隠し続けていた出自を話すしかないだろう。だがそれを知ったことでリクハルドに何か迷惑が——あるいは危険が降りかかったとしたら。

（それが……恐い、の……）

リクハルドが長い足を優雅に組み、重ねた膝の上に両手を置いた。何気ない仕草も、彼がすると見惚れてしまうほど洗練されている。

「ライラ」

呼びかけられ、緊張の面持ちでリクハルドを見返す。彼がジャケットの内ポケットから一本の護身用ナイフを取り出した。折り畳み式のそれを開き、ライラに差し出す。

意図がわからず戸惑ったが、とりあえずナイフを受け取った。リクハルドは優しく甘い笑顔を浮かべて立ち上がり、ライラに近づく。

「今から君にくちづけるから、嫌だったら刺すんだよ」

「え……っ？」

言葉の意味を理解するより早く、リクハルドがくちづけてきた。こちらが戸惑っているのをいいことに、すぐに舌を搦め捕って官能的な深いくちづけを与えてくる。

（こ、こんなくちづけをされたら……だ、め……っ）

くちづけからリクハルドの想いが伝わってきて、心が甘く蕩けてしまう。ナイフを握り締めたまま、ライラはくちづけを受け止めるしかない。リクハルドを傷つけることなどできない。

リクハルドがライラの舌先を甘噛みし、ちゅぅっ、と軽く吸った。同時に腰に回った手が動いて、背筋をゆっくりと撫で上げる。ゾクゾクと甘い震えがやってきて、ライラはナイフを握る手にさらに力をこめながらきつく目を閉じた。

愛撫からライラが欲しいと伝わってくる。けれど本気で抵抗すれば一線を越えはしない意思も感じられた。こんなふうにされて、気持ちを堪え続けるのは難しい。

（だって私もリクハルドさまのことが好きだもの……ああ、でも駄目……っ）

下唇を柔らかく啄み、リクハルドがほんの僅《わず》か、唇を離して続けた。

「刺さないのか……？　僕の心臓は、ここだよ」

ナイフを持った手を掴み、心臓の位置に先端をぴたりと押しつける。彼を傷つけてしまう恐怖で手が震え、ナイフを落としてしまった。

だがリクハルドの手は離れず、さらに強く引いて胸に掌を押しつけさせた。

脈打つ鼓動が伝わってくる。速い。

自分と同じほどの脈動に驚いて目を開けると、リクハルドの濃青の瞳が間近にあった。

深い色合いに、吸い込まれそうだ。そしてその奥に、息を呑むほどの情欲がある。今の彼に求められたらどうなるのだろう――想像するだけで、身体の奥が甘く疼いた。

「ライラ、僕は君が好きだ。健気《けなげ》で頑張り屋で、僕をただの男として見てくれる得難い人だ。だから絶対に離したくないし、離せない。僕は君が欲しい。君だけしか欲しくないんだ……」

リクハルドの言葉とは思えないほど情熱的だった。それどころか必死さも感じられて驚く。だがくちづけられながら囁かれるとその熱が強く伝わってきて、自然とライラも本心を口にしてしまう。

「……私も、リクハルドさま、が……好……」

最後まで言い終える前に、ライラは我に返った。

いけない。彼の熱に流されてしまっては駄目だ。

リクハルドは確信を得た笑みを浮かべると、ライラの頬を両手で包み込んで再び深くくちづけた。舌を搦め捕られ、身体の力は抜ける一方だ。

「……ん……んん……っ、駄目……っ」

なけなしの力をふり絞ってリクハルドの胸を押し返す。やはり自分の出自について正直に話さなければ止まってくれないだろう。

ライラは意を決し、くちづけの合間になんとか言った。

「お、願い……リクハルドさま……っ。は、なし、を……したい、です……っ！」

リクハルドがぴたりと動きを止める。だが鼻先が触れ合うほどの至近距離は変わらない。

「わかった。でも逃げるための嘘ではない証しとして、このままで聞くよ」

「……あ、ありがとう、ございます……。あの……用意していただきたいものがあります」

ライラは彼の腕の中で、髪を濡らせるくらいの水と洗面器と、タオルを用意してもらった。

リクハルドがアートスを呼び、使用人たちにすべてを整えさせる。

次に使用人たちには下がってもらい、ライラはソファから立ち上がって洗面器に向かって頭を下げた。そしてアートスに水差しの水をかけてもらう。

洗面器に濃茶色の水が満たされていく。すぐにリクハルドとアートスが息を呑んだ。

そろそろ染め直さなければならなかった時期だ。思った以上に早く、髪の染め粉は落ちた。

濡れた髪をタオルで軽く拭いて、ライラは大きく息を吐く。そしてポケットにいつも忍ばせている目薬の一つを取り出し、手早く点眼した。

これは、本来の色を隠すためにさす薬を中和するものだ。目を閉じて薬が眼球を覆うのを感じたあと、ゆっくりと目を開く。

「……これが、私の『事情』、です……」

リクハルドは無言だ。アートスは信じられないというように目を瞠り、首を左右に振った。

今やライラの纏う色彩は、ヴァルタサーリス王国の王族特有の、冴《さ》えた月光を束ねたかのような見事な銀髪と、最高級のアメジストのごとき深い紫色の目となっている。

ロイヤルカラーとこの国で愛される色――その色が深ければ深いほど、王族直系に近いとされている。

「……あなたに、王族の血が入っている、と……？　一体どなたの血が……！」

アートスが呻《うめ》くように呟く。そうだ。これが普通の反応だ。リクハルドもきっと同じだ。

(私のような面倒ごとに関わりたくはないと思って……)

リクハルドは茫然とした表情で歩み寄り、ライラに手を伸ばしてきた。

「……これが、本当の君……ああ、綺麗な色だ……」

リクハルドの指が右耳の辺りの髪のひと房を手に取り、恭しくくちづけた。髪に感覚はないのに、ビクリと震えてしまう。

「君が僕への気持ちを隠してしまうのは、これが理由か……」

それには応えず、ライラはそっと身を引く。銀髪が指から完全に離れる前に、リクハルドの右腕がライラの腰を引き寄せた。

「離さないって言ったよ」

「……まだそんなことを仰っているのですか⁉　私は現国王の落とし胤《だね》です！」

衝撃的な事実にアートスが大きく目を見開いて絶句する。その顔が瞬時に青ざめた。

さすがのリクハルドも、これには驚いたようだ。軽く目を瞠り、無言でライラを見返す。

「私の母は、即位前の陛下の家庭教師を勤めていたんです。そこで陛下と知り合って恋に落ち……私を身ごもりました。でも母は、いずれはこの国の王となる父のことを考え、姿を消しました。それが正しいことだと私も思います。だって母はただの平民で、教師として抜擢されなければ父と会うことだってなかった人です。父のことをとても愛していたけれど、平民出身の母が王妃になれるわけがありません。王妃になれたとしても認めてくれる方もいません。父の隣に立つに相応《ふさわ》しい身分も気品も、まったく足りません。そんな母が傍にいても、父の迷惑にしかならないと……だから、母は父の傍を離れたんです」

リクハルドは何も言わず、堰《せき》を切ったように話し続けるライラの言葉を聞いている。瞠られていた瞳が徐々に緩み、優しい笑みを浮かべ始めた。ライラには、その理由がわからない。

「私も母と同じ考えです。リクハルドさまが私を望んでくださっても、お受けできません。私が国王の子だと知られれば、私を利用しようとする人も出てきます。そんな面倒な娘を妻にするなんて、リクハルドさまのためになりません……‼」

リクハルドは懐かしげに目を細めた。

「そうか……君の母君が陛下の想い人だったんだね……うん、わかるような気がする。とても優しく朗らかで、気持ちのいい人だった」

「母を……ご存じなのですか……?」

そのことに驚き、思わず問いかける。リクハルドが嬉しそうに笑って頷いた。

「君と会って菓子をもらったときにね。僕を医師の処《ところ》に連れていってくれて、治療代も払ってくれたんだよ。そうか。あの方が陛下の想い人……ふふ……わかる気がするな……」

この話を聞かされて、なぜリクハルドが笑うのかわからない。ライラは八つ当たり気味に言ってしまう。

「リクハルドさま‼　どうして笑うのですか⁉」

「いや、ごめん。君が僕のことを好きだって言ってくれているのと同じだから、嬉しくて」

「私の話を聞いてましたか⁉　好きだなんて一言も言っていません！　私は現国王の庶子で、でも平民として生きてきたから王族の一員としてなんて絶対に認められない存在で」

「そんな娘を妻にするのは僕にとって損にしかならないから諦めろ、と言っているんだよね」

きちんと理解してくれている。なのにどうして嬉しそうなのか。

リクハルドがライラの腰を両腕で優しく抱き寄せる。そして額に軽くくちづけた。

「僕のためを思って僕を拒んでくれているんだ。嬉しくてたまらない。だって君は僕のことが好きで、好きな人に迷惑をかけたくないからそう言ってくれているんだものね？」

前向きすぎる言葉に反論できる言葉が見つからず、ライラは絶句する。

リクハルドが満面の笑みを浮かべた。

「君はやり方を間違えた。僕のことを嫌いだ、と一言でも言ってくれたら僕は君を手放したよ。……ん、どうかな……手放せたかな……？僕のことを好きになってくれるようにむしろ頑張るか」

「……リ、リクハルド、さま……」

「僕に君を諦めさせるんだったら、僕に向かって僕のことが嫌いだから諦めろ、と言えばよかったんだ。でも今の君の説得の仕方だとまったく駄目だね。言葉の端々に僕のためだって気持ちがこもっていて、君が僕のことを好きなんだってわかるばかりで、嬉しくなるだけだ」

どうしよう、とライラは途方に暮れる。どうすればリクハルドに諦めてもらえるのか。

アートスがこめかみの辺りを指先で押さえ、少々ふらついた足取りで静かに部屋を出ていく。気配で悟っているようだったが、リクハルドは止めなかった。

「そもそも僕も君と同じ庶子だ。僕の母はこの屋敷で使用人として働いていた、普通の、平凡な娘だったんだ」

思いもしなかったことを教えられて、ライラは絶句する。驚きの目を向けると、リクハルドが微苦笑した。

「父とその正妻は家の存続と繁栄のための政略結婚だったが、二人の間に子供はできなくてね。父は僕の母を気に入り愛人として囲い、そして母は僕を産んだ。父が生きているうちはよかったんだけれどね。僕がまだ幼い頃に父が病死してから、正妻が急に力を持った。僕を跡継ぎとして育てあげるには、教育上、僕の母が傍にいてはならないと追い出してしまった」

それまで一緒にいた生母がいなくなってしまった寂しさは、幼心に傷として深く刻み込まれただろう。可哀想《かわいそう》だ。

「そんな顔をしなくてもいい。僕の母は正妻の顔色を窺って、僕に必要以上に関わろうとはしなかったからね。いてもいなくても同じだった。ただ僕に対する正妻の、教育という名の暴力はなかなか凄まじくてね。……今は彼女がこの屋敷からいなくなって、本当に気が楽になっているよ」

正妻は、今はシニヴァーラ侯爵領の一つである静養地の屋敷で生活していると聞いていた。言葉では簡単に説明できてしまう過去だ。だが正妻が屋敷から姿を消すまでの間に彼に与えた傷については、簡単に言い表せないものばかりだろう。

ライラは無意識のうちにリクハルドの腕を優しく掴んでいた。リクハルドが小さく笑った。

「……ほら、そんな顔をしたら駄目だ。やっぱり君は僕のことを好きになってくれているんだってわかってしまうよ」

ライラは目を伏せる。気持ちは隠しているつもりだったのに上手《うま》くいかなくて難しい。

「母は屋敷から追い出されたとき、ようやく解放されると僕に言った。彼女にとって僕は望んだ子でもないし、父の愛情も苦痛でしかなかった。正妻に出ていけと言われたとき、彼女は喜んで従ったんだよ。さっさと荷物を纏め、僕には別れの挨拶もせずに出ていった」

どんな慰めの言葉をかければいいのかわからない。リクハルドがライラを優しい眼差《まなざ》しで見つめた。

「君は覚えていないけれど……そんなときに僕は君たち母子《おやこ》に出会って、あの菓子で元気をもらった。もう一度昔の君に会いたくて、探していた。会えてとても嬉しい」

「で、でも私……リクハルドさまに会ったことを覚えてはいなくて……」

「それは構わない。子供の君は僕の初恋の人だけれど、今の僕は今の君に恋をしたんだ。今、目の前にいる君が好きだから、君が欲しい」

ライラは口ごもる。うっかり口を開けば、彼の求婚を受け入れてしまいそうだ。

「……ライラ。僕は両親たちを見て、愛はとても醜く汚いものだと思っていた。誰かを欲しいと思ったこともないし、僕に触れて欲しいと思ったこともなかった。でも、君には気づくと触れたくなる。僕の一番傍にいていつでも笑顔でいて、そして僕の名前を呼んで欲しい。……でも無理強いはしないよ。それは、両親がしてきたことと同じことだからね」

リクハルドがライラの手を取る。そして誓いを立てるように指先に優しくくちづけた。

「好きだよ、ライラ。愛してる。君を手放したくない。だから僕の妻になって欲しいんだ」

必死さが声音の奥に含まれていて、ライラの心を震わせた。

リクハルドにこんなふうに求められて断れる女性がいるだろうか。何よりもライラの一番正直な気持ちが、彼に応えたいと願っている。

（母さんも、こんな気持ちだったのかしら……）

頭では駄目だと理解しているのに、気持ちを止めることができない。相手が望んでくれるならばと言い訳をして、受け入れたくなる。

（私は母さんの娘なんだわ）

そんなところまで似なくていいのにね、と母親の呆《あき》れた顔が思い浮かぶ。ライラは微苦笑した。そして腹を決めれば一気に気持ちが切り替わるのも、母親似かもしれない。

（あなたが、それほどまでに私を欲しいと求めてくれるのならば、逃げるのは狡い）

「……大変なことに、なるかもしれませんよ」

「君が僕を嫌いになること以外に大変なことなんて、何もないよ。例えば君が本気で王族に復帰したいと願うのであれば、その望みを僕は必ず叶えよう」

何をしてでもね、とリクハルドが笑いながら続ける。その笑顔に一瞬だけ、背筋が震えた。

「……そんなことはしなくていいんです。リクハルドさまが、私を傍に置いてくれるだけで」

根負けしたと表情に表して、ライラは言った。リクハルドは一瞬何を言われたのかわからなかったらしく、茫然と見返している。

（ああ、こんな顔もされるんだ。可愛い）

対外的には人当たりのいい笑みを浮かべそつなく何でもこなすリクハルドからは想像しづらいほど、感情豊かな表情だ。そんな彼を見せてくれて嬉しい。

ライラは顔を真っ赤にして続けた。はっきりと彼がわかるように伝えなければ。

「私も、リクハルドさまのことが好き、です……。逃げてしまって、ごめんなさい……」

告白がこれほど恥ずかしいとは思わなかった。消え入りたいと身を縮めると、リクハルドが両手で頬を包み込み、強引に上向かせてきた。

「ライラ、もう一度お願い」

「……え、あ、あの、何を……?」

リクハルドが蕩けるほど嬉しそうな笑みを浮かべ、小さく震えている。

「今の告白だよ！　すごく……すごく、いい……！　ああ、喜びに打ち震えるとはこういうことなんだね……！　君が僕を好きだと伝えてくれると、とても幸せな気持ちになれる。だからもう一度言って欲しい」

「……リ、リクハルドさまが……好き、です」

「うん。僕もライラが好きだ。愛してる。世界中の誰よりも大切だ。何があっても守る。君だけが好きだ。だからもう一回、君も言って」

「い、今の、聞こえましたよね⁉」

「うん、しっかり聞いた。でも、もう一回」

羞恥で軽い目眩《めまい》を覚えても何度も求められ、仕舞いには半ば自棄《やけ》のように告白すると――リクハルドが不意打ちのくちづけを与えてきた。

そのまま舌を搦め捕られ、意識を失う寸前までくちづけられる。膝から力が抜けて立っていられなくなり思わず彼の胸にもたれかかると、唇を貪欲に貪られたまま軽々と抱き上げられた。

「ん……んっ、ん……っ」

反射的にリクハルドの首にしがみつく。息だけで小さく笑い、彼は素早く歩き出した。

唇がようやく離れたときには隣の寝室に運ばれている。息継ぎのとき以外はずっとくちづけられているから、意識は蕩けきってしまっていた。

リクハルドの指が、ワンピースの襟にかかった。何をしようとしているのかを否応なく悟り、反射的に身を強張らせる。

リクハルドが微苦笑し、身を起こそうとした。

「ああ、ごめん。君が好きすぎてまた暴走しそうになっているな……。これ以上はしないから、安心して。でも、くちづけは、させ、て……ライラ……？」

心配そうに呼びかけられて、リクハルドのシャツの袖口を指で掴んでいたことに気づかされる。ハッ、と我に返り、ライラは慌てて手を離そうとして――やめた。

（私の身体が、私の心が、あなたに応えたいと願っているんだわ）

想いを告げてしまった以上、本能に逆らう理由はあるのだろうか。ライラは小さく息を呑む。

「……暴走して……いい、んです」

消え入りそうな声で、そう言う。リクハルドが息を呑み、驚きに目を瞠った。

「……暴走して、いいんだ……？」

リクハルドの手が、頬を撫でる。温もりに包まれて、反射的にビクリと震えた。だが、今度はその手は離れない。小さく頷くと、彼は嬉しそうに笑った。

「嬉しくて、死にそう……」

死んだら駄目です、と言い返そうとした唇を、深いくちづけで塞がれる。息継ぎすらさせてもらえないほどの情熱的なくちづけだ。

「……ん……んんっ」

舌を搦め捕られ、味わうように擦り合わされる。鼻にかかった甘い吐息は、本当に自分のものなのだろうか。

リクハルドは一瞬でも唇が離れることが嫌なようで、くちづけを止めない。そのまま大きな掌で、ライラの身体を撫で始める。

ただ撫でられているだけなのに、とても心地よい。布地越しに伝わってくる掌の温もりに、とろりと意識が蕩けていく。時折舌先を吸われたり甘噛みされたりすると心地よさの中に確かな快感が生まれ、下腹部の奥が甘く疼き始めた。

こんなふうに感じるのは自分だけだろうか。くちづけられたまま薄く目を開くと、リクハルドと目が合って驚く。まさかずっと見られていたのだろうか。

「……ん……！」

乳房を大きな掌に包み込まれ、柔らかく揉みしだかれた。新たな驚きに目を瞠れば、いつの間にかワンピースの襟元のボタンがすべて外され、胸元がはだけられていた。

コルセットによって押し上げられている膨らみの上部にリクハルドが顔を埋め、深く息を吸い込む。

「……いい匂いがする。バニラかな。ストロベリーかな……ああ、クリームの匂いかも」

蕩けた意識が羞恥で一気にはっきりする。自分の匂いを嗅がれて落ち着けるわけがない。

「そ、そんな匂いはしません……‼」

慌ててリクハルドの肩を押しのけようとするが、びくともしない。それどころか彼は不満げに嘆息し、胸の谷間に鼻先を押し入れてくる。

「するよ。美味しそうな甘い匂いだ。全部舐めて味わいたい」

「……あ……っ」

リクハルドの手が、コルセットの留め具を外す。重みをかけないようにしてくれているが、抜け出せる隙がまるでない。

上半身が開放感に包まれ、リクハルドが直に胸の膨らみを両手で包み込み、押し上げるようにして揉みしだく。甘い痺れに似た快感がゆっくりと胸から全身に広がり、下腹部の奥に溜《た》まっていく。

気持ちいいのに、恥ずかしい。相反する気持ちに戸惑っていると、リクハルドの指が頂を捉えた。

指の腹で優しく擦られ、爪の先で軽く引っかかれる。初めて知る愛撫に、ライラはビクリと身を震わせた。リクハルドが慌てて指の動きを止めた。

「ごめん。強すぎたかな……」

「だ、大丈夫、です。驚いた、だけで……」

「よかった。じゃあ、早速舐めさせて。ここ……ふっくらして小さくて可愛くて……美味しそうなんだ」

「え……あ、は、はい……」

優しい声音に何をされるかわからなかったが、思わず頷いてしまう。リクハルドが小さく礼を言ったあと、右の胸の頂をそっと舌で舐めた。

唾液で濡れた熱い舌の感触に、ライラは目を瞠る。次には予想外の気持ちよさに驚いた。

「あぁ……っ」

リクハルドは舌を絡めるように頂を舐め回したあと、今度は乳房に食らいつくような勢いで吸いつく。熱い口中で小さな粒を嬲《なぶ》られ、ライラは喘ぎながら仰《の》け反った。

「……や……ぁっ！」

初めて知る甘い快感に戸惑い、慄《わなな》いて、反射的に拒絶の声を零してしまう。リクハルドが動きを止め、ちゅっ、と軽く乳頭を啄んでから顔を上げた。

「……こうされるのは、嫌かい？」

「……そ、うじゃな……ごめ、なさ……何か、恐く、て……」

この戸惑いと慄きを上手く言い表せなくて、ライラは思わず涙ぐむ。リクハルドが優しく目元の涙を吸い取った。

「ごめん、ライラ。君を恐がらせたいわけじゃないんだ。嫌なことも恐いことも、全部僕に教えてくれていい。何を言われても僕は気にしないよ。これは……どちらか一方が気持ち良くなるための行為ではないからね。二人一緒に良くならなくては、意味がない」

優しく蕩けそうな声で諭されると、正直に答えられる。

「気持ちよくなってしまう、から……わ、私……変、なことを、しそう、で……」

淫らな娘だと思われるのが嫌だった。不安になって目を伏せると、リクハルドがとても嬉しそうに笑った。

優しくて甘い笑みなのに、なぜか背筋がゾクリと震えるほどの淫靡《いんび》な雰囲気を感じてライラは息を呑む。リクハルドはじっと瞳を覗き込んで続けた。

「僕の前ではしたなく乱れるのが嫌なのかな？」

頷くと、リクハルドの形のいい唇がさらに弧を描いた。見惚れるほどに素敵な微笑だ。

「なんて可愛いんだろう……僕を手に入れるためならば、頼んでもいないのにすすんでドレスを脱いで足を開こうとする令嬢たちとは、まったく違う」

とんでもないことを言われて、新たな驚きに目を瞠る。直後、するりとリクハルドの右手がスカートを膝までたくし上げ、その中に潜り込んできた。

骨張った指に太股を撫で上げられ、その手がどこに向かおうとしているのか気づいてライラは息を詰めた。

「僕で気持ちよくなってくれる君を見たい。可愛くて頑張り屋で少し頑固な君を、僕だけが淫らに乱したい。僕にしがみついて、僕のものを奥深く受け入れて、とてもいやらしく悶《もだ》える姿を見たい……」

リクハルドの手が、恥丘に触れた。下肢を守る薄い下着越しに、ふっくらとしたそこをふにふにと押し揉む。

反射的に逃げ腰になるが、窘めるように人差し指で割れ目をぐっ、と強く押され、阻まれる。下着越しとはいえ自分でもまともに触れたこともない場所に彼の指が触れ、解《ほぐ》すように優しく押し揉み始めた。

「……あ……っ」

愛蜜がゆっくりと滲み出し、クロッチ部分をぬるつかせる。指先が軽く割れ目の中に沈むが、愛蜜で湿った布地に阻まれて奥には入ってこない。それがもどかしい。

蜜口を優しく弄りながら、リクハルドは改めて胸の頂に吸い付く。今度は反対側だ。膨らみの根本を掴んで押し上げ、口中で乳首を上下左右に舌先で嬲った。

初めて知る愛撫を次々と与えられ、ライラは喘ぐことしかできない。

「……や……ぁ、あ……！」

こちらの反応を一瞬たりとも見逃さないためか、リクハルドはライラの顔をじっと見続けている。そしてことさら大きな反応を示すところを見つけると、執拗《しつよう》に攻めた。

蜜口を弄る指が、布地越しにぷっくりと姿を見せ始めた花芽を見つけ出した。愛蜜で透き通るほどに濡れた布地ごと、優しく摘まむ。そして指の腹で、すりすりと擦り始めた。

痺れるような甘い快感がやってきて、ライラは涙目で首を小さく左右に振った。だがリクハルドの指は止まらない。

「……あっ、あ……それ、駄目……ぇ……っ」

花芽を擦りながら、胸の頂を甘噛みされる。耐えきれず、ライラは胸を反らして達した。

「……ふ、う……っ‼」

ビクンビクン、と大きく震えたあと、ぐったりとシーツに沈み込む。リクハルドがようやく胸元から顔を上げた。

息を乱し惑乱の涙をこぼすライラの唇に、優しいくちづけを与える。

「……可愛い……とても感じやすい身体をしているんだね……」

淫乱だと言われているようで、ライラは慌てて反論した。

「……ち、が……これ、は……リクハルドさま、だから……っ」

リクハルドが軽く目を瞠った。そしてとても嬉しそうに笑って頷く。

「僕だから、こんなに可愛く乱れてくれるのか。嬉しいよ、ライラ。大好きだ、愛してる、と甘く囁きながら、唇を優しく啄まれ続ける。そうしながらリクハルドの両手はワンピースと下着を脱がし、ライラを一糸まとわぬ姿にしてしまった。

くちづけは止めないまま、リクハルドももどかしげにベストとシャツを脱ぎ捨てる。彼の素肌を直に感じ、最後まで結ばれるのだと実感した。

（は、初めてはとても辛いと聞いたことが……）

覚悟を決めて、ライラはぎゅっと目を閉じた。リクハルドがかすかに笑う気配が伝わり、膝に彼の手が触れた。

ぐっ、と掴まれて、優しく――けれども決して抗えない力で押し広げられる。はしたない格好に、ライラは羞恥で真っ赤になった。

蜜口が、リクハルドを求めてさらに蜜を滴らせた。だが予想に反してそこに触れたのは、熱くぬめった柔らかいものだった。

えっ、と驚いて目を開ければ、リクハルドが内腿を両手で押し広げて固定したまま、その間に顔を埋めていた。蜜口に触れていたのは彼の舌だった。

「リクハルドさま……何、をして……あぁ……っ！　そこ、汚……っ、ん、あ……っ！」

「ここを解さないと、君が辛い。……できる限り優しくしたいんだ。だからたっぷり味わわせて」

リクハルドが蜜口に吸いつく。熱い舌で割れ目を上下に舐め、舌先で見つけた花芽を舐め回し、軽く吸った。

「……あ……っ‼」

信じられないほどの気持ちよさに、ライラは戸惑ってしまう。だが初心な身体は快感に素直に反応し、教えられる愛撫に身を震わせ、喘ぎを高めた。

リクハルドは最初こそ余裕ぶりを見せていたものの、ライラの反応に煽られたのか次第に愛撫に熱をこめ、激しくしていく。

「……ん……美味しいよ、ライラ。夢中になる味だ。もっと欲しい……」

舌で解した蜜口に、リクハルドの指がそっと押し込まれた。異物感を感じたのは一瞬で、愛撫で蕩けたそこは嬉しそうに彼の指に吸いつき、中に導いていく。

傷つけないように指が優しく出入りし始めた。膣壁《ちつへき》を指の腹で擦りながら、ライラが感じる場所を探っていく。同時にさらに敏感に尖った花芽へ、舌と唇での愛撫も続けてくる。

「……あ……やっ、駄目っ。一緒は、駄目……っ」

思わずリクハルドの頭を両手で押しのける。彼の指はいつの間にかもう二本も差し入れられていて、反撃とばかりに蜜壺《みつつぼ》の上部を強く押し上げられた。

「……ひぁ……っ‼」

ひときわ感じてしまい、ライラはがくがくと腰を震わせる。リクハルドの唇が花芽を吸い上げ、執拗にそこを弄った。

「だ、め……も……あ、あぁぁ……っ‼」

リクハルドの金茶の髪を握り締めて、ライラは腰をせり上げる。頭皮が引っ張られる痛みがあるだろうに彼はそれをまったく感じていないようで、淫猥な水音をわざと立てながら愛蜜を啜《すす》った。

「……ふ……あ、ぁ……っ」

達して硬直した身体が、少ししてぐったりとシーツに沈み込む。

リクハルドは指を蜜壺に押し入れたまま、締めつけ具合を味わった。そしてひくつく花芽を宥めるように優しく舐め回す。

すぐには呼吸が整わない。胸を大きく上下させていると、リクハルドがようやく顔を上げた。

弛緩したライラの内腿を優しく啄む。そして改めて身を重ね、頬にくちづけた。

「……もう大丈夫、かな……？」

リクハルドの甘い声が、心地よい。ライラは目元を赤く染め、彼に頬を摺《す》り寄せた。

「……大丈夫、です……でも、恥ずかしい……」

あられもない様を見られてしまった。リクハルドは安心させるように微笑みかける。

「そうやって恥じらう姿が可愛くて堪らなくなるんだけれど、わかっているのかな……」

どこか恨みがましげに言われてしまい、自分が悪いのかと不安になる。リクハルドが安心させるようにライラの頬を撫でた。

「君は何も悪くないよ。僕の我慢が利かなくなりそうってだけだ。今すぐにでも、貫いてしまいたくなる」

蜜口に、熱く硬く、丸みのあるものが押しつけられた。ビクリと肩を震わせ、リクハルドを見返す。

優しく微笑みながらも、その瞳には否やを決して言わせない強さがあった。けれど、恐いとは思わない。感じた一瞬の恐怖すら、甘い快感に繋がるのだ。

身構えてしまうが、拒否する気持ちはない。それが伝わったのか、リクハルドが小さく笑い、緩やかに腰を動かした。

「ゆっくり……ゆっくり、入れるよ……君を、壊さないように……しないと、ね……」

どこか自分に言い聞かせるように言いながら、リクハルドが肉竿《にくさお》で蜜口を押し広げるように優しく擦ってくる。指や舌とはまったく違う新たな愛撫に最初こそ強張ったものの、緩やかな刺激は身体の芯を蕩けさせた。

「ライラ……くちづけ、させて……君の舌、味わいたい……」

「……あ……んぅ、ん……っ」

肉竿で割れ目を擦りながら、リクハルドは絶え間なくくちづけを繰り返す。両手は乳房を包み込み、先端を指先で軽く弾《はじ》いたり摘まんだりして、覚えたての快感を引き出してきた。

「……ん……あ、あ……っ」

ただ擦られるだけでは甘い疼きが強くなるばかりで、ひどくもどかしく切ない。リクハルドの息も乱れ、愛撫の手に少々乱暴さが混じるようになる。

欲しがってくれているはずなのにどうして貫いてこないのかと、自分勝手に恨みがましく思ってしまう。

優しく揺さぶるように肉竿で擦られ続けた花弁から、愛蜜がとろとろと滲み続ける。丸く膨らんだ先端が時折花芽を強く擦り上げてきて、ライラは喘ぎを高めた。

そのたびに腰の奥の疼きが強くなり、それから解放されたくて堪らなくなるのだ。

「……リク、ハルド……さま……っ」

リクハルドの腰が、少し強く動いた。愛蜜をたっぷりと纏った肉竿が動くと、ぬちゅぬちゅと淫らな水音が上がる。

「……何？」

先端が、ちゅぷん、と花弁を押し分けて軽く沈む。とろとろに蕩けているせいで、痛みも圧迫感もない。花弁が嬉しそうにひくつき、亀頭に吸いついた。

だがリクハルドはその場に留まったまま、変わらず軽く腰を動かすだけだ。奥までは決して入ってこない。ライラは涙目でリクハルドを睨んでしまう。

「……意地悪、です……っ」

「そんなつもりは、ないよ……。ただ君を傷つけたくなく、て……ああでも、僕も、もう限界、かな……君の中に入っても、いい……？」

ああようやくだ、とライラは頷く。直後リクハルドが細腰を両手で強く掴み寄せた。

じゅぷっ、と濡れた音を立てて、先端が蜜壺に押し入ってくる。求めたものを与えられる喜びに蜜壺が蠕動《ぜんどう》し、ライラの意思を無視して肉竿を奥へと導いていく。

「……あ……っ」

自然と腰が浮く。リクハルドが息を詰め、ライラにくちづけながらゆっくりと腰を進めた。

「……ふ、う……っ」

ずぶずぶと入り込まれる圧迫感に、ライラは眉を寄せる。リクハルドもさらに腰を進める。

その手はライラの髪を優しく撫で続けた。

（あ……あ、リクハルドさまが、入って……くる……っ）

ふいに、つっかえるような感覚がやって来た。同時にこれまで感じたことのない痛みもやって来て、息が詰まる。

乙女のしるしだ。リクハルドがライラにこれまで以上に優しくくちづけ、さらに腰を押し入れてくる。

「……っ‼」

身体を真っ二つに引き裂かれるような痛みだ。ライラは大きく目を見開き、リクハルドに強くしがみつく。

背中に回した手と腕を掴んだ手が、爪を立てる。リクハルドも痛みを感じるだろうに、呻き声一つ出さない。それどころか覚えたての快感を与える愛撫を全身に改めて与えて、ライラの痛みを和らげてくれる。

徐々に身体の強張りが解けてきた。リクハルドの指が花芽を優しく揺すぶった直後、ふっ、と身体の力が抜ける。それを逃さず、彼が一気に最奥まで入り込んできた。

「……あぁ……っ‼」

涙を零しながら、儚《はかな》い悲鳴を上げる。

リクハルドが大きく息を吐き、唇を離した。そして零れた涙を吸い取ってくれる。

「……大丈夫、かい……？」

とても心配そうに問いかけてくれるが、リクハルドの方が辛そうな表情だ。ライラは右手を上げ、彼の頬に触れた。

精悍な頬を、一筋の汗が滑り落ちる。ライラが指先で拭い取ると、リクハルドがかすかに身を震わせた。

「リクハルドさまは、大丈夫、ですか……？」

愛する者を受け入れるのは、これが初めてだ。そのせいでリクハルドに何かしらの負担をかけてしまっているのかもしれない。そう思うと申し訳なかった。

リクハルドが内圧を下げるように、大きく息を吐き出した。

「君は、ほんとに、もう……僕の理性をことごとく打ち砕いてくれるよ……」

呻くように言って、リクハルドが深くくちづける。舌を搦め捕られる官能的な、けれどどこか荒々しいくちづけに、腰の奥が震えた。

無意識に蜜壺がうねって男根を締めつける。リクハルドがライラの口中に小さく呻きを吹き込んだ直後、大きく腰を振った。

「……っ⁉」

膨らんだ先端で最奥を貫かれ、ライラの両足が跳ねる。リクハルドは深くくちづけたままで、叩きつけるように腰を打ち振った。

痛みと圧迫感に喘ぎも掠《かす》れる。だがそれすらもリクハルドに飲み込まれる。太く逞《たくま》しい肉竿に容赦なく膣内を擦られ、ライラは瞠った瞳から涙を零した。

（こんな……激しい……の、に……っ）

気遣いどころか余裕もなく、男としての本能に突き動かされたかのようにリクハルドが腰を動かす。唇が外れるとリクハルドは小さく舌打ちし、ライラの顎を片手で捉えて固定した。

「ライラ……舌を、もっと……」

「……あ……んぅ……っ」

舌先を食《は》まれて引き出され、強く吸われる。舌の根が痺れるほどの乱暴なくちづけなのに、気持ちがいい。

（私が欲しいと……全部、教えてくれるから……っ）

だが初心な身体はまだまだ彼の求めに応じられるほどではない。激しく深い律動に本能的に怯《おび》え、逃げ腰になる。

「駄目だ、ライラ。もう逃がさない……っ」

「……あぁっ！」

リクハルドがライラの膝を真横になるほど大きく押し広げ、腰を打ち込んだ。次には両腕を掴んで強く引き寄せる。腕の間で乳房が寄せられ、律動に合わせて激しく上下に揺れた。先端は硬く尖り、散々彼に舐めしゃぶられて赤く濡れ光っている。閉じられない足の間に彼の引き締まった腰が入り込み、蜜壺内を出入りする様がよくわかった。

じゅぷじゅぷといやらしい音が立ち上がる。愛蜜で濡れ筋を浮かせた男根が容赦なく入り

込み、引き抜かれ――また入り込む。

抜けていくときには花弁が離すまいと肉竿に吸いついた。それがライラ自身も彼を求めているのだと教える。

「……ライラ、好きだ……好きだ。ずっと僕の傍にいて。僕はもう二度と君を離さないし、君の憂いはすべてなくしてあげるから……愛している、ライラ……！」

激しく動きながら、リクハルドが熱に浮かされたように愛の言葉を囁く。掠れた低い声にすら、感じてしまう。

視界が明滅する。頭の芯が蕩け、もう何も考えられない。ただ、リクハルドに与えられる快楽のことしかわからない。

「……あ、あっ、駄目……私、もう……っ！」

「……ああ、僕も……もう……」

リクハルドが軽く息を詰める。一緒に達せるのだとわかる。

リクハルドがライラを押し潰すように身を重ね、深く唇を重ねてきた。

直後、これまでにない強烈な快感が全身を包み込み、ライラは達する。堪えきれない喘ぎをリクハルドに吸い取られながら身を震わせると、彼もまた、低い呻きを飲み込んで腰を引いた。

肉竿が引き抜かれる喪失感の直後、膨らんだ先端が臍《へそ》の下辺りに強く押しつけられる。熱い迸《ほとばし》りが下腹を濡らした。

衝動はすぐにはおさまらず、リクハルドは腰を何度か小さく打ち振って、すべてをライラの下腹部に吐き出す。どろりとした青臭い白濁の熱を肌に感じ、ライラはくちづけを受け止めながら身を震わせた。

「……は、ぁ……っ」

リクハルドは呼吸が落ち着くまでライラの身体を抱き締め、優しいくちづけを続けた。ようやく呼吸が整っても、ライラはまだ熱の冷めやらぬ瞳で彼を見返す。そうしながら、無意識に下腹部へと手を伸ばしていた。

本当ならば、身体の奥深くに注ぎ込まれていたものだ。彼への想いが溢れてすべて受け止めたいと思ったが、万が一のことを考えればこれでよかった。今はリクハルドとの子を育てられる状況ではない。

(これでよかったはず、なのに……どうして切なくなるのかしら……)

リクハルドが困ったように微苦笑し、身を起こした。脱ぎ捨てた自分の上着のポケットからハンカチを取り出し、丁寧にライラの汚れた下腹部を拭ってくれる。

後始末を彼にさせてしまうことがとても申し訳なかったが、達した余韻が残っているせいで身体が思うように動かない。それにまだ敏感なままで、たったそれだけでもビクビクッ、と恥ずかしいほどに震えてしまった。さすがにリクハルドも驚いたのか、軽く目を瞠る。

恥ずかしい。消え入りたい。ライラは真っ赤になって強く目を閉じる。

だがリクハルドはすぐに嬉しそうな笑い声を零し、ライラの目元にくちづけた。恐る恐る目を開ければ、彼の笑みが近くにある。

「なんて可愛いんだろう。君はとても敏感なんだね。いつか僕が触れただけで、君の一番大切な場所が濡れるくらいになるのかな……。君を迎える手順を考えなくていいのならば、君の中にたっぷり注ぎ込んで……孕《はら》ませたいくらいだった……」

次第に声に熱を孕ませながら、リクハルドが臍に触れる。そのまま指先で胸の谷間をなぞり上げ、喉を擽《くすぐ》った。

「……あ……それ、も、駄、目……あぁ……っ」

感じて震えると、リクハルドがもどかしげに頬にくちづけ、耳の外側をねっとりと舐め上げた。

「君の身体に負担をかけてしまうからしないけれど……本当は、もっと抱きたい……」

リクハルドが心からライラの未来を考え、欲望を堪えてくれていることがわかる。だからライラも、決意できるのだ。

(どんなことがあったとしても、これ以上リクハルドさまに迷惑をかけないよう、頑張ろう)

今は何をどう頑張ればいいのかわからない。けれど何かできることがあるはずだ。面倒な出自を抱えている自分を、これほどまで求めてくれるリクハルドに応えたい。

もう一度抱かないと決めた心を宥めるためか、リクハルドはライラに甘く蕩ける囁きとくちづけをくれる。

「愛している、ライラ」

だからライラもリクハルドを抱き締め返し、決意を込めて愛の言葉を返した。

「私も大好きです、リクハルドさま」


初めて男を受け入れるのに、ライラは健気に一生懸命応えてくれた。本人も自覚していなかった感じやすい身体に恥じらいながら喘ぐ姿は、リクハルドの欲情をおおいに煽ってくれた。

適度に発散するための自慰行為ですら自身の肉体への義務としか思っていないほど性に対して淡泊だったのに、彼女が自分の愛撫に応えて震える姿を見ただけで、一瞬で理性が吹き飛んでしまいそうだった。

愛とは欲望にまみれて醜く、嫌悪するものが大半だと思っていた。確かにそうだった。ライラに向ける気持ちも、それと大して変わらないことに苦笑するしかなかった。

（こんなにも誰かのすべてを欲しがることがあるとはね……）

生まれて初めて抱く欲求だからか、戸惑いばかりだ。だが、この愛おしさと狂暴さがない交ぜになる感情を、ライラにぶつけたりしないようにしなければ。

愛しているのに、めちゃくちゃにしたい。一生懸命に自分を受け止めているライラの健気さを目の当たりにし、大事にしたいと思う反面、自分以外の男が目に映ることのないようどこかに閉じ込めて、毎晩――いやいつでも抱き締めて快楽を探し合って、ドロドロに溶けるような時間を過ごしたい。

(まったく、これでは両親のことをどうこう言えないな……)

自覚し始めた己の醜さに深くため息を吐くと、リクハルドはライラを起こさないようにベッドから離れ、使用人たちに身体を拭くための水やタオル、着替えを用意させた。

手際の良さを考えれば、彼女たちにライラを清めさせた方がいいだろう。だが、今はライラを誰にも触れさせたくなかった。

身体を拭き清め、新しい寝間着を着せ、リクハルドも軽く入浴して身なりを整える。ライラはよく眠っていて、頬や額に軽くくちづけると眠りながらも嬉しそうに微笑んだ。

その微笑が愛おしくて、胸がきゅんっと疼く。

(陛下が唯一愛した方との御子……)

そのことを隠して母と二人、生きていくのは大変だったろう。基本的に心安まるときがなかったはずだ。母親が一つ処に長く留まることをせず、それでもこの国を離れられなかったのは、一度も対面したことのない父の国だったからか。

父親に愛された思い出など一つもないはずのライラが彼を大切に思っているのは、亡き彼女の母が娘に自分たちの愛を伝えていたからだろう。

(僕の母親とはまるで違うな……)

リクハルドの父親とも正妻とも違う。一人で娘を育て、現国王の子という出自を隠しながら、生きる術《すべ》を身に着けさせる——それはとても大変だったはずだ。さすが陛下の愛した人だ、と改めて思う。

だからこそ、ライラをヨハンネスに会わせるべきだとも思えた。そしてライラを彼の子として復権させ、ヨハンネスの治めたこの国を生き長らえさせるべきだ。それは結果的に、彼女が生きる世界を守ることになる。

少なくとも絵にしか興味を持てない統治能力のない王太子と、それを傀儡にして次代のヴァルタサーリス王国を支配しようと目論む宰相が作る国では、ライラは幸せになれない。いや、下手をすれば安全に過ごすこともできない。

リクハルドはライラの唇に軽くくちづけてから執務室に向かい、呼び鈴を小さく鳴らした。数秒後にアートスがやってくる。

状況からして今このとき、呼ばれるとは思ってもいなかったのだろう。少し驚いた表情だ。

「色々とやらなくてはならないことができた」

「ライラさまのことですね。畏《かしこ》まりました。すぐにでも動きましょう。ご指示を」

リクハルドは小さく頷いて、いくつか指示を出す。アートスは神妙な表情で頷き、執務室を出た。

もちろん、アートスにばかり動いてもらうことはできない。リクハルド自身もヨハンネスに働きかけなければならないことがある。

まずは彼に内密の謁見《えっけん》を求める手紙をしたためることにした。

【第四章　愛しき恋人は想像以上に甘々で、蕩けすぎて困ります】

爽《さわ》やかな小鳥の鳴き声が、ライラの目覚めを促した。その声を聞いたらすぐに身体が動き始めるというのに、今朝はとても気怠《けだる》い。何もせずこのままベッドで眠っていたい。

しかもこの寝心地のいいベッドはなんだ。枕が大きく、全身を優しい温もりが包み込んでいる。すり……っ、と頬を擦り寄せれば、髪と背中を優しく撫で返してくれる。

こんな心地よい抱き枕があったら、人は一生目覚めることなどできないのではないか。

「……起き、なくちゃ……。朝からやらなくちゃいけないことがある、わ、よ……」

まとわりつく怠さと眠気を消すため、そう言って身を起こす。だが全身を包み込む温もりに阻まれてしまった。

「今日は君の仕事は休みにしたよ。だからゆっくり休んで」

頭のすぐ近くで優しいリクハルドの声がして、ライラは大きく目を瞠った。よくよく見れば互いに全裸で、しかもライラは彼の腕に抱かれている。

「……っ⁉」

声にならない悲鳴を上げ、ライラは飛び退こうとした。だがリクハルドの腕は動かない。なぜ、どうして、と頭の中で疑問符が暴れまくる。リクハルドはライラの染めていない銀髪を愛おしげに撫で、ひと房、掌に取ると、そこにくちづけた。

「身体は拭き清めたけれど、入浴はいつでもできるよ。それとももう少し眠るかい？　ああ、おなかも空《す》いたんじゃないかな。どこか不調はないかい？　特に、この辺り……」

労《いたわ》りに満ちた言葉とともにリクハルドの右手がするりと内腿に滑り込み、蜜口から恥丘にかけて優しく撫で上げた。肌に直接触れられたことで彼に抱かれたことを思い出し、ライラは真っ赤になりながらも尋ねる。

「あ、あの……リクハルドさまは、大丈夫、でしたか……？　私、リクハルドさまが初めての人、なので……その、色々とご迷惑おかけしたのではないか、と……」

貫かれるときですら、彼にはとても気遣ってもらった。経験など一切なかったから、何だかとても奉仕してもらったような気がしてならない。

それに繋がったとき、自分もかなり辛かったが――彼の方はもっと苦しそうだったのだ。

直後、リクハルドに潰されるのではないかと思うほど強く抱き締められた。

「今、君をすごく抱き締めてくちづけたい。それ以上はしないから、駄目かな……」

一瞬迷って口ごもったライラの頬をもう両手で包み込み、答えを待たずにくちづけてきた。熱く官能的なくちづけに意識も身体も蕩けてしまう。

言葉通りくちづけまでに留まり、リクハルドは名残惜しげにライラの下唇を甘噛みしてから唇を離した。

「……我慢できなくてごめん。君があまりに可愛いことを言うからいけないんだ。君が許してくれるなら、今日は一日中このままベッドにいようか」

「……そ、それは……あの、ちょっと……！」

「おや、残念」

耳まで赤くなったライラの頬に軽くくちづけて、リクハルドがベッドから下りる。全裸を気にせずサイドテーブルに置いてあったガウンを着ると、もう一着を手渡した。

「とりあえず、身支度をしよう。君の髪を染めなければいけないだろうし……僕はどちらの髪色も君に似合っていて好きだけれど」

「……あ、ありがとう、ございます……」

（な、何だろう……リクハルドさまの態度も言葉も、とっても甘い……！）

恋人にはこんなふうに接するのか。甘すぎて溶けそうだ。

ライラは頬を赤く染めて俯き加減になりながら、ひとまず渡されたガウンを着る。ベッドから下りようとすると、リクハルドが抱き上げて浴室まで運んでくれた。

浴室はすぐに入浴できるように準備が整っていた。髪染め粉も用意されている。アートスが取り寄せてくれたらしい。

少しぬるめの湯にゆっくりと浸かりながら、リクハルドの手を借りて髪を染める。自分でできると断ろうとしたが、昨日、彼に愛された身体はあちこちぎこちなく軋み、いつも通りにならないことの方が多かった。

身体すらリクハルドに洗ってもらい、羞恥と居たたまれなさで何とも言えない複雑な気持ちになる。だがリクハルドの方は何だかとても楽しそうだ。

髪染めを終えるまでは使用人の姿は一度として見ることがなかった。リクハルドが呼び鈴を鳴らして初めて彼女たちがやってきて、着替えのために続き間に連れていかれる。余計な質問はせず、誰もがまた会えたことを喜んでくれた。

優しい彼女たちに感謝するとともに、とにかく謝罪をしなければとライラは頭を下げた。すると彼女たちは顔を見合わせたあと、ケラケラと明るく笑った。

「謝らなくても大丈夫よ。きっと何かしら事情があったんだろうってわかるしね。みんな、ライラが戻ってきてくれて嬉しいって言ってるわ」

「一緒に仕事した仲でしょ。ライラが真面目に仕事してきたことはわかるし、リクハルドさまのために一生懸命美味しいお菓子を作っているのも知っているわ」

「まあ、何か手伝えることがあるならば言って。手助けするわよ！」

ライラの肩を軽く叩いて彼女たちは言う。

優しくて、頼もしい人たちだ。なんだか泣きそうになる。

「……あり、がとう……」

声を詰まらせて礼を言うと、彼女たちは仕方なさげに笑ってライラを抱き締めた。

「ほらほら、ここで泣かれると私たちがリクハルドさまに怒られちゃうでしょ」

慌てて目元に滲んだ涙を拭う。

彼女たちが着付けてくれたのは、きちんとしたドレスだ。流行《はや》りのデザインを取り入れたドレスなど似合うわけがないと思ったが、鏡の中にはどこからどう見ても深窓の令嬢としか見えない自分が映っている。彼女たちは満足げに頷いた。

「完璧だわ。リクハルドさまもお喜びになるわよ！」

軽く背中を叩かれ、部屋から出ていくように促される。リクハルドは続き間でライラの支度が整うのを待っていてくれるのだ。その間に、彼も身支度を整えておくとのことだった。

令嬢然とした格好をするのは初めてだ。ドキドキしながら室内に入ると、待っていたリクハルドと目が合った。

リクハルドは大きく目を瞠ったあと、すぐに破顔した。

「君のドレス姿を初めて見たけれど……とても綺麗だ。今度、一緒に踊ってくれるかい？」

片手を取られて引き寄せられ、一度くるりとターンステップを踏まれる。市井の祭りなどでしか踊ったことがないが、一緒に一回りできた。リクハルドのリードが巧みだからだろう。

「祭りのときくらいしか踊ったことがないので……！」

「じゃあ、僕にその踊りを教えてくれるかい？　代わりに僕が君に社交界でのダンスを教えてあげる。どちらも踊れるようにしたら、どちらに参加しても楽しく過ごせる」

リクハルドが平民たちと一緒に踊る様子を想像し、ライラは思わず笑ってしまった。

想像の中の彼は、今と同じ正装姿だったのだ。あまりにも場にそぐわない。

「そのお姿では駄目です。周りが気後れしてしまって、遠巻きにされてしまいます」

「平民の格好をしたら大丈夫かな？　今度、僕に似合う平民の服を選んでくれるかい？」

機会があれば本当に変装して参加しそうだ。リクハルドは妙なところで豪胆で、それが魅力的だから困ってしまう。

「わかりました。機会があればぜひ」

リクハルドがライラをテーブルに導き、アートスが引いてくれた椅子に座る。室内はこの三人だけで、テーブルには豪華な朝食が用意されていた。

アートスがライラに料理を取り分けてくれる。続けてよく冷やしたオレンジの果汁もグラスに注いでくれた。

完全に令嬢扱いだ。慌てて自分でやろうとすると、アートスに窘められてしまった。

「ライラさまはもうリクハルドさまの一番大切な御方となり、未来の奥さまになられる方です。誠心誠意、お仕えさせていただきます」

にっこりといつもの優しい笑みを浮かべながらも一切の反論を許さない圧を瞳にこめられ、

ライラは絶句してしまう。

一昨日まではリクハルド専用の菓子作り見習いだった。だが今はもう彼の愛する者で、近い将来の伴侶扱いだ。目覚めたら世界が一転していて、気持ちが追いついていない。

(でも、リクハルドさまはもう皆に私が恋人で、将来の妻になる人だと伝えている)

そして屋敷の皆が主人の想いに応えている。ならばここでライラが躊躇っているのはあまりにも情けなく、失礼だ。

「アートスさん、あの……色々と至らないとは思いますが頑張りますので、どうか見捨てずにお願いします」

ぺこりと頭を下げて言うと、アートスは驚きに目を瞠ったあと、笑顔で頷いた。

「わかりました。ビシビシ鍛えましょう」

リクハルドは柔らかな微笑でライラたちのやり取りを見守っていた。

とりあえず、今はしっかりと朝食をとることがやらなければならないことだ。食事を始めると、リクハルドが言った。

「ライラにはこれから、色々と学んでもらわなければならないことが多く出てくると思うけれど……」

リクハルドの妻となるための教育だろう。ライラは強く頷く。

「はい、頑張ります！」

「そう言ってくれるのは嬉しいけれど、決して無理はしないように。アートス、ライラは頑張り屋だから、のめり込みすぎないようにしっかり見張っていてくれ」

畏まりました、とアートスが頷く。いや甘やかされては困ると反論しようとしたが、ふと、胸に一抹《いちまつ》の不安がよぎった。

「……結婚……その、リクハルドさまが大変なことにはなりませんか……？」

彼の想いに応えると決めたが、やはり気になってしまう。身分差だけでなく、何よりもライラの出自に関しての処理もあるはずだ。

「君と結婚するための苦労だ。何が大変なんだい？」

リクハルドは何の気負いもなく笑った。本当に大変だと思っていないらしい。

「君の教育については、僕の方ですべて整えるから何も心配しなくていい。ああ、でも、身体が大丈夫ならば、明日にでも採寸をさせてもらってもいいかな。そのドレス姿はとても似合っていて綺麗だけれど、既製品でね。身体に合わない服を着るのは辛いだろうし、まずはドレスや外出着を何着か、それに靴と鞄とアクセサリーと手袋と……」

「帽子も必要ですね」

アートスが追随し、ライラは仰天する。

「そ、そんなにたくさんは必要ありません！　必要最低限のものだけで……」

「いけません、ライラさま。リクハルドさまの婚約者となられるのですから、それに見合った身なりをしなければ……第一印象はとても大事です。本質を見抜く目を持つ者はごく少数なのですから、それなりの格好というのはどうしても必要になります」

「まあ、僕たちのような階級が経済を回していかないといけないというのもあるしね。例えばライラのドレスを二百着作ったとしても、何の問題もないよ」

侯爵家の財力を見せつけられて、ライラは軽い目眩を覚える。

「今日はまだお疲れが取れないかと思いますので……明日、当家御用達の仕立て屋に採寸の手配を致しました。よろしいでしょうか？」

「仕事が早くて助かるよ。ライラ、何か他にも頼みたいことや相談したいことが出てくれば、アートスに聞くといい」

トントン拍子に何の問題もなく話が進んでいく。何か面倒が起こるのではないかと心配するのがおかしいとすら思えてくるほどだ。この安心感はリクハルドだからこそかもしれない。

しばし他愛もない話をしながら朝食を進めていたが、食後の茶が出されてふと気づいた。

（リクハルドさまにお出しする食後のお菓子……もう作れなくなるのかしら……）

リクハルドの婚約者として扱われるとなると、使用人の仕事はやらなくていいと言われてしまうだろう。その時間を令嬢教育に費やさなければならない。

菓子作りの腕はまだまだだが、それでもいくつかは仕込みから一人で全部作ることができるようになった。自分の作った菓子を食べて、美味しいと笑ってくれるリクハルドを見ることができなくなるのは少し寂しい。

「ライラ？　どうかしたかい？」

リクハルドが心配そうに呼びかけてきた。ライラは正直に伝える。

「リクハルドさま用のお菓子は……もう作ってはいけませんか？　私の作ったお菓子を美味しそうに食べてくださるお顔をもう見られないのかなと思ったら、残念で……」

リクハルドの頬が緩み始める。なぜなのかと疑問に思った直後、失言に気づいた。

「あの……何でもありません！　大丈夫ですから‼」

「いや、しっかり聞こえた。嬉しいな。ライラは僕のために、まだお菓子作りをしたいと言ってくれるんだね？」

ううっ、とライラは頬を赤くする。リクハルドが満面の笑みで頷いた。

「僕もライラのお菓子が食べられなくなるのはとても辛い。勉強が大変でないときで構わないから、ぜひとも作ってくれないかな」

「はい！　勉強もおろそかにしないよう頑張りますね！」

茶を飲みながら、アートスを交え、仕立て屋の予定やら令嬢教育の教師の選別やらの話が続く。リクハルドはライラのことを細かく気遣い、都度、要望がないかを聞いてくれた。

とはいえ、上流階級の慣習や常識などはほとんどわからず、リクハルドたちの言うままに頷くことくらいしかできない。これでやっていけるのだろうかと、少々不安になる。

リクハルドの婚約者として、これからはわずかな失敗すら許されないほど、他の令嬢たちに注視されるだろう。想像すると目眩がするが、何よりもリクハルドが、ライラがいいと言ってくれている。

(弱気になるなんて駄目だわ。まだ頑張ってもいないのに!)

自身を叱咤し、ライラは改めて真剣にリクハルドたちの会話に耳を傾けた。

これからの段取りが大体決まると、リクハルドはふと神妙な顔になってライラの手を握った。

「――ライラ、君を一度、陛下に会わせたい」

胸が痛くなるほどドキリとし、息を詰める。見返すと、リクハルドは濃青の瞳を力強く輝かせて頷いた。

「陛下は君の母上を今でも変わらず愛し続けていらっしゃる。なのに、君という存在がいることを知らない。それはとても辛いことではないかな。もし君が僕のためを思って姿を消し、僕の知らないところで僕の子を産むなんて……それはとても辛いよ。僕と君の可愛い子供の成長をこの目で見守って、君と一緒に育てていきたい。それができないのはとても……辛い」

ぎゅっと眉を寄せ、リクハルドが黙り込む。彼の気遣いと優しさが嬉しかった。

「ありがとうございます。それについてはどうしたら良いのか……正直、よくわからないんです。お父さんには会いたいけれど、娘と名乗りを上げれば必ず混乱と争いが起こります。それはお父さんにも王太子殿下にもリクハルドさまにもご迷惑をかけることだと……」

リクハルドが軽く嘆息した。

「こればかりは、急いで答えを出すことではないね。これからよく話し合って決めよう」

「はい。ありがとうございます」

「お礼の言葉だけ?」

握られた手に、力がこもる。質問の意味がわからず、ライラは小首を傾げた。

リクハルドが子供のような悪戯《いたずら》っぽい笑顔を見せた。だが、濃青の瞳の奥にある光は強い。

「感謝の気持ちは言葉だけじゃなくて、態度で表してもらいたいな」

じっと見つめられながら言われれば、何を求められているのか否応なく感じ取れる。求められているのはくちづけか。

だがまだアートスがいるのに、と思った直後、彼が部屋から出ていく気配がした。場の空気を読みすぎる!

「……ええっと……あの、その……」

リクハルドは柔らかな微笑を浮かべて、ライラを待っている。瞳には期待が込められていて、拒むのは難しい。

(いいえ、違う。私もリクハルドさまと触れ合いたいと思っているから……)

ライラは椅子から立ち上がり、リクハルドに歩み寄る。彼はわざわざこちらに向き直った。軽く開かれた膝の間に身体を入れ、リクハルドの肩に両手を置く。この体勢だと彼を見下ろすことになり、不思議な感じだ。いつもは見上げる側なのに。

(でも、理知的で素敵なお顔……)

特に濃青の瞳は、ひときわ魅力的だ。深い海の底を思わせる色には、誰もが一度は見惚れてしまうだろう。だが時折、背筋に冷気を感じることもある目だ。

いつも薄い唇に微笑を浮かべていることと柔らかい物言いのせいで、穏やかな人だと感じる。けれどたまに、その瞳にひどく冷たい光が宿ることがあるのだ。

例えば初めて出会ったとき——ライラを不逞《ふてい》の輩から助けるため容赦のなさを見せたときの彼は、その目をしていた。

(それもまた格好良くて惚《ほ》れ惚《ぼ》れするほどだけれど……私はリクハルドさまが笑っているお顔が好き……)

「……ライラ。君は僕を焦らして楽しんでいるのかな?」

ハッと我に返り、慌てて首を左右に振る。変な誤解はして欲しくない。

慌てすぎて勢いがつき、リクハルドの唇にぶつけるようにして軽く唇を押し合わせる。くちづけの甘さなどほとんど感じられないのに、妙に気恥ずかしい。

「……お、お礼はこれで……いいです、か……?」

リクハルドは微笑を深めた。だが瞳は笑っていない。

「とても可愛らしいくちづけだったけれど、僕がその程度で満足できるとでも？」

言うなりリクハルドの両手がライラの腰を掴んで引き寄せる。急な仕草についていけず、倒れ込むように唇が重なった。

直後には熱い舌が入り込んできてゆったりと口中をかき回し、唾液を味わってくる。反射的に逃げようとすれば後頭部を片手で押さえつけられ、さらに喉奥まで侵入されてしまった。そしてぐったりとリクハルドの胸にもたれかかるまで味わわれてしまう。

「……も、う……駄目、です……っ」

このままではまたベッドで睦《むつ》み合うような雰囲気になってしまいそうだ。ライラが真っ赤になって息も絶え絶えに言うと、リクハルドが驚いたように目を瞠った。

「……この程度でもう駄目なのか……？」

（い、いったいどういう感覚をしているのですか！）

そう言いたいが呼吸が整わないので反論できない。声にならない悲鳴を上げて、ライラは慌ててリクハルドから離れた。

恋人になってからのリクハルドは、とにかく甘い。元々優しい人だとは感じていたが、さらにそこに恋人としての触れ合いが加わると、それは破壊的威力を持つように思えた。

気づけばライラの毎日は、これまでとは大きく変わってしまっていた。

寝室はリクハルドと一緒になった。それが嫌だというわけではないが、一緒に眠るだけではすまないのが困っている。

必ずといっていいほどリクハルドはライラを抱き、子種こそ注ぎ込まないながらも一度果てれば終わりというわけでもない。ライラの身体を考えて激しくはしなくとも、ねっとりと甘い快楽がずっと続く愛撫を与えられ——気づくと意識を失い、朝になっているという日も多かった。

元々公務が忙しく、屋敷に帰ってこない日もある。しかもライラを妻に迎えるための準備も始まったおかげで、さらに時間がなくなっているようだった。だからゆっくり休んでもらいたいのに、ライラを抱いた方が癒やされるから大丈夫だなどと言われてしまい、結局彼にたっぷり愛される夜を過ごしてしまう。

だが、困っているのはその程度だ。愛されている証しなのだと思えば、嬉しさが勝る。

(だから欲しい、なんて思うのが、嫌……)

悩ましげにひどく艶めいた呻きとともに下腹部を汚すあの熱い白濁を、体奥で感じたいなどとは言えない。

リクハルドがライラとのことを考えて、中に精を放たないようにしているのはよくわかっている。とても嬉しい気遣いだ。だが体外に放たれた熱さを肌に感じるたび、これを体奥で受け止めたらどうなるのだろうと、疼くのだ。

（ごめんなさい、リクハルドさま。私ったらなんて変なことを考えているのかしら……！）

これほど愛されているのに欲求不満を抱くなんておかしい。しかもそれは、彼の気遣いなのに。

ライラは悶々《もんもん》としながら王城に出仕するリクハルドを見送るため、大玄関に向かった。

ここ最近のライラは、一日の大半を屋敷の中で過ごしていた。午前中はアートスが手配した、歴史やマナー、刺繍や話術などの令嬢教育の家庭教師の授業を受ける。昼食を挟んで午後は師匠のもとへ行き、菓子作りの修行をする。夕方には自室に戻って予習や復習をし、リクハルドがいるときは一緒に夕食と夜の時間を過ごす。

これまでのように使用人として働く時間は一切なく、まさに令嬢として過ごす日々だ。

かつての自分はどこに行ったのだろうと、毎日不思議に思う。だがリクハルドの微笑みを見ると、彼の想いに応えたい気持ちが自然と湧いてくるのだ。

出掛けるリクハルドを必ず見送るよう決めたのも、その気持ちからだった。そしてリクハルドはそれをとても喜んでくれている。

大玄関の扉は開かれていて、すでに使用人たちが並んでいた。横づけされた馬車の扉を、御者が開いていた。

アートスに今日の指示を与えていたリクハルドがライラに気づき、笑顔を向けた。

「行ってくる」

「行ってらっしゃいませ、リクハルドさま。今日のお菓子はダリオルをご用意しますね」

生地を敷いた型に牛乳と卵で作ったクリームを入れて焼いたパイだ。型を上手く焼くことができるようになったのでクリームの作り方を教えてもらえるようになり、今日は初めてダリオルをすべて自分で作ることをやってみてもいいと許可してもらえたのだ。

リクハルドが目を輝かせる。

「それは素晴らしい。クリームは……」

「はい、甘さを少し強めに、ですね」

甘党のリクハルド用のダリオルのクリームは、甘みを強めにする。師匠からきちんと教わっていた。

「楽しみだ。愛しているよ、ライラ」

ごく自然に愛の言葉を囁かれて、ライラは一瞬ぽかんと彼を見返し——すぐに耳まで真っ赤になった。本当にこういうやり取りには慣れない。

だがリクハルドにばかり言わせるのは不公平だろう。自分だって、彼を愛している。

「わ、私も！　リクハルドさまが大好きです……‼」

「……ああ、ライラ、嬉しいよ……‼」

感激の声とともに腕を掴んで引き寄せられ、唇に情熱的なくちづけを与えられる。アートスたちはすぐさま目を伏せた。

「……こ、ここでは駄目で……ん……んぅ……っ」

いくら使用人とはいえ、人目があるところでするものではない。ライラはリクハルドを止めようとするが、舌の動きに翻弄されて息を乱すことしかできなかった。

リクハルドが満足するまでくちづけられ、膝が震え始める。見かねたアートスが、目を伏せたままで軽く咳払《せきばら》いした。

「リクハルドさま、お時間が……」

「……そうだった。もう少ししたかったけれど……行ってくるよ」

名残惜しげにぺろりと唇を舐めてから、リクハルドが身体を離してくれる。そのまま膝をつきそうになるのをなんとか堪え、ライラは馬車が見えなくなるまで見送った。

(ま、毎回、お見送りするとこうなのだもの……！　どうにかしないと……)

大玄関の扉が閉められる。ライラは自室に戻ろうとして――使用人たちのニヤニヤと人の悪い笑みに気づいた。

「な、何……っ？」

「いいえぇ、何でもありませんわぁ。ライラさまがとぉってもリクハルドさまに愛されているとわかって、嬉しくなっただけですぅ」

「そ、そういうことは言わないでって言ってるでしょー！」

使用人たちが明るい笑い声を上げて走り去っていく。ライラをリクハルドの恋人として、未来の女主人として丁寧に対応していても、時折かつての仕事仲間として接してくれるのだ。

だから自然と思ってしまう。彼らにも、本当の自分を知ってもらいたいと。

きっと彼らは驚きはしても、大したことない秘密ね、とでも言ってくれるような気がする。そしてこれまでと変わらず、仕事仲間の一人として受け入れてくれるだろう。

（でも私の秘密を知ることで、もしかしたら危険な目に遭うかもしれないし……）

まだ、それを教えられる時機ではないのだろう。ライラは願いを飲み込む。

「ほらほら、ライラ。先生が来る前に授業の準備をしないと駄目なんでしょ」

「あとでお茶を持っていってあげるわね。頑張りなさい」

年配の使用人に背中を叩かれ、ライラは笑顔で頷いた。


今日もマナー教育の授業を終え、ライラは教師を見送るために大玄関へと向かった。眼鏡《めがね》をかけた初老の女性教師は、見送るライラの所作を見て満足げに頷く。

「結構です。歩き方のぎこちなさがなくなっています。きちんと復習をしていますね。慢心せず、これからも努力してください」

「ありがとうございます。また次の授業をよろしくお願いします」

スカートを軽くつまんで腰を落とす礼をすると、彼女は再度頷いて馬車に乗り込んだ。

朝からすっきりしない天気だったが、ついに小雨が降り出していた。ライラは御者に、彼女が遠慮しても必ず自宅前まで送るように頼んだ。

馬車が見えなくなるまで見送ったあと、ライラはアートスに言う。

「お風呂の準備をしておいた方が良さそうですね」

今日、リクハルドは王城へ出仕しているが、身軽に自ら馬に乗っていったのだ。濡れないように馬車で帰ってきてくれればいいが、この程度ならばとそのまま馬で帰ってきそうな気がする。

アートスが曇天を見上げ、小さく頷いた。

「その方がいいでしょう。準備をしておきます」

「じゃあ私は、ホットチョコレートを用意しておきますね！」

まだ雪に閉ざされる時季ではないが、それでも夏の終わりが見え始めたこの時季に振る雨に濡れれば、身体が冷える。執務の合間に身体を鍛えているリクハルドならば風邪などひかないかもしれないが、用心しておいた方がいい。風邪だからと馬鹿にしては駄目だ。

昼食を終えたあとは、菓子作りの勉強だ。ホットチョコレートを作りたいと伝えれば、快く講義内容の変更をしてくれる。

「よし、丁度良い！　ホットチョコレートの作り方はもう覚えているはずだ。リクハルドさまの好みのレシピで、始めから終わりまでしっかり作ってみろ。抜き打ちテストだ！」

予想外の試験に驚いたものの、これまでの成果を知る良い機会ともなり、やる気が出る。リクハルドが美味しいと言ってくれることを願って、ライラはホットチョコレートを作った。味見した師匠からは満点をもらえた。

ホットチョコレートができあがってしばらくすると、リクハルドが帰宅した。予想通り馬で帰ってきて、全身ずぶ濡れになっている。雨足は午前中よりもひどくなっていた。

使用人と一緒にバスタオルで簡単にリクハルドの身体を拭き、新たなタオルで全身を包んで浴室に促す。温かい湯気で満たされた浴室内で、濡れて張りついた服を脱がせた。

「雨がひどくなったのででしたら馬車でお帰りになってください！　こんなにずぶ濡れになって身体が冷えたら、風邪をひいてしまいます。もっとお身体のことを考えてくださいね！」

このときばかりはリクハルドの裸身に恥ずかしがることもない。とにかく早く身体を温めてもらいたかった。

リクハルドが少々気まずそうに言う。

「雨が強くなったのは、王城を出て少ししてからだったんだ。急にざあっと降ってきてね。王城に戻って着替えて馬車で帰るよりは、屋敷でゆっくり風呂で温まる方がいい。きっとライラたちが入浴の準備をしてくれていると思っていたし……」

「それはもちろんです。あと、ホットチョコレートの用意もしてあります」

「ほらね。僕の予想通りだ。大好きだよ、ライラ」

くちづけをしてこようとした直後、リクハルドが小さくくしゃみをした。ライラは慌ててバスタブに彼を追い立てる。

猫足のバスタブに横たわるように湯に沈んだリクハルドが、縁に頭を乗せて天井を仰いだ。湯が全身を温め始め、彼が深く息を吐く。

「熱くありませんか」

ライラは傍に控え、石鹸《せっけん》や海綿を用意し、乾いたタオルを何枚か衝立に掛けた。身体を流すための湯も、大きな水差しに用意する。

「うん、大丈夫。丁度いい。ありがとう。あとのことはライラに任せていいかな」

ライラの返事を待たず、使用人たちは一斉に礼をして浴室を出ていく。

この状況で急に二人きりになると、妙に意識してしまう。湯で温まったリクハルドの頬が赤みを持ち始めて安心したからかもしれない。

「……わ、私は衝立の裏にいますので、ご用があればお呼びくださ……」

慌ててリクハルドから目を逸らしながら歩き出したのがよくなかった。濡れたタイルの床で足が滑り、つるんっ、と仰向けに転んでしまう。

「……ライラ……‼」

リクハルドが湯を撥《は》ね除《の》けながら立ち上がり、後ろから抱き止めてくれた。

「大丈夫か⁉」

「……は、はい、すみま……せ……」

全裸のリクハルドに背中からしっかりと抱き締められ、ライラは羞恥で真っ赤になる。毎晩のように抱かれているが、それは寝室で灯《あか》りを落とした薄い闇の中でのことだ。こんなふうに明るい空間で裸の彼といることなど、初夜のとき以来だ。

「……ああ、ごめん。僕のせいで君のドレスも濡れてしまったね……」

リクハルドがふと何かに気づき、笑顔で続けた。

「いっそのこと、一緒に入ろう。一緒に入浴するのは初めての夜以来だし、あのときは君が辛そうだったから何もできなかったし」

「なっ、何をするつもりなんですか⁉」

リクハルドは一瞬だけ天井に目を向けたあと、改めてにっこりと笑いかける。

「それはもちろん、君の身体を洗うことだよ」

(ほ、本当に身体を洗うだけですか⁉)

そう問いかける前に、リクハルドの手があっという間にドレスを脱がせている。鮮やかすぎる動きについていけず、ライラはされるがままだ。

「ほら、冷えてしまう前においで」

バスタブはそれなりに大きく、リクハルドと一緒に入っても窮屈さは感じない。リクハルドは広げた両足の間にライラを座らせ、後ろから抱き締めてきた。

ライラの肩口に顔を埋め、気持ち良さそうに息を吐く。そこに何だか言葉では言い表せない複雑な疲労が感じ取れた。

「お仕事、大変だったのですか？」

「……別に、いつも通りだったよ。どうしてそんなふうに思ったのかな？」

「何だかいつもよりお疲れのように見えたので……気のせいだったのならばいいんです」

リクハルドが驚きに軽く目を瞠ったあと、腕に力を込めた。

「少し疲れただけだよ。でもすごいな。今、僕が疲れてるってわかったのは君だけだ」

「た、ただなんとなくそう思っただけで……大げさです」

「ふふ……それだけ僕のことをよく見てくれているということだね。嬉しいよ」

リクハルドの唇が、ライラの項《うなじ》に押しつけられる。軽く肌を吸われ、小さく身震いした。

彼の唇は次に耳の下に吸いつき、耳朶を甘噛みする。同時に右手が胸元に伸びて、膨らみを丸く撫でてきた。求められていると否応なく感じる。

リクハルドが欲しがってくれるのならば応えたいが、ここは浴室内で、ましてやバスタブの中だ。しかもまだ陽《ひ》も高い時間帯でもある。

道徳的にしてはいけないように思え、ライラは慌てて身体を離した。

「あ、あの！　身体、洗って差し上げます‼」

　悪戯をされないうちにさっさと海綿を手にし、石鹸を擦りつけて泡を作る。

「さあ、洗いますよ！」

「有り難いけれど……ちゃんと洗えるのかな？」

「洗えます！　子守の仕事で小さな子の入浴の手伝いなどもしたことがありますから！」

「僕は子供じゃないけれど。じゃあ、お願いしよう」

　クスクス笑いながらリクハルドが立ち上がる。何だか馬鹿にされているような気がする、と眦《まなじり》をつり上げようとしたが、彼の全裸と向かい合う体勢になったことで理解した。

（しょ、正面は駄目……‼　だって……だって……‼）

　リクハルドの裸身を明るいところでしっかりと見るのは初めてだ。まるで才能に溢れた彫刻家が創り上げたかのような無駄な筋肉のついていない、よく鍛えられた鋼のごとき身体は、見惚れてしまうほど美しい。

　だが股間にある――まだ萎《な》えている雄は別物だ。本当にリクハルドの一部なのかと疑いたくなるほどに雄々しく生々しい。ライラは思わず凝視してしまう。

（あ、あれが……私の、中、に……？）

　思っていたほど、狂暴なものではない。なのにどうしていつも受け入れるとき、始めはあんなに息苦しいほどなのだろう。

（私の中が、狭すぎるっていうことなのかしら？　でも、しばらくするとすぐ気持ち良くなるし……）

海綿を揉みながらリクハルドに抱かれたときのことを思い出す。すると、蜜口が熱を帯びた。思い返しただけで感じてしまったのかと、ライラは大きく目を見開く。

頭の上で、リクハルドの少し困った声が降ってきた。

「ライラ……そんなにじっと見つめられると、さすがの僕も恥ずかしい」

「ご、ごめんなさい！　あの!!　後ろを向いてください……!!」

頑として洗えると言ってしまった以上、ここで引くのは嫌だった。リクハルドは小さく笑いながらも言う通りに背を向ける。

泡をたっぷりと載せた海綿で、まずは首の後ろを擦った。肩から腕を擦り、力加減を確認する。

「とても気持ちいい」

そう言ってもらえると嬉しくなる。今度は一生懸命に広い背中を洗い、腰と臀部を洗った。臀部を洗い上げる際には、リクハルドがくすぐったさに笑った。素直な笑い声に、彼が心からリラックスしているのだとわかってますます嬉しくなる。

「次は前ですね！」

男根はなるべく見ないようにすればなんとかなるだろう。リクハルドは洗いやすいようにするためか、バスタブの縁に軽く腰掛け、膝を開いてライラを招き寄せた。

軽く顎を上げてもらい、喉を海綿で擦る。リクハルドは気持ち良さそうに目を細めるが、じっとこちらを見つめてきて何だか気恥ずかしい。だが俯くと男根が視界に入りそうで、結局見つめ合ってしまう。

それでもなんとか胸と引き締まった腹を洗い終え、次は足だとバスタブに跪《ひざまず》いた。今度はどうあっても視線の先にリクハルドの雄が見えてしまう位置だ。

顔をわずかに背けて手早く足を洗う。内腿を海綿で擦るとリクハルドが少し呻きを零した。痛みを与えてしまったかと慌てて顔を上げれば、男根が少し頭をもたげている。驚いてリクハルドを見上げれば、彼は困ったように眉を寄せていた。

「君の手が僕の身体のあちこちに触れているんだ。欲しくなるのは当然だよ」

言い訳がましい口調が可愛いなどと思うのは、いけないだろうか。

「……ごめ……なさい……。あの、泡を流し、て……」

「まだここを洗っていないのに？」

ほんの少しだけ意地悪く笑いながら、リクハルドが言った。ライラは息を詰める。

男根に触れるなど、初めてだ。だがリクハルドのものならばと意を決し、改めて泡を作る。

「わかり、まし、た……」

息を呑むようにして言うと、リクハルドが軽く目を瞠った。まさか本当に触れるとは思わなかったらしい。

「優しく……そっと洗えば、大丈夫ですよね……?」

海綿をバスタブの縁に置き、両手にたっぷりの泡を載せる。リクハルドがかすかに震え、頷いた。

「……そう、だね。僕が君の大事なところに触れるみたいに……」

ああそれならばわかる、と頷き返す。リクハルドはいつもライラの一番敏感な場所をたっぷりと優しく舐めて指で丹念に解し、受け入れるための準備を丁寧に整えてくれるのだ。

泡を纏わせた男根を、そっと掌で包み込む。傷つけないように気をつけながら両手を上下に動かし、洗い始めた。

「……ふ、ぅ……っ」

リクハルドが息を詰めた。同時に、肉竿が反り返っていく。

その変化に驚きながらも魅入られて目が離せず、ライラはじっと男根を見つめながら掌で擦り続けた。

すぐに肉竿は硬く太くなり、時折ビクビクと震えた。泡で包まれているからはっきりと見えないのも助かった。まるで別の生き物のように動くその姿を目の当たりにしたら、こんなふうに洗うことなどできないだろう。

指の腹で丁寧に先端の丸みと窪みの部分を擦る。リクハルドが再度、息を詰めた。

とても淫らなことをしていると、わかっている。だがライラの手の動きに合わせてリクハルドが息を詰めたり心地よさげに嘆息したり、苦しげに眉を寄せたり――熱を孕んだ濃青の瞳で見つめられたりすると、だんだん意識がぼんやりとしてくるのだ。

（もっと、気持ち良くなって欲しい……）

「……ライ、ラ……」

熱い呼気とともに呼びかけられ、彼の唇が近づく。ライラは気恥ずかしげに頬を染めながらも少し身を乗り出し、自らくちづけた。

ちゅっ、ちゅぅっ、と啄むような軽いくちづけを繰り返す。角度を変えてそんなくちづけを繰り返していると、リクハルドが焦れたように口を開き、舌を出した。

その舌に、舌先を押しつける。舌先だけで舐め合うとてもいやらしいくちづけだ。

「……んっ、んぅ……ん……っ」

（……ああ、駄目、洗わなく、ちゃ……）

恋人の身体を洗うことすらできないのかと思われたくない。ライラは淫らなくちづけを続けながら、根本に向かってゆっくりと指を滑らせる。

泡を纏った指で根本を軽く扱《しご》くように洗うと、二つの柔らかな袋に触れた。リクハルドの腰が大きく震え、感じる場所の一つだと教える。

ライラはそこも優しく揉みほぐすように洗い始めた。直後、リクハルドが舌を離し、ライラの手首を掴んで止めた。

調子に乗ってあれこれ触りすぎたのだろうか。快楽の熱が一気に冷め、怯えて見返す。

「ねえ、ライラ。どうして躊躇いもなく僕に触れてくれるんだい？」

不穏な瞳で見返しながら問いかけられ、ライラは戸惑って口ごもった。問いかけの意味がわからない。

リクハルドが身を乗り出した。

「僕は君の初めての男だ。なのに男のものにこんなに簡単に触れて、しかも感じる場所を的確に探してきて……男を悦ばせる技をどうして知っているんだい。もしかして、受け入れたことはなくとも他の男のものを弄ったことがあるのかい？」

とんでもない誤解だ。ライラは屈辱感に震え、リクハルドを涙目で睨みつける。

「そんなことありません、絶対に!!　わ、私がリクハルドさまの気持ちいい場所を見つけられたのは、リクハルドさまの様子を注意深く見ているからです!!　私だってリクハルドさまに、私で気持ち良くなって欲しいんです!!」

リクハルドがぽかんと唇を半開きにしたまま見返してくる。熱弁しすぎて息を荒くしながら、ライラは彼をさらに強く見据えた。

途端にリクハルドが狼狽《うろた》える。

「……え……あ……ごめん……僕の、誤解……？」

「誤解です」

「……そうか……僕をただ気持ち良くしたくて頑張ってくれた、だけ……？」

「そうです。頑張っただけです」

リクハルドの頬に今度は嬉しそうな笑みが浮かぶ。そしてライラをぎゅっと抱き締めた。

「ごめん。とんでもない誤解だった。あまりにも気持ちよかったから……君も僕と同じなんだね。僕も君の反応を見て、どうしたら気持ち良くなってくれるかな、気持ち良くしたいなって思いながら君を愛しているんだ」

詫《わ》びのくちづけが与えられる。くちづけたあと、リクハルドはライラと額を押し合わせて笑った。

「でも、どちらか一方だけ気持ち良くなるのは、少し寂しいし悔しいね。一緒に気持ち良くなりたい。駄目、かな？」

こんなところで、と思っていたのに、気づけば頷いている。

洗い流し用の水差しで互いの身体の泡を流し終えると、リクハルドがライラをバスタブの縁に座らせた。丁度背面に壁と鏡があるところだ。

リクハルドがライラの膝を掴んで押し広げる。踵をバスタブの縁まで押し上げられ、蜜口が丸見えになった。

明るい場所でそんなことをされ、さすがに羞恥が蘇《よみがえ》ってくる。ライラが慌てて膝を閉じるより早く、リクハルドの腰が押しつけられた。

すでに腹につくほど反り返った肉竿の先端が、花弁を優しく押し広げてきた。

（う、そ……こ、んなふうに……入ってくる、の……っ？）

薄暗がりの中の情事ではわからなかった。本当にリクハルドのものなのかと疑うほどに雄々しい男根が、ゆっくり――ゆっくり、ライラの中に侵入してくる。

こんなに大きいものを受け入れられるわけがないと思うのに、入り口は絶え間なく蜜を滴らせ、早く来て欲しいと言わんばかりにひくついている。リクハルドはその様をじっと見つめて、嬉しそうに目を細めた。

「ここ……こんなにひくついて可愛い。僕が欲しいと言ってくれているみたいだ」

ぐっ、と腰がさらに押しつけられる。このまま入ってくるのかと思ったのに、亀頭は花芽を強く擦って離れてしまった。ライラは思わず物欲しげな目をしてしまう。

「……その目……いいね。ぞくぞくする……」

リクハルドが唇を舐めた。獲物を前にした肉食獣のような仕草に、ドキドキする。

肉竿の先端が、再び蜜口に触れた。リクハルドは軽く腰を回し、浅い部分にだけ入り込んで嬲ってくる。くちゅ、くちゅん、と小さく淫らな水音が上がり、ライラは真っ赤になって身を震わせた。

これは焦らされているのか。リクハルドを少々恨めし気に見返すと、彼は淫蕩な微笑を浮かべて腰を軽く引く。花弁が肉竿に吸いついた。

「僕がいなくなるのが……寂しい……？」

答えないでいると、肉竿がゆっくりと押し入ってきた。濡れた花弁を広げて半ばほどまで入ってくる様をじっと見つめて、ライラは内心で喜びと安堵を覚える。

これで、ようやく奥深くまで彼に満たされる——だがリクハルドはそこで止まり、また軽く腰を揺するだけだった。

「……な、んで……っ」

「明るいところで君と繋がり合うなんて初めてだから、その様子をしっかりと記憶しておきたい。ああ、ほら、見てごらん。君の可愛らしい入り口が僕を欲しがってひくついて、蜜を滴らせて……ああ、すごい。吸いついてくるのが、よく、わかる……」

リクハルドが感じ入った声で呟く。

これは辛い。焦れて、身体の奥に熱だけが溜まって、頭がおかしくなりそうだ。

いっそのこと淫らに彼の腰に足を絡め、引き寄せてしまおうか。だがこの体勢ではバスタブに落ちてしまいそうで怖い。それに繋がる場所をもっとよく見るためか、膝を掴むリクハルドの手に力がこもり、さらに足を開かせるのだ。

ライラは涙目になりながらリクハルドの腕を強く掴んだ。

「意地悪するのは、駄目、です……っ。私は、リクハルドさまにお応えしたい、のに……っ」

リクハルドがハッ、と息を呑んだ。狼狽えた様子でライラの頬にくちづける。

「……ああ、ごめん……意地悪したいわけじゃないんだ。君が僕を欲しがってくれるのを、はっきりと見たかったというか……ごめん。全部言い訳だ。僕が悪かった」

「じゃあ、もう……リクハルドさま、を……くだ、さい……」

うん、とリクハルドが頷く。そして繋がった部分を見せつけるような体位のままで、いつもよりゆっくりと入り込んできた。

「……あ……あー……っ」

「……ん、ライラ……ほら、よく見て。目を閉じないで。君の中に僕がいることを……」

根元まで収めたあと、リクハルドが大きく息をついた。そしてゆっくりと腰を引き、緩慢な律動を始める。

「……あ……ん、ん……っ」

いつもの、すべてを奪いつくすかのような激しさとは違う。優しい律動だが、その分、リクハルドのかたちがよくわかり、ひどく感じ入った。

中を擦られる感覚に身震いすると、リクハルドがくちづけで宥めてくる。口中を味わってくる舌の動きも腰の動きに合わせて蠢く。

「……ん……ふっ、う……っ」

舌を強く吸われて感じると、蜜壺も連動して肉竿を強く締めつけた。リクハルドがくちづけながら、悩ましげに深く嘆息した。

奥を優しくノックする緩やかな律動は、やがていつもと同じ快感を連れてくる。ライラはくちづけを受け止め続けながらリクハルドの肩を強く掴み、身を震わせて達した。

「……んんんぅっ‼」

リクハルドが息を詰め、身を強張らせて吐精を堪える。まだ固いそれを蜜壺はきつく締めつけた。

リクハルドが唇を離し、額に落ちた湿った前髪を乱暴に掻き上げ、掠れた声で言う。

「ごめん、ライラ。優しくなんてできない。もっと強く激しくしたい。駄目って言うなら、我慢、するけど……」

情欲の焔を瞳の奥に宿して懇願されれば、嫌とは言えなくなる。いや、ライラももっと深く激しい愛撫を求めていた。

「……我慢、しないでください。リクハルドさまの思うまま、に……あぁっ‼」

言い終わると同時にリクハルドがライラの細腰を掴み、容赦なく奥まで入り込んできた。強く抱き締められ、立ち上がられる。浴室の壁に背を押しつけたまま腰を振られ、ライラは目を見開いた。

「……あっ、あっ、あぁ……‼」

支えが彼の腕と背中の壁しかない。不安定すぎて落ちるのではないかと、ライラも懸命にリクハルドにしがみつき、彼の腰に足を絡める。

繋がりはこれまで以上に深くなる。腹の奥を、男根で突き破られそうだ。

「ライラ……ライラ……っ」

熱に浮かされたように名を呼びながら、リクハルドが激しく突き上げる。ライラは彼の頼もしい肩口に顔を伏せ、広い背中に爪を立てながら達した。

「……あ、あああぁぁっ……‼」

リクハルドも身震いし、蜜壺から一気に自身を引き抜く。硬い先端が下腹部に強く押しつけられ、熱い精が放たれた。

(あ、あぁ……また、外、に……中に、欲しい……)

肌が濡れていく感覚にも打ち震えながら、淫らな欲望を抱く。だがそれを今、リクハルドに望むのは不躾《ぶしつけ》だ。彼はこんなにも、ライラの将来を考えてくれているのに。

足に力が入らなくなり、そのまま崩れ落ちそうになるのをリクハルドが抱き支えてくれた。

「……続きはベッドで」

まだするのかと仰天する。リクハルドは手早くライラの身体を流して抱き上げた。

抵抗しても、逃げられなそうだ。それにこんなに望まれて嬉しいのも確かだった。

「……お、手柔らかに……お願いします……」

そう答えたライラに、リクハルドは実に魅力的な笑みを見せた。

──今日のヨハンネスは体調が良く、この機を逃してはなるまいと精力的に政に参加していた。リクハルドは彼がもっとも信頼する側近として傍に控え続け、夕方まで一緒に過ごした。

さすがに陽が傾き始めると、ヨハンネスの横顔に疲労の色が見え始めた。今日はここまでだと判断し、リクハルドは後始末を引き受けて彼を自室に先導する。

「……まだ大丈夫だ。今日はすこぶる体調がいい」

「それは嬉しいことです。ですが力の出し具合は八割ほどが良いかと思います。何事も、ほどほどがよろしいのです」

リクハルドの冗談交じりの窘めに、ヨハンネスは微苦笑して軽く頷いた。

「そうだな。倒れてしまってからでは遅い。今日は休もう」

聞き入れてもらえたことに安堵しながら、リクハルドはヨハンネスの自室に続く回廊の扉を開ける。手前で一礼すると、前を通り過ぎようとしたヨハンネスが、ふと、足を止めた。

「今日、お前が持ってきてくれた菓子な。少し……懐かしい味がした」

──今日はライラが作ったクッキーを持ってきていた。彼女が仕事の合間に食べられそうだったら食べて欲しいと気遣って、リクハルドのために用意してくれたのだ。ヨハンネスと二人きりのときが多かったため、良い機会だからと彼にも勧めてみたものだった。

離れていても、不思議と思い合っている親子だ。何か感じるものがあるのではないかと、期待した。自分には親子の愛情というものがわからないから、どんなものか知りたかった。

食べたときはただ美味いとだけしか言わず、正直、内心で落胆したのだが。

「お気に召していただけて光栄です。またお持ちしましょう」

リクハルドは微笑む。うむ、とヨハンネスが頷き、立ち去っていった。

ライラにいい話を聞かせてやれる。一度も対面せず言葉を交わすことがなくとも、彼は娘の作った菓子から何かを感じ取ったのだと。

リクハルドはヨハンネスの姿が見えなくなるまで見送ってから、回廊の扉を閉めた。

残った仕事はあと一時間もすれば終わる。早く終わらせて帰ろう。

リクハルドは王城の中に用意されている、自分専用の執務室に向かった。政に深く関わる者たちには王城内で宿泊と執務ができるようにと、各々の部屋が用意されている。

これまで多忙なリクハルドは、屋敷に戻るよりもこちらで寝泊まりすることが多かった。

だが今は、帰ればライラが笑顔で出迎えてくれ、美味しい菓子を用意してくれる。帰らないという選択肢は、もうなくなった。

ライラのことを思うと、自然と唇に笑みが浮かぶ。だらしなく緩んだ口元を隠すために利き手で口元を押さえたとき前方に人の気配を感じ、リクハルドは顔を上げた。

そのときにはもう、いつも通りの穏やかな——けれども決して隙を見せない笑顔を浮かべている。

そこにいたのは、ブラウンの髪と瞳を持つ恰幅の良い中年の男だ。決して華美ではないが素材はすべて極上の正装姿だった。リクハルドに気づくと、一瞬だけ嫌そうに目を細める。

彼自身、その嫌悪感に気づかれているとは思ってもいないだろう。ここがまだまだだなとリクハルドが思うところだ。

すぐに男は貫禄のある笑みを浮かべ、軽く手を上げた。

「やあ、シニヴァーラ侯爵。もうお帰りかな？」

「いえ、ちょうど帰るところです、ハヴェリネン宰相。陛下に御用ですか？」

「少しお話ししたいことがあってな」

「そうですか……陛下は本日、精力的に執務をこなされまして、ずいぶんとお疲れになったようです。今はお休みに入るところで……私で事足りるお話ならば、ぜひお聞かせください」

にこにこと邪気のない満面の笑みを見せて言えば、男——カレヴィ・ハヴェリネン宰相は苦虫を噛み潰したような不快感を瞳に滲ませた。とはいえ、唇に笑みは留まったままだ。

リクハルドが一歩も譲らない様子を見せると、彼は大きく息を吐いた。

「陛下の体調を知らせてくれて助かる。ではまた後日、改めてお話に伺わせてもらおう」

「ありがとうございます。では、途中までご一緒に」

本当ならばすすんで一緒に歩きたくはないが、これも社交術の一つだ。特に彼には注意しておかなければならない。

――カレヴィ・ハヴェリネン。現在宰相の位にあり、王族外戚として一番の権力を持つ男だ。ヨハンネスの妹が彼の息子に嫁いでいる。彼自身、執政能力はそれなりに高く、事実上、この国のナンバー2と言っても差し支えはない。

王妃を娶らないと宣言したヨハンネスに対し後継者をどうするのかと慌てた貴族たちを、カレヴィがいつか生まれる王妹の子を後継者にすればいいと説得した。当時、ヨハンネスへの忠誠心が素晴らしいと皆が感心したが、リクハルドは彼の本意ではないと考えている。

幸い、王妹夫婦はとても仲睦まじく、ヨハンネスとの関係も非常に良好で、一男一女に恵まれた。そして長男サウルが後継者として王太子に任じられたのだ。

自分が提案したこともあり、カレヴィは王太子教育に積極的に関わった。だがサウル王太子は権力に一切興味を持たず、それどころか幼い頃に感銘を受けた絵画の世界に関わりたいと、今では画家としての才能を開かせてしまった。芸術大国の一面も持つこの国では、王族からも芸術家が輩出されている前例も多い。

ヨハンネスの特異な前例のせいで、貴族社会はサウル王太子の要求を強く跳ね除けられない。さらに厄介なことは、サウルの画家としての才能が素晴らしいことだった。

年に数回の個展が計画され、彼の絵見たさに訪れる者が非常に多くいる。今や彼はこの国の王太子というよりも、画家としての知名度の方が高くなっているのだ。

リクハルドとカレヴィは、他愛もない世間話をしながら腹の中を探り合う。互いに笑みを浮かべていても、目は笑っていなかった。

「サウル王太子は今日もアトリエにこもられていらっしゃるのですか?」

「ああ。本当に困ったことだ。だが、強くお諫《いさ》めすることも難しい。殿下は画家として素晴らしい才能を持ち、今や国の宝とまで言われてしまっている……」

「加えて殿下は、執政についてはご興味をお持ちになられませんしね……」

ふう、と互いに軽く息を吐く。困りましたね、と返す笑顔の下で、リクハルドはひどく冷ややかに彼を見た。

今はまだこんな調子だろう。だがときが来れば、カレヴィは動く。そう確信できる根拠はすでにあるのだ。

(何しろ、毎年軍事費の申請金額が上がっているからね……)

ヨハンネスは堅実な執政を常に心掛けている。民を第一に考え、民の幸福度が高まることこそ国力に繋がるという考えを持って政務に励んでいる。基本的に増税を望まず、質素倹約を心掛け、他国に不必要な見栄を張ることを嫌う。

だが、民に必要とあれば大胆に動く。災害などが起きたときのヨハンネスの動きは迅速で的確で、命令を滞らせない。だからこそ、王妃を迎えないことを彼らも受け入れられたのだろう。それがいいかどうかは未来の国民が決めることだが、少なくとも悪王ではない。

だがカレヴィの主張は違う。声高には言わないが、彼は軍事力を高め相手を威嚇することで、周辺諸国から国を守ろうという考えだ。軍事力を高めるために、国内に武器製造所や軍人養成所などを作り、雇用を増やして国を豊かにする――だが、国に尽くして死亡した者への保証等には、具体案を示さない。それを考えるには増税が必要だと返されるばかりだった。

リクハルドの考えは、ヨハンネスに近い。軍事力を高めても、結局それ以上の力でねじ伏せられては一環の終わりだ。ならばそれ以外の手札をたくさん用意しておいた方がいい。

このままサウルが王位を継ぐとなれば、実質的な政務は後見役と教育役を担ったカレヴィが行うことになるだろう。結果的に、彼がこの国を動かすことになる。

その政治構造を危惧する者は多数いるが、表立って反論する者はいない。カレヴィには今のところ、失脚に値するだけの失態がないのだ。

(実に、立ちまわり方が上手い……)

庭に面した回廊に入り、リクハルドは足を止めた。ここでリクハルドは右手側に向かうのだ。

カレヴィも立ち止まり、互いに別れの挨拶をする。すると、前方から赤毛の若者が走り寄ってきた。サウル王太子だ。

「リクハルド！　……おっと、おじいさまも」

　気楽な挨拶の仕方に、カレヴィが眉を寄せた。サウルはささ、と素早くリクハルドの傍に近づく。まるで叱責の盾になってくれと言わんばかりだ。こういう愛嬌《あいきょう》は民に受け入れられやすいが、執政者となるとどうにも頼りない。

　リクハルドはいつも柔和な笑みを浮かべていること、同じ年頃だということ、そして話しやすいという理由でサウルに気に入られている。その理由も頼りないと呆れさせるのだ。

（絵のことに関しては、凄まじい執念を持っていらっしゃるのだけれどね……）

「殿下、このようなところにどうされたのですか」

「僕と君は、友達だろう。ここはサウルと呼ぶべきだぞ」

「馬鹿者！」

　孫を見据え、カレヴィがビシッと叱責した。サウルが大きく肩を震わせる。

「ここは王城内だぞ！　臣下に対してそのように気軽に接しては、威厳も何もないだろう！お前はもっと王太子としての自覚を持て！」

「……別に、なりたいわけじゃないし。おじいさまが勝手に決めたことだし……」

　サウルはじと……っ、と祖父を見返しながら、ぶつぶつと不満を零す。その声はリクハルドも聞き取りづらいほど小さかった。

　どうせならばここでがんとして撥ね除けるほどの気概を見せてくれれば、少しは見込みがあると思えるのだが。

だが単なる家族喧嘩に巻き込まれるのはごめんだ。ライラが帰りを待っている。早く帰りたい。

「私に何か御用でしたか」

直後、サウルが興奮で頬を紅潮させてまくし立てた。

「新しい絵ができたんだよ！　素晴らしい出来なんだ。感動して言葉を失うと思うよ！　早くみんなに見せたくてね。でも発表には色々お膳立てっていうのがあるらしいから……なら、親しい人たちにだけでも先に見てもらおうと思ってね。今日の夜、ちょっとしたお披露目会をするんだ。リクハルドもぜひおいでよ！」

「ありがとうございます、殿下。ですが申し訳ございません、少々自邸で片付けなければならない案件がありまして……」

「お前はいつも仕事仕事って……ん？　でも最近はよく屋敷に戻ってるよね」

妙なところで聡い。カレヴィに妙な探りを入れられる前に、リクハルドは笑顔で続けた。

「後日、完成した絵のお祝いを贈らせてください」

「だったら新しい絵の具がいいな！」

無邪気な子供のように要求され、リクハルドは微苦笑した。そして改めてサウルたちに一礼し、今度こそ自分の執務室へと向かう。

カレヴィの視線が、背中に突き刺さっていた。今の会話で何か引っかかることがあったようだが、怪しいと思わせることは一切口にしていない。

早く帰ってライラの笑顔に癒やされたかった。


「――自邸で仕事、か……」

カレヴィの低い呟きを聞き留め、サウルが訝しげに祖父を見返した。カレヴィは孫の視線を受け止め、小さく笑う。

「いや、本当に仕事のために自邸に戻っているのかと思っただけだ」

「そう言っていたからそうなんだろう。おじいさまは何でも疑《うたぐ》る。底意地が悪い」

うっかり本音を漏らしてしまい、サウルは慌てて口を押さえる。すぐさまいつものように鋭い叱責が飛んでくるかと思ったが、意外にもカレヴィはリクハルドが立ち去った方を見つめたまま、渋い声で言っただけだった。

「そうでもしなければ、こんなところでは生きていけぬわ」

リクハルドの帰宅は夕食後になりそうだと知らせが入った。食事は王城で簡単に済ませる

が、必ず帰るという。あまり仕事を詰めすぎていなければいいがと心配しながらも、ライラは夕食後、厨房に入った。

いつも通り用意した食後のデザートは、明日、食べてもらおう。だが、遅く帰ってきても胃に負担をかけない甘味を用意したかった。作ったのは、林檎《りんご》のコンポートだ。

林檎一個を薄く切り、さらに一口大の大きさに揃えて煮込んだ。これならば好きな分だけ口にできるし、余ってもタルトやケーキの材料に使える。

眠りを促す効能のある茶葉も用意する。そうこうしていると、リクハルドの帰宅を使用人が教えてくれた。

大急ぎでトレイに茶と林檎のコンポートの皿を載せ、リクハルドの部屋に向かう。寛ぎの室内着に着替え終えたリクハルドがトレイを受け取り、丁寧にテーブルに置いたあと、優しく抱き締めてきた。

「ただいま、ライラ。……少し、疲れた」

最近リクハルドはこんなふうに心の内を教えてくれるようになった。嬉しい反面、働きすぎで身体を壊してしまわないかと心配になる。

それでなくともライラを妻にするため、あれこれ動いてくれているのに。

(私にできることは令嬢教育を頑張ること。リクハルドさまのために美味しいお菓子を作ること)

その程度しかできないことがもどかしいが、精一杯しようと改めて思う。

「林檎のコンポートを作ったんです。気分がリラックスするお茶も用意しました。砂糖代わりに入れてお飲みください」

リクハルドから離れ、手早く用意してカップを差し出す。リクハルドは嬉しそうに茶の香りを吸い込み、ゆっくりと味わった。

「……美味しい」

ほっと息を吐く仕草が愛おしい。良かった、とライラは笑顔を返す。

「コンポートも少し食べたいな」

求められ、スプーンと一緒に皿を差し出す。ひと匙《さじ》口にすると、リクハルドは目を閉じてじっくりと味わった。

「とても美味しいけれど……少し甘さが足りないかな」

なんてこと！　とライラは目を瞠った。リクハルドの好みの甘さにしたつもりだったのに。

「ご、ごめんなさい。あの、明日また作り直して……」

「こうしたら甘さが増すから大丈夫だよ」

スプーンに残ったシロップを指に取ると、リクハルドはそれをライラの唇にそっと塗りつけた。何をしたいのかさっぱりわからず茫然としていると、彼が唇を舐めてきた。

「うん、美味しい。好みの甘さになった」

「……な……な、ななな、何をなさって……!?」

「君の唇には優しい甘みがあるからね。唇だけじゃなくて、どこもかしこも甘いのだけれど」

言って今度は頬をぺろりと舐める。ライラは肩を竦めた。

「……甘くて美味しい。もっと食べたいな。いい？」

「え……あ、あの、食べるって……あ……っ」

今度は感じやすい項を舐められる。思わず小さな喘ぎ声が漏れてしまい、ライラは慌てて両手で口を押さえた。

リクハルドが瞳を覗き込んでくる。蕩けるほど甘い笑顔なのに、その瞳の奥には情欲の焔がちらちら揺れていた。

(私を食べるって……そういうこと……!?)

ようやく恋人の意図に気づき、ライラは耳まで真っ赤になった。リクハルドが甘えるように続ける。

「いいだろう？　世界で一番美味しいデザートは、君以外にない」

「……た、食べすぎは駄目です。おなかを壊します。そ、それにこんな遅い時間に食べると、胃も疲れてしまいますから……っ」

反撃の言葉を紡ぎながらも、気になるのはリクハルドの疲労具合だ。夜遅く帰ってきたのに自分と戯れたりして、疲れはひどくならないのだろうか。

「あの……お疲れではないのですか……？　お休みになってください……」

「僕の心配をしてくれて嬉しいよ。じゃあ、休む前に少しだけ、ね。君は座ったまま、動かないでいて」

何をどうするのか想像できなかったが、動かないやり方ならばこれ以上疲れはしないだろう。小さく頷くと、リクハルドが座っているライラの足元に膝をついた。そして愛おしげに両足を撫で上げながら、一緒にドレスの裾をたくし上げていく。

あっという間に太腿まで露わにされてしまい、ライラは慌てて膝を閉じようとした。だがそれより早くリクハルドの身体が足の間に入り込んできて阻まれてしまう。

大きな手がライラの膝裏を押し上げ、リクハルドはライラの両足を自分の肩に乗せた。今日は出かける用事がなかったから、スカートの下は薄い下着と太腿まで覆う靴下だけだ。

リクハルドがライラの右膝を掴み、内側にくちづけた。肌の色が透けて見えるほど薄い絹の布地越しに彼の唇が押しつけられ、思った以上の熱さに驚いて身体が強張る。

リクハルドが愛おしげに右の内腿をゆっくりと唇で辿りながら上がっていく。その間、濃青の瞳はライラを見つめたままだ。

これから何をされるのかを教えるかのような熱のこもった瞳に捉えられ、息を詰める。

「スカートが少し邪魔だな。こうやって、そう、もう少し上まで……そこで、持っていて」

足の間で、リクハルドが蕩けるほど優しい声で言う。ライラはまるで操られるように裾を持った。

「ああ……いいね。ライラの可愛くて美味しそうな場所が、とてもよく見えるよ」

リクハルドがじっと秘所を見つめる。熱い視線が下着の上からふっくらとした恥丘を撫でるのがわかる。それだけで腰が震え、蜜口がひくつき、蜜が滲み出すのがわかった。

「……ふふ、濡れてきた……僕に食べて欲しいんだね……」

リクハルドの言葉にライラは真っ赤になって身を強張らせる。彼の指が腰骨にかかり、結ばれている下着の紐を見せつけながらゆっくりと解いた。

もう片方は紐を咥《くわ》えて解く。なんていやらしい脱がせ方だ。そんな淫らなことをするなんて、と諌《いさ》めなければいけないのだろうが——ドキドキし、目が離せない。

リクハルドが指で花弁を押し広げた。とろりと愛蜜が滴る。その様子に彼は嬉しそうに小さく笑い、何の躊躇いもなく蜜口に唇を押しつけた。

「あ……っ！」

唾液でぬめった熱い舌が、割れ目を優しく舐め始めた。ライラはスカートを強く握り締める。ぴちゃぴちゃ、といやらしい水音が上がり、その音にも感じてしまうのが恥ずかしい。

（あ、あ……私、リクハルドさまに……食べられて、る……）

リクハルドは尖らせた舌先で花弁の中に隠れている花芽を探り出し、優しく舐め回した。

新たな快感に、ライラはソファの背もたれに後頭部を強く押しつけて喘ぐ。

「あ、あっ、駄目……そこっ、弱い、から……いや、ぁ……っ」

首を左右に打ち振り、逃げ腰になる。だが甘い責め苦からは逃げられない。腰は背もたれに擦りつけられるばかりだ。それどころかこの体勢では動けば動くほど腰がせり上がり、膝が開いて、リクハルドの背中でつま先が揺れる。

リクハルドは、今度は花芽を吸い上げた。蜜を啜り、音を立てて味わう。かと思えば口中で激しく花芽を嬲る。

「……あっ、あ……駄目、そんなに吸っちゃ……」

「足りない。もっと欲しい……」

「や……やぁっ、も……出な……出ない、から……あぁっ」

息つく間すら与えてくれない口淫に、ライラはスカートを落とさないように強く握り締めることしかできなくなっていた。なのにリクハルドは舌の攻めを止めないまま、次は蜜壺に指を一本、差し入れてきたのだ。

蜜壺の上部を指で擦られ突かれると、新たな強い快感に呑み込まれる。

「はっ、あ、やっ、ああっ！」

「……もう出ない、なんて、嘘つきな子だ。まだ……奥に、たっぷり蜜がある、ん……」

蜜はさらに溢れ、リクハルドに啜り取られる。舌も指もライラが感じる場所を的確に覚えていて、そこを狙って執拗に攻め続けられた。

「ああっ、あー……！」

ついに全身を震わせて達する。リクハルドの肩の上で、両足がつま先までぴんっと伸びた。頭の中が真っ白に塗り潰されるような絶頂に放心してしまう。

だが、リクハルドはすぐに指と舌の愛撫を再開した。ライラは大きく目を瞠る。

「リクハルドさま、わ、私、もういって……ああっ！」

ライラの言葉を聞かず、リクハルドは再びひくつく蜜壺の中を弄り、絶頂に追い上げる。あっという間にまた達し、ライラはソファにぐったりともたれかかった。

「……や……も、駄目……」

リクハルドはそれでも止めず、また絶頂に導いていく。何度も極めさせられてライラはただもう喘ぎ、身悶えることしかできなくなる。

ドレスはどこも脱がされていないのに、スカートの下はどろどろだ。リクハルドも衣服の乱れは一切ないのに、端整な顔には壮絶な色気が漂っている。唇についた蜜を舐め取る舌の動きがとてもいやらしい。

大きく息を吐き、リクハルドがようやく愛撫を止めた。ライラはぼんやりした瞳で彼を見つめる。

「……おなか、いっぱいに……なりました、か……？」

あとから思えばとんでもなく淫らな問いかけだったが、今は意識が蕩けていてわからない。とにかくリクハルドが満足してくれればいいと、その気持ちゆえだ。

リクハルドが息を詰めた。それから何ともいえない困った顔をして、苦笑する。

「まったく、君は……」

足りなかったのか、と落胆するライラに、リクハルドが身を押しつけてきた。

無防備な蜜口に、硬く熱く、けれども不思議と滑らかな感触が触れた。一体いつの間に剥き出しにしていたのか彼の腰元がはだけられ、昂ぶったものが取り出されていた。

ちゅぷっ、と小さな水音を立てて亀頭が中に入り込む。リクハルドが笑みを深め、座面に片膝を乗せながらさらに腰を押し進めてきた。

両膝が必然的に大きく開かされ、リクハルドを自ら迎え入れるかのようだ。ひくつく蜜壺の最奥まで入り込まれ、ライラは深い快感に身を強張らせる。

「……あ……あっ、あぁ……っ」

リクハルドがソファの背もたれの縁を片手で掴み、腰を軽く揺らし始めた。

とちゅ、とちゅ……っ、と優しく奥を突かれる柔らかな律動だ。ライラは彼の背にしがみつく。優しい律動も気持ちよくて、上手く言葉が出てこない。零れるのは小さな喘ぎだけだ。

リクハルドがライラの背中を抱いていた腕を上げ、後頭部を優しく撫でた。

「奥まで……味わっても、いい……？」

「……あ……あぁっ‼」

　直後、リクハルドが腰を激しく打ち振ってきた。

　ソファの背もたれで逃げられない状態で、ガツガツと奥を抉《えぐ》るように貫かれる。激しく深い抽送が与えてくる快感に呑まれ、ライラはリクハルドの背にきつくしがみつくことしかできない。だがその行為も、互いの結びつきをさらに深くするだけだ。

「……ライラ……ライラ……っ」

　もはや理性がなくなったかのように、リクハルドが求めてくる。呼びかけに応えたくて顔を上げても、すぐに舌を搦め捕られるくちづけを与えられて何も言えない。喘ぎも呑み込まれ、きつく抱き締められ、全身でリクハルドを感じる。

　唇を離し、息を荒くしてリクハルドが腰を打ち込む。

「ライラ……君の、中に……出し、たい……っ」

　熱い精が体奥に注ぎ込まれることを想像し、ライラは男根をこれまで以上に締めつけてしまう。リクハルドが息を詰め、辛うじて吐精を堪えた。

「……駄目、だ……そんなに可愛いおねだりをされたら、出してしまう、よ……？」

　身体は正直で、蜜壺が強くうねる。リクハルドが微苦笑し、ライラの頬にくちづけた。

「僕、も……今すぐにでも君との子が欲しいけれ、ど……身重の身で結婚式は、大変だから、ね……もう少しだけ、待っていて」

ライラ以外を妻にするつもりはないと、言外で教えてくれる。嬉しいとライラは微笑んで、しがみつく腕に力をこめた。

リクハルドが小さく笑い返し、再び強靭な律動を繰り返す。全身が溶け合って何もかもわからなくなる快感が、どっとやってくる。

「……あ……あ、あっ、もう、駄目……私……い、く……っ」

「……ああ、僕、も……っ」

リクハルドがライラをきつく抱き締め返す。ずうんっ、と最奥を貫かれ、ライラは達した。

直後、リクハルドが肉竿を引き抜き、恥丘に亀頭を押しつけて吐精する。

熱くどろりとした精の感触にも打ち震え、なかなか身体も心も落ち着かない。リクハルドもしばし吐精の余韻に腰を震わせていた。

呼吸の乱れもなかなか戻らない。それでも気づけば唇を合わせ、舌先を絡め合う。

「……これでご満足……いただけました、か……？」

喘ぎで掠れた声で問いかけると、リクハルドが困り顔で答えた。

「僕が君を食べることに満足することなど絶対にない。ずっと君のことを美味しく食べ続けることができる。……試してみるかい？　僕はまだまだ君を愛せるよ」

顔に似合わず向けられる欲望の凄まじさにライラは震え上がり、慌てて首を左右に振った。

応えたい気持ちは消えないが、これでは体力が持たない。

リクハルドは残念そうに嘆息し、頬に優しくくちづけた。

令嬢教育は順調に進み、そろそろ社交界に出ても大丈夫だろうと教師たちが言ってくれるようにまでなった。予想以上の早さにリクハルドは驚き、優秀だと褒めてくれた。彼の喜びようを見ると。自然ともっと頑張ろうと思える。

今日の授業を終えたあと、ライラはアートスを相手にチェスを教えてもらっていた。チェスは令嬢の嗜《たしな》みではないが、リクハルドがたまに彼を相手にしてゲームを楽しんでいるのを目にしたことがあり、自分も相手になれたらいいと教えを請うたのだ。

まだまだリクハルドと対戦できるまでには至らないが、それでも時折彼から誘われ、対戦形式で教えてもらうようになり――それもまた、恋人同士の時間となっている。

ゲームの進行についてアドバイスを受けていたところ、使用人が神妙な顔でやって来た。

「アートスさま、少し妙な配達があるのですが……」

ライラは訝しげに小首を傾げる。

アートスが立ち上がり、ライラに余計なことを聞かせないよう、廊下に使用人を連れていこうとする。ライラはそれを止めた。

もしリクハルドに何か関わりのあることだったら、自分も知っていた方がいいのではないか。そう言うと、確かにある程度の情報の共有は必要だろうとアートスは頷き、使用人に先を促した。

王都の高級宝石店から、ライラ宛てのアクセサリーが届いているという。店名を確認すると、それは確かにシニヴァーラ侯爵家が何度か利用している店だった。

とはいえリクハルドの代になってからは、御用達の店以外、宝飾店は利用していない。

「ライラさま宛てとは言っていなかったのです。リクハルドさまから『僕の大事な人へ』というカードをつけて届けるように言われたとのことで……必ず渡したのかどうかをあとで確認すると言われたので、対面でお渡ししたいと言っているんです」

アートスはもちろんのこと、ライラも眉をひそめた。拭い切れない違和感があった。

リクハルドはライラのためにドレスや宝飾品を色々と揃えてくれたが、すでにクローゼットルームから溢れんばかりで、ライラはこれ以上は必要ないと必死に説得したくらいなのだ。

次に何かを用意するのならば、婚儀用衣裳一式と、ライラの体形が変わり、用意したものが着られなくなったときにしてくれと頼んである。

「……おかしいですね。リクハルドさまがライラさまにサプライズするつもりでやったことだとしても、こんな半端な贈り物はされません。リクハルドさまがサプライズプレゼントをするのでしたら、ライラさまが泣いて喜んで、その晩は朝まで寝室で可愛がられても文句を言えないような素晴らしい驚きを作り出されると思います」

とんでもないことをさも当たり前のようにアートスが言い、ライラは真っ赤になる。驚いたのは、アートスの言葉に使用人も深く頷いたことだ。

「しかもライラさまの名を一切出さず、対面で渡したいとは……怪しいとしか言えません。わかりました。私が対応しましょう。完全に引き取ってもらうまで、君はライラさまの傍にいてください。ライラさま、私が戻るまで決してこの部屋から出ないでください」

「は、はい。わかりました」

何やらずいぶんと物々しい雰囲気になり、緊張してしまう。来訪者が気になるが、余計な手間を増やさないようライラはおとなしく部屋で待機した。

しばらく待っていると、アートスが笑顔で戻ってきた。

「品物は持って帰っていただきました。主人に確認させてくださいと言ったところ、妙にそわそわしてこちらで再確認しますと言っていましたからね。ライラさまが対応しなくて良かったです。君も、機転を利かせてくれてありがとう」

使用人は誇らしげに微笑み、一礼して退室した。アートスは再び椅子に座って言った。

「ライラさま、少し厳しいことを申し上げます」

少し緊張しながらもライラは頷いた。アートスは優しくも厳しさが垣間見える声音で続けた。

「シニヴァーラ侯爵家は、リクハルドさまの代になってから特に陛下に取り立てられています。陛下にそれだけ信用されているのです。陛下の信頼に常にお応えし続けているからこそ、リクハルドさまに一目置かれている貴族も多くいらっしゃいます。ですがそれを面白くないと思う輩もいるのです」

ライラは頷く。

それは、階級云々《うんぬん》の負の感情ではない。人が人であるからこそ持ってしまう妬みだ。

「リクハルドさまを失脚させるため、何か仕掛けてきた可能性があります。ですがそのことに対して毎度動揺していては、リクハルドさまの妻としてやっていけません。ときにはそうした悪意に晒《さら》され続けているリクハルドさまをお慰めするのも、ライラさまの役目となります。こういうときこそ動揺は綺麗に隠し、リクハルドさまのためになることは何かを考えられるようになっていただきたいのです」

アートスの指導はとても納得できることだった。リクハルドの妻という立場は、決して何不自由ない裕福な暮らしというわけではないのだ。

「わかりました。教えていただいたこと、ちゃんと守れるようにします。このことは、アートスさんからリクハルドさまに報告してくれますか？　私が直接対面したわけではないので、詳しくお伝えできませんし」

アートスが満足げに頷いた。

【第五章　いざ、婚約者として参ります！】

奇妙な出来事があってから、ライラはますます令嬢教育に真摯に向き合っていた。

その気持ちを汲み、使用人たちも協力してくれる。困ったときにはいつでも手を差し伸べてくれるし、勉強に根を詰めすぎれば声をかけてくれたり茶や菓子を差し入れてくれたりもする。彼らは変わらずライラを親しい友人のように見守ってくれ、そして未来の侯爵夫人として礼節を守ってくれてもいた。

だからこそライラは彼らに自分の出自について話したいと、前よりも強く思うようになった。リクハルドに相談すると、彼は意外なほどあっさりと頷き、皆に発表する場をわざわざ設けてくれた。

居間に集められた使用人たちは、ライラを励ますように寄り添っているリクハルドの様子をみとめ、内心ではついに婚儀の日取りが決まったのかと瞳をキラキラさせた。けれど緊張しているライラはそのことに気づけないまま、自分が国王の子だということを話した。

使用人たちは予想が外れたことの方に落胆しすぎていて、最初、ライラの衝撃的な出自についてははっきりと理解できなかった。あまりにもあっさりとした対応にライラだけでなく、リクハルドも驚いたくらいだった。

『えっと……あの、私……実は、陛下の子なのだけれど……』

『……あああぁぁぁ、がっかりだわ、ライラ！　そろそろ婚儀の日取りが決まったのかと思ったのに……！』

『そうよそうよ。こっちはまだかまだかと待っているのよ。このやる気がそのうち溢れ出てどうにかなってしまうわよ！　って……え？　誰が誰の子ですって？』

そんな会話のあと改めて出生を伝えると、絶叫のような驚きの声を上げられた。だが、意外にもあっさりと受け入れられてしまった。

『だって……ライラは結局ライラ以外の何者でもないし、ねぇ？』

そんな受け入れ方でいいのだろうかと思ったものの、とても嬉しかった。真実を告げたあとも、ライラへの接し方に変化はなかった。

リクハルドはライラの成長を優しく見守り、同時に恋人として甘く接してくれる。その態度はこれまで以上だ。

ライラの息抜きになるようにと、令嬢教育の合間に菓子作りの時間を必ず作ってくれる。手が空けば、リクハルドも一緒に手伝うようになった。言葉通りの甘い時間を彼と過ごせることがとても嬉しい。

今日は屋敷内で仕事をしていたリクハルドから、執務室に呼ばれた。丁度できあがったクッキーを茶と一緒にトレイに載せて持っていく。

仕事はすでに終わっていたらしく、リクハルドは執務椅子ではなく来客用のソファセットで寛いでいた。焼きたてのクッキーをとても喜び、数枚を一気に食べてしまう。

「……あー……うん。ライラの作るお菓子は本当に美味しい……」

言って隣に座ったライラの腰を抱き寄せ、頬や髪、こめかみや首筋に、戯れのくちづけを与えてくる。相変わらず屋敷の中では誰が傍にいても、リクハルドは気にしない。

「こ、こういうことは二人きりのときにしてくださいと……‼」

「……そうだった。ごめん」

ちゅっ、と軽く音を立てて唇を啄まれる。だが言葉通り、それ以上は触れてこない。

一度欲情に火がつくと、リクハルドはもの柔らかな容姿と雰囲気からは想像もできないほど、激しくライラを求めてくる。加えて屋敷の中では人目をほとんど気にせず、ライラを愛おしいと思えばこうやって触れてくるのだ。

さすがにアートスや教師たちが見かね、リクハルドにやんわりと注意したほどだ。仲睦まじいのは良いが、あまりにも行きすぎると誰かの反感を買うこともある、と。

思い当たることでもあったのか、リクハルドはその忠告に神妙な顔になって頷き、人目があるときは控えることを約束してくれた。人目がなければするのか、ということは、深く考えないようにしている。

しばし、アートスを交えて談笑する。

他愛もない話だが、楽しい。リクハルドと一緒ならば、どんな時間も心地よいものだ。

「ライラの令嬢教育も、そろそろ場慣れする頃合いに入ったと聞いたよ。すごいね。僕のためにすごく努力してくれて嬉しい。ありがとう」

感謝の笑みは蕩けるほど甘く、ドキドキしてしまう。これには一向に慣れない。きっと一生慣れないままだろう。

「あ、ありがとうございます。先生方が熱心に教えてくださるからです。それに、屋敷のみんなも色々と協力してくれるからです。でも、まだまだ足りません。もっと頑張ります！」

「頑張りすぎて倒れてしまっては元も子もない。無理はしないように」

教師然とした口調で言われ、ライラは思わず背筋を伸ばして、はい、と返事をする。リクハルドが笑い、目元に軽いくちづけを与えた。

「良い子だ。それと……そろそろ君と社交界に出ようと思う」

（ついにこのときが来たわ……‼）

ライラは知らず決死の表情になって頷く。リクハルドが微苦笑した。

「そんなに気負わないでいい。まずは僕の親しい知り合いの、あまり大げさではないパーティーに出よう。何か失敗しても僕が必ず手助けするから安心して」

「はい！」

「君を僕の婚約者と紹介するよ。しばらくは令嬢たちからの風当たりが強くなると思う。いいかな……？」

ライラは強く頷いた。

覚悟していたことだ。その程度の風で倒れてしまうようでは、リクハルドの傍にはいられない。

それに令嬢たちの嫌がらせについての知識も対応策も、マナーの教師から教えてもらっている。淑女は嫌がらせについても優雅に上品にあしらわなければならない。

（そのためには鉄の心を持つこと‼）

「大丈夫です。返り討《う》ちにする教えも受けました」

「返り討ちにするのは僕がやる。でも、嫌な思いはさせてしまうかも……ごめんね」

さらりと何かすごいことを言われたような気がするが、ライラは慌てて首を横に振った。

「でも嬉しいな。君をようやく僕の恋人として婚約者として、未来の妻として……皆に見せびらかすことができる……。ああ、そうだ。せっかくだからまた何着か、パーティー用のドレスを仕立てよう。僕とお揃いのデザインとかがいいかな」

すでに二つのクローゼットルームに空きがない状態だ。ライラは首だけでなく両手も左右に振って、全力で断る。以前に交わした約束はすっかり忘れてしまっているようだ。

「前に約束してくださいましたよ！　今度ドレスを作るのは私の体形が変わったときと、婚礼衣装のときだけだって……！」

「ああ、そうだった……でもね、ライラ。揃いの衣裳は一つもないだろう？　クローゼットルームは追加すればいいだけだし、頼むよ。君と揃いの衣裳を作りたい」

そんなふうに強請《ねだ》られたら、断りづらい。結局リクハルドに丸め込まれるようにして、頷いてしまう。

「それと、君には絶対に注意してもらいたいこともある。社交の場では僕の傍から離れないこと」

先ほどまでの気楽で優しい声は鳴りを潜め、今度は反論を許さない強い口調で言い含めてきた。ライラは思わず背筋を伸ばして頷く。

「わかりました。離れません。でも、何かあるのでしょうか……」

何もわからないまま傍にいては、足手まといになるかもしれない。それを危惧して問いかけると、リクハルドは数瞬迷ったあと、軽い嘆息とともに続けた。

「君は僕が必ず守るから、変に恐がらないで聞いて欲しい。君のところに、僕の名を騙《かた》って贈り物をしてきた者がいただろう？」

ライラは神妙な顔で頷き、先日のことを思い返した。店の使いを追い返したあとリクハルドに確認したが、そんなことはしていないということだった。

彼ほどの立場ともなれば、見知らぬ恨みや探りを入れられてもおかしくはない。リクハルドを敵対視している者の仕業ではないかと、アートスに色々と調べさせているという。

「まだ確信は持てていないのだけれど、どうやら君が僕にとってどういった存在なのかを調べようとしている輩がいるみたいだ。まだ、僕がどこの誰とも知れない女性をこの屋敷に住まわせている、ということだけしか知られていない」

それはそれで、社交界を大きく揺るがせる情報のような気がする。リクハルドが質問攻めに遭うのではないか。

精神的な負担を心配すると、リクハルドは何でもないと笑った。

「そういう輩のあしらいには慣れている。ちょうどいいから近いうちに君を紹介できると言いふらしておいた。今、貴族社会では色々な憶測が飛び交っていて面白いくらいだ。だがそうやって様々な憶測が飛び交っている方が都合がいい。たとえ誰かが真実に辿り着いていたとしても、他の憶測がかき消してくれる。よほどの代弁者でもない限り、噂をコントロールすることは難しい。今や君は、どこかの国の高貴なる王女ではないかなどとも言われているよ」

（そ、それはある意味、核心を突いているのでは……‼）

心臓が痛いほどドキリとする。息を呑むライラに、リクハルドが笑った。

「安心して大丈夫だよ。今のところ、荒唐無稽《こうとうむけい》な予想だと嗤《わら》われている。こうやって様々な憶測が飛び交ってどれが本当なのかがわからなれば、それが君を守る盾になってくれる」

なるほど、とライラは頷いた。そういうやり方もあるのか。

「ああでも、僕の大事な人だということは、ちゃんと広めてあるよ。これはきちんと広めておかないとね」

「それこそ誤魔化しておくべきことではないですか⁉」

リクハルドを良く思わない者たちからすれば、ライラは彼の弱みとなる。下手をすれば誘拐の対象にも選ばれやすくなるだろう。

（こ、これ以上リクハルドさまに心配をかけたくないわ！　何か……そうだわ！）

「あのっ！　護身術とか……身を守る方法を習わせてください！」

「どうして急に護身術なんだい……？」

リクハルドがとても不思議そうに問いかけてくる。ライラは勢い込んで答えた。

「私がリクハルドさまの弱みになってしまうということです！　でも、ただで攫《さら》われるつもりはありません。抵抗すればするだけ、初動で諦めてくれるかもしれないですし……やれることはやっておきたいんです」

「ああ、なるほど。そんなことにならないよう、僕が守るよ。でも……そうだな。少しでも覚えておけば、君を守る盾の一つになるか……」

「では私がお教えいたしましょう」

アートスが提案し、リクハルドが了承する。

新たに授業が増えることなどライラは気にならない。むしろ必要なことだと感じた。

「確かに、僕の弱みが君だと公言していることにはなる。でも僕に手出しをしようとする者は、そうそういない。むやみやたらに手を出して、返り討ちにされた者も何人かいるからね。立場上、僕を失脚させようとする者は決していなくならない。だが確かな勝利を確信できない以上は、手出しはできない。僕に負ければ自分が失脚するだけでなく、すべてを失うことになる。……僕は、汚い方法で戦いを挑んできた者に手加減してやるほど、優しくはないんだ。狭量な男なんだよ」

申し訳ないという表情でリクハルドは続けたが、ライラは内心で小さく震え上がった。それは狭量なのではなく、容赦がないということだ。

（普段の優しいリクハルドさまからは想像しがたいことだけれど、怒るとすごく恐いんじゃ……）

「つまり、君に手を出せば僕が絶対に許さないよ、と公言していることにもなるんだ。それも君の盾となる」

ライラは納得して頷いた。リクハルドが笑う。

「これから忙しくなるよ、ライラ。準備はいいかい？」

「はい、もちろんです！」

ライラは元気よく応えた。

社交界に公に婚約者として姿を晒す前に、リクハルドは国王にライラのことを報告した。ライラとはまだ対面させる時期ではないと判断し、大急ぎで知人の画家に描かせた肖像画を見せることにした。過剰な装飾は必要なく、画家が受け止めたあるがままの彼女の姿を描いてもらう。

肖像画を描いてもらうのは初めてらしく、ライラは少し緊張した面持ちだった。リクハルドが他愛もない話をしてやると、だんだん緊張もなくなった。その結果、明るく朗らかな生命力に溢れた愛らしい女性が、小さなキャンバスに描かれている。

肖像画を持参すると、ヨハンネスは急な申し出にもかかわらず快く自室に招いてくれた。大事な話だと先に告げていたからか、人払いまでしてくれている。

国王であるのに部下や民に配慮し率先して動くところが王妃を娶らずとも民に支持される理由の一つだろうと、リクハルドはしみじみと思った。

来客用のソファに座るよう勧められ、そこに腰を下ろす。ヨハンネスは穏やかな微笑を浮かべて来訪の意図を促した。

リクハルドは衝撃を与えないように気をつけながら、絹のハンカチに包んで内ポケットに入れておいた小さな額を取り出した。

「とても愛らしくも美しい逸品を手に入れたので、是非とも陛下にお目に掛けたいと……」

たとえ人払いをされていても、どこで誰が聞いているかわからない。ここは王城だ。その物言いで、ヨハンネスも重要な話であることにすぐ気づいてくれる。

「……そうか。お前が逸品だというのならば相当のものだろう。最近王城に留まることが少なくなったのもそのせいか。いや、いいことだぞ。お前は普段から働きすぎだ。身体を壊しては元も子もない」

「それは陛下の方でございましょう。陛下こそご無理をしがちです。お気をつけくださいませ。私が手に入れた逸品を、是非とも陛下に見に来ていただきたく思っておりますのに」

「私がお前のところに？　ふむ、なかなかいいな。忍びついでに城下の様子を見て……」

軽口にも似た気安い会話を交わしながらヨハンネスはハンカチを開き、肖像画を見る。そして紫色の瞳を大きく瞠った。

「……イー……」

おそらくは、ライラの母の名を口にしようとしたのだろう。震える唇はしかしすぐにきつく結ばれ、無言で食い入るように肖像画を見つめた。

――小さな額の中に、何かを探し求めるように。

リクハルドは無言でヨハンネスの様子を見守った。かすかに震える指先が肖像画を愛おしげに撫でる。リクハルドには想像もできない万感の想いが、その瞳に宿っていた。

やがてヨハンネスが大きく息を吐き、肖像画を膝の上に大切に置いてこちらを見た。

その瞳が淡く滲んでいる。万感の想いは涙となり零れはしなかったものの、彼の瞳の上で薄く揺蕩《たゆた》っていた。

ああ、とリクハルドは今更のように気づく。ヨハンネスの瞳が、ライラと同じ美しい紫色だと。

「……私は若い頃、これによく似た逸品を……手に入れたことがある」

イーリスのことだろう。リクハルドは小さく頷いた。

「だがどうしても手放さなくてはならなくてな……手放さない方法があったのではないかと、今でも思い返す。しかしそれは私の手に留まることを望んでいなかった。……これはその逸品によく似ているが、別物だな。跡を継いだ者が作ったのか？」

「はい。私はそれを偶然手に入れました。大切にしたいと思っています。たとえ陛下にでもお譲りする気はないのですが、いつでもご覧いただけるようにしたいと思っているのです」

「……そう、か……」

ヨハンネスの声が震える。彼は目を伏せ、肖像画を強く掴んだ。そしてしばし目を閉じて気持ちを整えると、彼はいつもの国王然とした表情に戻り、リクハルドを改めて見返した。

「お前の好きにするといい。これを私に見せてもらえるときがくるのを楽しみに待っていよう。私にして欲しいことがあれば、それも遠慮なく言うといい」

「ありがとうございます。もしよろしければ、それは陛下のお手元に……」

「……ありがとう」

しみじみとした声音でヨハンネスは礼を言う。リクハルドは笑みを返した。

「これから、私の逸品を皆に知らしめようと思っています」

「そうか。私も早く見たいものだ……」

「必ず。ですがもうしばらくお待ちください」

うむ、とヨハンネスは頷き、肖像画を元通りにハンカチに包んで、胸元に大切にしまい込んだ。


(目、目がくらみそう……っ)

リクハルドのエスコートがなかったら、ふらついて倒れ込んでしまいそうだ。ライラは懸命に品のある笑みを浮かべ続けて挨拶する。

リクハルドが選別したパーティーは、彼の仕事上、比較的親しくしている伯爵子息が催すものだった。内輪の気楽なパーティーだと言っていたが、ライラからすれば王城内のそれではないかと思えるほど華やかで人が多い。食事も豪華で、ライラには何の料理なのかよくわからないものもある。

立食式パーティーで、広間の壁に沿ってテーブルが並び、そこに様々な料理や菓子、飲みものが用意されていた。休憩用のソファセットも用意され、談笑が弾んでいる。

華やかな装いの女性たちは、まるで色とりどりの花が咲き誇っているかのようだ。美しいが見慣れないため、やはり軽い目眩がする。男性たちは女性ほどではないもののそれぞれに拘《こだわ》ったお洒落《しゃれ》をし、洗練された装いで女性たちを引き立てていた。

リクハルドが到着すると、皆の視線が一斉に集まった。どうやら彼が社交の場に出てくること自体が非常に珍しいようで、女性たちは口々に彼を目にすることができたことを喜んでいた。

だが同行しているライラを認めると、今度はその女性は誰なのかと興味津々の視線が向けられる。中にはあからさまな敵意を込めたものも混じっていて、ライラは内心で震え上がった。リクハルドを狙っている令嬢たちに違いない。

だが、これくらいの敵意は想定内だ。働いていたときにもっとひどい嫌がらせを受けたことなど、いくらでもある。

（でも何というか、悪意の質が違うのよね……面と向かって罵《ののし》られたり暴力をふるわれたりする方が、よっぽと対応しやすいというか……）

貴族社会では、敵意も殺意も笑顔の下に隠すのが常套《じょうとう》だと教えてもらった。だがはっきりとしていない分、何とも言いようのないモヤモヤした気持ちを覚えてしまう。

(こういう世界で、リクハルドさまは生きていらっしゃるのね……)

これは精神的に相当な苦痛に思える。

笑顔と洗練された仕草に隠されてしまい、誰が敵か味方かわからない。もちろんこちらもわからないようにする。これでは、信頼できる相手を作ること自体が難しい。

(でもリクハルドさまと一緒にいるということは、私もこれからこういう世界で生きていくということなんだ)

ならば何があっても自分だけは、もう二度とリクハルドに嘘をついたり裏切ったりしないようにしよう。そう改めて思うと、自然と怯《ひる》む気持ちも薄れた。

リクハルドに挨拶してくる者たちに笑顔を返し、話しかけられれば二言三言の言葉を返す。身体に突き刺さる嫉妬や敵意の視線には、わざわざ反応しないようにする。多少ぎこちないところがあっても、すぐさまリクハルドが助けてくれるからとても心強かった。

離れないようにと最初から言われていたが、その心配もない。リクハルドはライラの腰に片腕を絡めて抱き寄せる体勢のままでいてくれて、ライラが一人きりになるのを誰かが狙っても叶わず、個人的に話しかけられないのだ。

だが、ひっきりなしに貴族たちは挨拶にやってくる。とりあえず今のところ挨拶だけで終わっているが、何か粗相をしないかと気を張り詰めすぎて、だんだん顔がひきつってきそうだった。

　そんな折、頃合いを見計らってパーティーの主催者である伯爵子息がやってきた。笑顔の明るい朗らかな青年だ。リクハルドと同じ年頃で、気安く挨拶を交わす様子は、友人の立ち位置にいる者に見えた。

　主催者ともなれば、話が長くなっても割り込むこともできない。リクハルドを取り囲んでいた貴族たちも、ひとまず離れてやり取りを見守っている。

　少し気が緩められるような気がして、ライラは思わずホッと息を吐いた。そのとき、伯爵子息と目が合い、笑いかけられる。

「ずいぶん美しいご令嬢だね。今回に限ってこんなに綺麗なご令嬢と一緒だなんて、どういう心境の変化なんだい？」

　よくぞ聞いてくれた！　と声にならない声が耳に届いたような気がした。誰もが聞きたくても聞けずにいたことを、彼が口にしたのだろう。

　どう答えるのかと、視線がリクハルドに集中する。彼は穏やかに微笑んで言った。

「彼女は僕の婚約者なんだ。これまでずっと密《ひそ》かに愛を育んできたのだけれど、もう頃合いだろうということになってね。彼女も僕の妻となると決心してくれたから、こうしてお披露目に来たんだ」

　広間にいた者たちは全員――それこそ給仕のために会場内を練り歩いていた使用人たちで

すら、驚愕に目を瞠って動きを止めた。一斉にライラに視線が集中する。

(わ、わかっていたことだけれど……こ、これはすごいわ……!!)

まさに視線で全身が串刺しにされている。痛みはないが、気まずさはとんでもない。ライラは貼り付けた笑みを落とさないよう、精一杯の努力をしながら言った。

「そのうち皆さまにきちんとご挨拶させていただくことになります。今はまだ、こうした場にも慣れていませんので……」

「そう待たせることもないと思う。どうかそれまでは温かく見守っていてくれないかな。僕も誰かをこんなに愛おしく思うのは初めてのことで、彼女といることで知る様々な感情に戸惑ってばかりなんだ……」

目を伏せて申し訳なさげに言うリクハルドの表情が、初恋に戸惑う初々しさを滲ませている。こんな顔もするのかと周囲は驚き、同時になんだか見てはいけないものを見てしまったように目を逸らした。

ライラは内心でリクハルドの演技力に感嘆する。こういう会話運びをするとあらかじめ打ち合わせてはいたが、演技とは思えないほどとても自然だ。

この演技は普段の彼との違いが色濃く出ていて、それを見られた特別感が刺激される。よほど敵意を持っている者でない限り、リクハルドの恋を応援しようと思うはずだ。

(あらかじめわかっている私でもそう思ってしまうもの……!!)

伯爵子息は少々面食らったように目を瞬かせている。やがて、ぽつりと呟いた。

「リクハルド殿の顔をした、別の誰かではないよね……？」

皆の意見を代表するかのような問いかけに、リクハルドは照れくさげに微笑んだ。

「そう思われても仕方ないかもしれないね。でも、間違いなく僕だ」

「……そうか！　そうかそうか‼　いやぁ、驚いた。これはとても貴重な瞬間だよ！　まさか恋をする君を見られるとはね。このご令嬢はとんでもなくすごい人だ！」

興奮に声を弾ませて、伯爵子息は持っていたグラスを掲げる。そして広間を見回した。

「さあ、皆、グラスを持とう！　リクハルド殿の恋に乾杯だ‼」

慌ただしく使用人たちが一斉に飲み物を載せたトレイを持って練り歩く。リクハルドも新しいグラスを取り、ライラに渡してくれた。

「我らがリクハルド殿の初恋だ！　これは決して興味本位で弄っては駄目だぞ。ここにいる皆で、この恋が末永く続いていくことを見守ろうではないか！」

こんなふうに言われては、リクハルドとライラに不用意に関わることはできないだろう。

偶然とはいえ、伯爵子息のおかげでライラたちのことを変に噂立てる者はいなくなる。

（リクハルドさまが婚約者を連れてきたということは絶対に噂になるとは思うけれど……それを根掘り葉掘り聞いてこようとする人はずいぶん減るんじゃ……）

そこまで思って、ハッと気づく。まさか伯爵子息の性格を考えて、こうなるように仕向けたのではないか。

ライラはちらりとリクハルドを見やった。目が合った瞬間、彼が微笑む。

その笑みが、ライラの疑問を肯定していた。

「リクハルド殿の恋に乾杯‼」

伯爵子息が、グラスを掲げて言う。貴族たちも揃ってグラスを掲げて唱和し、ライラはリクハルドのしたたかさに感服した。


このパーティーをきっかけに、リクハルドはこれまでの彼からは想像もつかないほど積極的に社交の場に出るようになった。もちろん、パートナーはライラだ。必ずライラを連れて傍から離さない。

しかも熱愛ぶりを仕草でも他者に見せつける。ひと時でも離れるのが惜しいとでも言わんばかりの密着具合と、会話の合間に与えられる頬や髪への軽いくちづけが、ライラをどれだけ大事にしているのかを周囲に教えていた。

生まれも育ちもわからない娘とライラを蔑んだり探りを入れたりする者もいたが、深く追求してくることはほとんどなかった。時が来れば必ずライラの生い立ちを知らしめるときが来るとリクハルドが公言しているうえ、表立って彼と敵対する者はいないこと、そして例の

伯爵子息があのときのリクハルドの様子を実に劇的に吹聴してくれたからだ。

今やリクハルドは、謎《なぞ》めいた愛らしくも美しい令嬢にご執心で、見ている方が微笑ましくなるほど彼女と仲睦まじいという噂になっている。時折なんとか隙を見つけてライラに嫌がらせをしてくる果敢な令嬢もいるが、彼女たちの嫌がらせ程度では心にも身体にもさほど堪えなかった。

足を引っかけられて転びそうになっても踏ん張れるし、傍にリクハルドがいればすかさず助けてくれる。嫌味を言われても仕方がないと納得しているから、精神的な負担はほぼない。そもそも嫌味の原因自体が、令嬢として未熟なライラを責めるものばかりだ。素直にその通りだと認めるしかないから、嫌味を言う側も毒気を抜かれてしまう。また、マナー教師が様々な会話パターンを用意してくれ、なるべく実践に近いやり方で対応策を教えてくれていた。

リクハルドがその嫌味を耳にすれば、すぐさまあの優しげな笑顔と声音で反撃してくれる。一切の容赦がない言葉も、ライラを愛しているからこそだと周囲は思ってくれるのだ。

何だかリクハルドが書いた脚本通りに、皆が知らずに動いているような感覚だった。

実際、この噂を面白くないと思う者もいるのだが、現状ではライラの心に痛手を与えることができない。身構えていたのに拍子抜けのていである。

そして経験を積めば積むほど、ライラの令嬢としての資質が花開いていく。元々、知らないことを学ぶことに抵抗はなく、それどころか知る喜びを覚える性格だ。なるべくしてなった結果だとリクハルドは言う。

気負わなくても度胸がつき、臨機応変に立ち回ることもできるようになってきた。リクハルドの隣で堂々と婚約者として振る舞うライラは、まさに今、鮮やかに花開こうとしている。

その様子は、異性を魅了するにも充分だった。リクハルドへの注目とは別に、貴族男性たちが自然とライラに惹きつけられていく。

だがライラ自身はその原因を、『リクハルドの婚約者』だからだと思っている。最近、リクハルドの目を盗んだ異性からよく声をかけられるなと感じてはいるが、すぐに彼がライラの代わりに対応してしまうため、挨拶以外の会話はほとんどなかった。

（なのにどうしてリクハルドさまの機嫌が、最近はあまり良くないんだろう……）

パーティーや茶会に参加すると、リクハルドの纏う空気に不機嫌な色合いが混じるようになったのだ。

表面上はいつも通り、穏やかで優しい。彼の不機嫌な様子に気づいているのは、アートスとライラくらいだ。

だがパーティーから戻ると、リクハルドはことさらホッと安堵する。ライラが頼りなく、助ける状況が多いことが、予想外だったのかもしれない。それがとても申し訳なかった。

――この夜は、知り合いの伯爵令嬢が主催するダンスパーティーに招待された。

ダンスとファッションの流行を追いかけるのが趣味だという伯爵令嬢の趣向に合わせて、ライラも流行《はや》りのデザインのドレスで参加した。腰のあたりまで大きくV字に開いた背中が絹の紐のように細いリボンで編み上げ状態になっており、そのリボンに所々ダイヤモンドのチャームが着けられているドレスだ。髪を纏めるとしなやかな背中の線が露わになり、姿勢の良さが強調される。令嬢教育の賜物《たまもの》だ。

自分には少し大人っぽいデザインではないかと心配したが、思った以上に似合っていて大満足だった。どちらかといえば童顔なタイプなので、年相応に女性らしくなれて嬉しい。

招待してくれた伯爵令嬢に挨拶しに行くと、ライラのドレスをとても褒めてくれた。

「とっても素敵！　今度、このドレスのデザイナーを教えてくださいませ。今夜はハヴェリネン宰相もご招待していますの。ああ見えて、宰相さまは流行には敏感ですのよ。是非、そのドレスをお見せになられて」

宰相までも参加するとは、さすが上流階級のパーティーだと、ライラは内心で少し緊張する。大分度胸はついたが、粗相しないようにしなければ。

「まあ、そうなのですか。お見えになられたらすぐにご挨拶に伺いにいきますわ。ねえ、リクハルドさ、ま……？」

見上げながら呼びかけると、リクハルドは笑顔を浮かべてはいたものの瞳には警戒の光を浮かべていた。ライラにしかわからないその光は、すぐに消える。

リクハルドがすぐに気づき、何でもないと改めて笑いかけてくれた。

「宰相殿がお見えになる前に、他の者たちに君を見せびらかしにいきたいな。さあ、おいで」

そのまま手を引かれ、挨拶や世間話を交わす人々に見せびらかし、褒めちぎってくれる。

先ほどのリクハルドの様子が気になったが、積極的にダンスにも誘われ、踊っている最中で不意打ちのくちづけを唇に何度もされてしまったため、その気持ちもすぐに消えてしまった。

だが、周囲にライラを溺愛する素振りを見せつけながら、だんだんとそこにかすかな苛立ちが感じられ始めた。ライラは内心で心配になる。

（お疲れなのでは……？）

普段の仕事をこなしつつ、これまでできる限り離れていた社交の場に率先して参加しているのだ。そろそろ疲れも出てくるだろう。加えてライラの手助けもあるから、精神的な疲労もある。

ライラは頃合いを見計らってリクハルドを休憩室に誘った。このパーティーでは参加者のための休憩室が、いくつか用意されていた。

リクハルドには個室が与えられ、案内してくれた使用人が立ち去ると二人きりの静けさに包まれる。知らずライラはホッと安堵の息を吐いてしまった。

テーブルには冷たいシャンパンがすでに用意されていて、呼び鈴を鳴らさなければ使用人はやって来ない。

「ライラ、疲れたかい？　調子に乗って踊りすぎたかな。ごめん」

リクハルドが掌で優しく頬を撫でながら詫びる。ライラは首を左右に振り、微笑んだ。

「疲れているのはリクハルドさまの方です。私が至らないせいで、ごめんなさい……」

素直に己の未熟さを詫びると、リクハルドがキョトンとした。

「謝ってもらう理由なんてない。どうしたんだい？」

本当に優しい人なんだから、とライラは微苦笑する。

「リクハルドさま、少し苛々なさっているようでしたから……私、いつも助けてもらっていますし……勉強は頑張っているつもりなんですけど、つもりでしかなくて、ごめんなさい」

「……顔に、出てしまってたのか……」

どうやら自覚があるらしい。リクハルドは利き手で口元を覆い、目を伏せて呟いた。

今は二人きりだ。ライラはリクハルドの空いてる手を、両手でそっと包み込む。

「私ができることはまだほとんどありませんが、でも、私のせいでリクハルドさまのお心に負担をかけるばかりなのは嫌です。至らないところはちゃんと叱ってください。せめて二人きりのときは、私のことばかりではなく、ご自分のことも考えて欲しいんです」

自分がまだまだ令嬢として未熟であることは、承知している。その未熟さに苛立ってもいい。叱りつけてもいい。だが負の感情を優しさゆえに呑み込み続けていたら、リクハルドの心が疲れ切ってしまう。

そう続けると、リクハルドは非常に気まずそうに視線を泳がせた。

「いや、うん……ごめん。君がそんなふうに心配するようなことではなくて……ごめん」

言いにくそうに何度か謝ったあと、リクハルドがライラの手を強く握り返しながら言った。

「僕が苛立っていたり怒っているのは、その……僕のライラに男どもが注目するからだ。あいつらに、僕は嫉妬しているんだよ」

たっぷり三度、瞬きをして、ライラはリクハルドの言葉を理解する。直後、耳まで一気に赤くなった。

「し……し、嫉妬って……あの、ヤ、ヤキモチ、です、かっ⁉」

「そう。嫉妬って本当に嫌な気持ちだ……。僕は君を愛したことでこの気持ちを知ったのだけれど、君を一瞬でも見た男の両眼を潰してやりたくてすごく困っている。君に話しかけた男の喉なんて、かき切ってやりたくなる。しかも僕はそれが容易くできるしね」

とんでもないことをさらりと言われ、ライラは仰天した。そんな非道なことをリクハルドにさせてはならない。

「ヤ、ヤキモチなんて必要ありません！　それは、リクハルドさまの気のせいです！　私が注目されているのではなくて、リクハルドさまが注目されているんです。私はリクハルドさまと一緒にいるから、ついでに見られてしまうだけですよ」

「……本気でそう思っているのならば心配だな……」

「え……きゃ……っ」

リクハルドが突然ライラをソファに押し倒した。驚いて呼びかけるよりも早くのしかかられ、首筋にくちづけられる。

「……んんっ⁉」

リクハルドに何度も愛されている身体はたったこれだけのくちづけでも甘い疼きを覚えてしまうが、この少し痛みを感じるくちづけはここでは駄目だ。くちづけの痕が残ってしまう。今日の大胆なデザインのドレスでは、くちづけの痕を隠せない。

ライラは慌ててリクハルドを押しのけた。

「……だ、駄目です……！」

「……どうしてだい？　君は僕の婚約者で、僕の未来の妻だ。君が僕に深く愛されていることを皆に知らしめておかないと、身の程知らずの男が君に懸想などして襲ってきたらどうするんだい？」

「話が飛躍しすぎです！」

「そんなことはないよ。君はここ最近、急に綺麗になった。わかっていないのかな」

ライラは新たな驚きに目を見開く。

そうなのだろうか。少しは成長を感じられていたが、まだまだ足りないと思っていたのに。

ライラは思わずリクハルドに勢い込んで聞いてしまう。

「ほ、本当ですか⁉　私、少しはリクハルドさまに相応しい婚約者になれていますか⁉」

「……そこで喜ぶのが、僕のライラだよね……」

「だって嬉しいですよ、頑張ったかいがあるなって！　いつか誰からもリクハルドさまの婚約者として納得できると思ってもらいたいですし！　もっともっと頑張ります。もちろん、外側だけじゃなくて中身も」

「……頑張ってくれるのは嬉しいけれど、ほどほどにして……本当にそれは頼む。これ以上魅力的になったら、僕は君を部屋に閉じ込めて、どこにも出せなくなるよ」

「リクハルドさまは心配性ですね。私に興味を持つ男の方なんて、滅多にいませんよ」

ライラが笑って言うと、リクハルドが不満げに嘆息した。

「そろそろ戻りましょう。リクハルドさまとお話しされたい方はまだまだいらっしゃるようですし……」

ライラは身を起こして扉に向かう。リクハルドは何も言わず、後ろについてきた。

心配する必要はないと納得してくれたのだろう。だが扉の取っ手を掴んだところで、背後から伸びたリクハルドの腕に囚われた。

リクハルドの身体がぴったりと背中に押しつけられる。取っ手を掴む手に彼の右手が重なり、左腕が腰に絡んだ。

「……リク、ハルドさま……？」

「君は自分のことをよくわかっていない。だから僕は心配で、落ち着かなくなる。特に今夜のドレス……君の魅力的な身体が他の男たちにもよくわかるものだ。ああ、苛々する」

「こ、これは……今、流行りのデザインだと、先生が……」

マナー教師は同時に様々な流行を教える教師でもあった。特にファッションについては令嬢教育の中でも重きが置かれている。それにリクハルドだって綺麗だと褒めてくれたではないか。

「うん、わかってる。僕が自分勝手なだけだ。でもね……流行のデザインだとしても背中が大胆すぎる。これでは触ってくださいと言っているようなものだ。もしも誰かに触られたらどうするんだい？　……こんなふうに」

リクハルドの唇が、首の後ろに押しつけられた。そのまま痕を残すように強く吸われ、ライラはビクリとする。

「……リクハルドさま……っ⁉」

慌てて肩越しに振り仰げば、唇を奪われた。肉厚な舌が唇を割って奥深くまで入り込み、容赦なく口中を味わってくる。

突然の深く官能的なくちづけに翻弄されている間に、リクハルドがライラを扉に押しつけた。彼の身体と扉に挟まれる。

「……ん……んぅ……っ」

「ほら、ライラ。こんなふうに逃げられないように押さえつけて、この綺麗な背中を味わわれたらどうするんだい？」

くちづけを終わらせると、リクハルドは今度は唾液で濡れた唇を背筋に滑らせた。熱い唇が肩甲骨の間に新たなくちづけの痕を刻むべく、強く吸いつく。

同時に取っ手を押さえていた手が背中からドレスの中に入り込み、脇の下を通って前に向かった。ドレスのデザイン上、下着代わりの胸当てが布地に縫いつけられていて、リクハルドの手はあっさりと片方の胸の膨らみを捕らえてしまう。

「や……リクハルド、さま……何、をして……あ、駄目……っ」

やわやわと揉み込まれ、頂を摘まれる。指の腹で擦られれば、あっという間にそこは硬くなった。

あまりにも早い反応が恥ずかしい。だがリクハルドは嬉しそうだ。

「ここを少し弄られただけで、もう感じてしまった？」

「そ、んなこと……あ……っ！」

羞恥で否定すると、少し強めに捻られる。ビクン、と大きく震えると、リクハルドが後ろから右耳をねっとりと舐めながら囁いた。

「嘘つきだね。こんなに硬くなってる……ならば、こちらはどうかな」

「……や、駄目……っ‼」

胸を弄っていた手が下り、太腿を撫で上げながらスカートがたくし上げられた。身体に沿って流れ落ちる柔らかな生地は容易く動き、片足がむき出しになる。

リクハルドの指が前から足の間に入り込み、下着の際から蜜口に触れた。割れ目を優しく指の腹で擦り立てられ、くちゅくちゅ、とかすかな水音が上がる。

まださほど愛撫されてもいないのに、とライラは顔を赤くする。リクハルドに愛されて、身体はとんでもなくはしたなくなってしまったようだ。

「……や……嫌、も……やめ、て……」

羞恥が彼の愛撫を拒む。それに場所も落ち着かない。呼び鈴を鳴らさなければ使用人は来ないようになっているが、誰かがこのドアの前を通ったらどうするのか。

「……そんなに僕に触れられるのが嫌かい……？」

肩口に落ちてくるリクハルドの声は、ずいぶん寂しげだ。拒絶の理由を誤解しているのだろう。ライラは慌てて言った。

「ちが……私、これだけでもう、こんなに濡れて……は、はしたなく、なってしまって……っ、ご、ごめんなさ……っ。そ、それに、こんなところじゃ……だ、誰かが来た、ら……っ」

リクハルドが、驚きに目を瞠った。そして直後には愛おしげに蕩けるほど優しい笑みを浮かべる。

「僕に触れられるのが嫌ではないんだね。大丈夫、何も恐がることはない。こんなにすぐに蕩けてくれて、とても嬉しい。君が淫らになっていく様を見られるのは、恋人である僕だけの特権だ」

「……あっ、や……あぁ……っ」

甘い声音で囁きながら、リクハルドの指は情欲を隠さず激しく蜜壺を乱す。

「こんなところで、とは僕も思ってる。でも……君が僕のものだと確認したい……」

「……あ……だ、め……それ以上は……あぁ……っ」

「……こんな浅ましい気持ちになるのは初めてだ。父親と同じにはなりたくなかったのに」

自嘲的に小さく笑いながら、リクハルドは花芽に蜜を塗りたくり、ぬめったそこを指で摘まんで扱き、軽く引っ張る。ビクビクッ、と大きく震えて小さな極みを迎えると、綻んだ蜜口に骨ばった中指を一気に押し込んできた。

ライラは扉に取りすがり、喘ぎながら言う。

「……ち、が……リクハルドさまは、お父さまと一緒じゃ……な、いです……」

リクハルドが軽く息を呑む。ライラは彼を振り仰いで微笑んだ。

「私、だから……ですよ、ね？　私だから、こんなふうに欲しがって、く……れ……んぅっ」

リクハルドはライラの背中にのしかかり、腰を支えていた手を上げて顎を捕らえ、位置を固定した。すぐさま舌を絡め合う激しいくちづけとともに、熱く潤っていく蜜壺の中を指で抉る。

「……んっ、ん、んー……っ‼」

再び達して仰け反るが、すぐに中に入り込む指が増えて新たな快感を与えられる。三本の指が狭い蜜壺の中でばらばらに動き、感じるところを容赦なく攻めてきた。堪らない快感を喘ぎで解放したくて、ライラは首を左右に打ち振ってくちづけから逃れる。

「……あっ、あっ、あっ」

じゅぷじゅぷ、といやらしい水音を立てて指が出入りする。ライラは扉に頬を押しつけ、小さく小刻みに喘いだ。

――直後、扉越しにかすかに人の話し声が聞こえた。

数人の女性の声だ。このままでは自分たちが何をしているのか、知られてしまうだろう。ライラは慌てて愛撫から逃れようとするが、リクハルドは許さない。スカートを素早く腰までまくり上げ、臀部を掴んで引き寄せる。

体勢を崩し、ライラは扉に両手を押しつけ、腰を突き出してしまった。リクハルドの指が臀部に食い込み、割れ目を押し開く。

「リクハルドさま、駄目……！　い、今、こちらに人が……あ、あぁ……っ‼」

下着を押しのけて、後ろからリクハルドの怒張したものが蜜壺の中に入り込んできた。必死に唇を噛み締め利き手で口を押さえ、ライラは仰け反る。

最奥まで入り込まれ、自然とつま先立ちになった。リクハルドが息を詰め、臀部を掴む指に力を込める。

「……いつもより、キツい、な……っ」

リクハルドの男根も、いつもより太く硬く、逞しい。ミチミチと中を押し広げられて満たされ、ライラは喘ぎを呑み込むので精一杯だ。

リクハルドがすぐに腰を動かし始める。ゆっくりとだが一息に奥を貫く突きだ。

「……リクハルドさま、駄目……人が、来る……から……っ」

声はだんだんと近づいてくる。リクハルドはライラの耳を甘噛みし、小さく——どこか嗜《し》虐的《ぎゃくてき》に微笑んだ。

「ああ、わかっている。でも、良い機会だと思わないかい？　君が僕に愛されていることを知ってもらうには、こうするのが一番いいかなって思うんだ」

リクハルドの手が身体に絡み、一度男根を抜く。空虚感に蜜口が震え、ひくついた。

リクハルドがライラを、今度は扉を背にして立たせた。そして右の膝裏を掴んで押し上げ、足を縦に大きく開かせる。

「……っ‼」

改めて入り込まれ、口を押さえてなんとか喘ぎは堪えたものの、仰け反って後頭部を扉に打ちつけてしまった。痛みはさほどでもないが、がたん、と大きめの音がして、近づいてきていた女性たちが足を止めたようだった。

小声で変な音がしなかったかと、互いに話している。ライラは肝を冷やしたが、リクハルドは一瞬動きを止めただけで再び力強く腰を動かした。

「リク……ハルド、さま……っ、もう……っ」

「……駄目だよ、ライラ。やめてあげられない……」

いつもよりもゆっくりとした律動のせいか、彼のかたちがよくわかる。脈動も伝わってきて、快感に繋がる。

「……んっ、んぅ……あ……っ」

必死に声を堪えても、指の隙間から零れ出てしまう。涙目で恨めしげにリクハルドを睨みつけるが、それすらも彼にとっては煽りにしかならないようだ。

ますますライラを扉に押しつけ、腰を掴んで力強く突き上げる。足が浮いて、背中だけで律動を受け止めるようになってしまう。

(こ、れ……深くて、駄目……っ)

互いにつながった場所を支点としているせいで、いつも以上に深く奥まで肉棒を受け入れている。そのせいか緩やかな突き上げなのに、堪らなく気持ちいい。

「……リク……ハルド、さま……声……出ちゃ……」

ぐうっ、と奥を押し広げるように貫かれ、ライラは堪えきれずに喘ぐ。ずいぶんと近くまで来ていた女性たちの声が、不審げに止まった。

「今、何か声がしませんでした？」

「少し苦しげなお声だったわ」

まあ、と女性たちはゆっくりと立ち止まる。まさか、と不安に思うと同時に、扉が軽くノックされた。

「……どなたかお休みになられていらっしゃいますか？　具合でも悪くなられました？」

親切心からの問いかけだとわかっている。だが今、口を開けば、零れるのは喘ぎだ。

どうしようとライラは両手で咄嗟《とっさ》に口を押さえる。そのせいでさらに自重が加わり、男根をきつく締めつけてしまう。

扉一枚隔てただけで淫らな行為をしている背徳感から、いつも以上に締めつけがきつい。

リクハルドもそれは予想外だったようで、快感と苦悶が混じったひどく色気のある表情で息を詰めた。

「お返事がないわ……誰か呼びに行った方がいいかもしれませんわね」

「では、私は中の様子を……」

取っ手が小さく動く。鍵をかけた記憶がないライラは、思わず強く目を閉じた。

リクハルドがライラの中に入ったままで取っ手を掴み、それ以上は動かせないようにする。

相手が不審がる前に、彼が言った。

「心配かけてすまないね。連れが少し人酔いしてしまったみたいで、休んでいるんだ」

「……ま、まあ、リクハルドさま……!?」

声だけで彼だとすぐにわかったのだろう。リクハルドが社交界に与えている影響力を改めて感じるが、今はその驚きも濡れた音を立てないよう控えめに――けれどもその分、奥深くまで貫く律動が与える快感に呑まれ、消えてしまう。

(そ、んな……また、動きはじめるなん、て……あぁ……っ)

ライラは喘ぎ声を零さないよう、懸命に唇を噛み締める。この状態でどうしてやめてくれないのかと非難の目を向けると、リクハルドはかすかに笑ってさらに奥を突き上げた。

ライラは快感に身を捩る。がたっ、と扉が揺れた。

「……あの、お医者さまをお呼びしましょうか?」

「お気遣いをありがとう。でも丁度、彼女が少しうとうとし始めたところなんだ。このまま眠らせてやりたいから……どうか気にせず……」

リクハルドの語尾も、少し苦しげに揺れる。幸い、ほんの僅かな変化だったため、彼女たちには気づかれなかったようだ。

お大事になさって、とそれぞれが口にして、足音が通り過ぎていく。リクハルドはゆっくりと施錠し、足音が完全に遠ざかるのを待ってから、ライラの唇に深くくちづけた。

「……っ!!」

直後、ガツガツと飢えたように腰を動かしてきた。くちづけで喘ぎはすべて飲み込まれるが、激しい律動に気持ちがついていかない。

しかもこれでは体勢が不安定すぎて、崩れ落ちてしまいそうになる。ライラは夢中でリクハルドの首に腕を回して抱きつき、両足も彼の腰に絡めた。

リクハルドが臀部を掴み、一心不乱に腰を叩きつける。肌がぶつかり合う音といやらしい水音がますます大きくなり、互いの息も苦しくなるほど弾む。

それでも、唇は離さない。離せない。

淫らな声が漏れてしまうからだけではない。どこもかしこもぴったりと繋がって快感を貪ることが、これほど気持ちがいいとは知らなかった。

リクハルドの指が、肌に食い込む。ライラも懸命に彼の舌に吸いついた。

やがて、同時に達する。

「……っ‼」

ひときわ深く奥を押し上げられ、ライラは身を震わせながら達した。リクハルドも強くライラを抱き締めて己を引き抜き、下腹部に肉竿を押しつけて胴震いする。

溶けそうなほどの熱が、肌を汚した。けれどやはり、体奥には放たれない。

(ああ、中に、欲しい……)

物欲しげに蜜壺が蠕動するが、注がれる熱は下腹部と内腿を濡らすだけだ。

「……ふ、う……っ」

互いの震えがおさまるまで、きつく抱き締め合う。その間もずっと唇を重ねたままで、息が整うまでかえって時間がかかってしまった。

リクハルドがようやく手を離してくれる。両足を下ろされたが、震えていてすぐには動けない。リクハルドが愛おしげに髪や頬にくちづける。

「……ごめん。我慢できなかった」

「……ひどい、です」

涙目で睨みつけながらそう言うと、リクハルドはひどく申し訳なさそうに眉を寄せて沈黙する。

ライラは身体に溜まったままの熱を大きく吐き出すと、ぽふん、と彼の胸に額を押しつけてもたれかかった。リクハルドが優しく抱き支えてくれる。

「……それでも嬉しいなんて思ってしまった私も、駄目な女です……」

リクハルドが軽く目を瞠った。そしてすぐに破顔する。

「そうか。ライラも僕を欲しがってくれたんだね」

「違います！　こ、これはリクハルドさまを安心させるために、したこと、で……!!」

「うん、ありがとう。君が僕のものだって改めて感じられて満足したよ。愛してる、ライラ」

頬に軽くくちづけられ、ライラは苦笑するしかなかった。

すぐには動けそうもないため、リクハルドが抱きかかえてソファに運んでくれた。汚れた肌もリクハルドが丁寧にハンカチで清めてくれる。

そしてどちらからともなく身を寄せ合い、言葉少なに他愛もない話をする。そんなひと時を過ごしていると、だんだんと身体の火照りもおさまってきた。

そろそろ部屋を出ても大丈夫そうだと思ったとき、扉が再びノックされた。今度はすぐにリクハルドが応える。

「ハヴェリネン宰相の使いのものです。我が主の宰相さまが、リクハルドさまとご一緒のご令嬢と、ぜひお話ししたいとのことです。会場に戻っていただけないでしょうか」

ライラは意外な思いで軽く目を瞠った。

面識など一切ない相手だ。それどころか国王と同じく、普通ならば絶対に対面することなどない高位の存在だ。一体どういうことだろうと黙してリクハルドを見上げ、彼の指示を待つ。

「やはり、来たか」

リクハルドが表情を引き締めて小さく呟き、ライラの肩を抱き寄せた。そして扉を開く。

お仕着せ姿の青年が、緊張した面持ちでリクハルドに一礼した。

「……申し訳ないけれど、ライラはまだ宰相殿とお話しできるほど人慣れをしていなくてね。

最近のパーティーに参加するようになったのは、彼女に貴族社会に慣れてもらうためだったんだ。その辺りの事情は折を見ていつも皆に話しているのだけれど……」

「存じ上げております。ですがあのリクハルドさまがお連れになられているご令嬢と、少しでもいいのでお話ししたいと仰っているのです」

是が非でも連れてこいとでも言われているのだろうか。見ているこちらが心苦しくなるほど必死の表情で使用人は言い連ねる。

なんだか可哀想になり、ライラはそっとリクハルドの腕を掴んだ。リクハルドはしばし思案げに目を伏せたあと、小さく嘆息した。

「わかった、僕が宰相殿にお会いしよう。……ライラ、君はここで待っていて。僕が戻ってくるまでここでじっとして、扉には鍵をかけておくこと」

そこまでする必要はあるのかと苦笑しそうになるが、リクハルドが心配してくれる気持ちはとてもありがたい。ライラは微笑して頷いた。

「はい。リクハルドさまがお戻りになるまで、ここでじっとしています」

重々しく頷いたものの、リクハルドはすぐに身を屈めて頬にくちづける。そのときに、ライラにだけ聞こえる小さな声で言った。

「何かあったら僕のことなど気にせず、自分の安全だけを優先するように」

単なる心配性と笑えない重苦しさが、言葉の裏にあった。それだけリクハルドが宰相を警戒していることか。

使用人とともに、リクハルドが出ていく。廊下の角を曲がって二人の姿が見えなくなるまで見送ってからライラは室内に戻り、慎重に鍵をかけた。

これで、室内には一人きりだ。令嬢然とした振る舞いはしなくてもいいのだが、気が抜けない。何だかどこかで誰かが見ているような気がする。リクハルドがいないから不安なのか。

母と二人だったときには、もっと気持ちも強く持てたような気がする。リクハルドと一緒にいるようになってから、彼の優しさと頼もしさに気を許していることに気づくことが多い。

リクハルドに甘えているのだろう。そうさせてくれる彼の懐の大きさに改めて胸をときめかせたあと、それではいけないのだと自らを叱咤する。

（よそ様のおうちだし、万が一のことを考えてちゃんと令嬢らしくしていなくちゃ！）

だがただ座っているのも手持無沙汰で、ライラは壁にいくつか飾られていた絵画を鑑賞することにした。芸術的センスを磨くことも令嬢教育に含まれていて、最近、教師たちが、美術書や屋敷の中にある芸術作品を見せて説明などをしてくれるのだ。

まだよくわからないというのが正直な気持ちだが、美しいものを目にすると素直に感動できるから楽しい。まずはそこから始めればいいと、教師にも言われている。

（あ、この絵は好きかも……色づかいが綺麗。この水面の描き方が凄いわ……！　本当に光を反射しているみたいに見える‼）

見たもののどんなところが良かったか、あるいは悪かったか――それを自分の言葉で表すことを、今は勉強している。教師のアドバイスを思い返しながら、ライラは絵を眺める。

すると、突然扉がノックされた。ビクッ、と大きく震えたあと、恐る恐る扉を見やる。

「リクハルド殿、こちらにいらっしゃると聞いたのだが……ハヴェリネンだ」

（さ、宰相さま⁉　リクハルドさまはそちらに向かっているはずなのに、どうしてここに⁉）

鍵をかけてじっとしていればいいとリクハルドは言っていたが、居留守を使うのはいいのだろうか。

何しろ相手は宰相だ。国王に次ぐ権力を持っている。無視していい相手ではない。

悩んだのは一瞬だった。一番被害が少ないと思われるのは、きちんと対応することだ。

今のようにリクハルドに頼れないときも、いずれはやってくる。そのときは自分一人でなんとかしなければならないのだ。

ライラは小さく息を呑み、気持ちを切り替えて扉を開けた。

目の前に立っていたのは、いかにも高位に立つ者の雰囲気を纏った口ひげの中年男性だった。何度か町などで肖像画を目にしたことがある。

「お、お初にお目にかかります、宰相さま」

「誰だ？」

厳しい声で誰何《すいか》され、ビクリと内心で震える。だが決して表情には出さず、ライラは足を踏ん張った。そしてスカートを摘まみ、少し腰を落として礼をする。

「ライラ・サルメラと申します」

口の中で名を反芻《はんすう》したカレヴィは、ああ、とすぐに納得して頷いた。

「いや、すまなかった。君がリクハルド殿の婚約者殿か。彼がずいぶんご執心のようだと聞いてな。一度話をしてみたいと思って、面会を頼んだのだが……リクハルド殿はいらっしゃるかな」

「実は先ほど、宰相さまの使用人がお迎えに来まして、ご一緒に」

「そうか……待ちきれなくて私の方からこちらに赴《おもむ》いてしまったのだが、入れ違いになってしまったな」

いつまでもここで立ち話をするのも失礼だろう。ライラは身を引き、ひとまずカレヴィを室内に招き入れる。

すぐに呼び鈴を鳴らして使用人を呼び、何か飲み物を持ってきてくれるように頼む。カレヴィはソファに座り、ライラはその真向かいに座った。

「すぐに気づいて戻ってこられると思います。よろしければお待ちくださいませ」

「そうさせてもらおう」

鷹揚《おうよう》にカレヴィは頷く。ほどなく使用人が飲み物を持ってきてくれたが、どのような話をすればいいのか判断に迷った。

（無難に、宰相さまの功績についてお褒めして……）

だがライラが口を開くより先に、カレヴィが言った。

「これまで君を社交界では一切見たことがなかったのだが、どういう生まれなのかね？」

問いかけながらじっとライラを見つめてくる。こちらの正体を探ってくる瞳に身が竦んだ。

ただ見つめられているだけで身が竦むほどの視線の圧力は、国王とともにこの大国を導いてきた貫禄ゆえだろう。ライラは完全に呑まれ、息を詰める。

「……いや、どこかで君を見たことが……？　うむ、気のせい、か……？」

かすかに聞き取れた言葉に、ライラは身を強張らせる。父と秘密の恋をしていた母の顔を、彼は知っているのだろうか。

（ここで動揺しては駄目よ。リクハルドさまがお戻りになるまで、なんとか一人でやり過ごさなければ……!!）

決してリクハルドが不利にならないよう、細心の注意をしなければ。やりきれるか自信はまったくなかったが、だからといって逃げるわけにはいかない。ライラは笑顔を浮かべながらも、めまぐるしく思考する。

やがてカレヴィが気のせいだなというように、軽く嘆息した。そして改めてライラに問いかける。

「君に対してどうこう思っているというわけではない。ただ、リクハルド殿は陛下が側近としてとても頼りにしている者だ。彼の婚約者ともなれば、家名にも性格にも実力にも問題のないご令嬢でなければいけないと私は思うのだよ。……言い方が悪かったらすまないね」

カレヴィの苦言はもっともだ。ライラも同じ立場だったら同じことを口にしただろう。口調は優しく気遣う様子が見られるが、こちらを見る瞳には一切の隙がない。何を考えているのかがまったく読み取れず、ライラは萎縮《いしゅく》してまともに声が出せなかった。

カレヴィが目を眇《すが》める。

「私はこの国の宰相だ。私にだけは、君の正体を教えてくれてもいいのではないかな。君がしかるべき筋のご令嬢であることがわかれば、リクハルド殿の妻として誰も文句を言うことも、探りを入れることもしない。リクハルド殿と心安らかに婚儀を迎えるためにも、私には正直に話してくれた方が得策だと思うが……」

ぐっ、と奥歯を噛み締めて身体の震えを抑え、ライラは背筋を伸ばしてカレヴィを見返した。

「お気遣いいただきありがとうございます、宰相さま。ですが私はこうしてリクハルドさまに導かれなければ社交界に出られないほど世情に疎《うと》く、未だ右も左もわからぬ至らぬ娘です。私の正体についてどのようにお知らせするのかは、すべてリクハルドさまにお任せしております。リクハルドさまの許可も得ずお話ししてしまうことなど……とてもできません……」

話しながら目を伏せ、今にも泣きそうな表情を作る。

わざわざ演技しなくとも苦労はなかった。本当にカレヴィの威圧感は恐ろしい。こんなことを言って叱責を受けることを思えば、自然と身体も震えてくる。

ライラはドレスの隠しポケットからハンカチを取り出し、目元を拭うふりをした。カレヴィがあからさまに顔をしかめた。ずいぶんと弱々しい令嬢だと呆れている雰囲気が伝わってくる。

「どうにも心配なご令嬢だな。そのように何もかもリクハルド殿の許可を得ないと、話すことすらまともにできないと？」

「申し訳ございません……ですが私はリクハルドさまに嫌われたくはないのです……」

うじうじと意思を持たない令嬢の役に徹する。ライラはハンカチで目元を押さえたまま、俯いて肩を震わせた。

その様子に、今度はあからさまに呆れたらしい。カレヴィは苛立たしげに嘆息した。

「これは驚いた。このような弱々しいご令嬢では、とてもリクハルド殿を支えるなどできはしない。あれほど聡明な男がなぜこのような頼りにならぬ小娘を妻にしようなどと思ったのか……」

「も、申し訳ございませ……」

しくしくと泣き真似《まね》をして、ライラは俯いたままでいる。このままでいれば何も聞き出せることはないと諦めてくれそうだ。

てくる。

直後、荒々しい足音が一気に近づいてきた。ノックもなく扉を開けて、リクハルドが入ってくる。

「——ライラ！」

礼儀作法を一切守らない様子に驚き、ライラは反射的にソファから立ち上がった。大きな歩幅で近づいたリクハルドがライラを抱き寄せた。

「何があった、ライラ。何か酷《ひど》いことでも言われたのか……⁉」

ライラの頬を両手で包み込んで仰向かせ、瞳を覗き込みながらリクハルドは問いかける。本当に泣いてはいないのだが、リクハルドはとても心配そうだ。

「な、何も……私が至らず、宰相さまのご質問に何一つお応えできなかっただけです」

リクハルドは一瞬沈黙したあと、安心させるようにライラは言う。できる限りリクハルドに現状が伝わるようにライラは言う。

理解してくれたのだとわかる。

リクハルドはライラを腕に抱いたまま、カレヴィに向き直った。

「どうやら行き違いになってしまったようですね。お待たせしてしまい申し訳ございません」

「……いや。私が待ちきれずにこちらに赴いただけだ」

「それほどライラのことを気にしてくださるとは思いませんでしたが……ライラはこのよう

にとても内気でか弱いのです。今は社交慣れを目的として、私が色々と連れ回しています。社交にもう少し慣れるまでは、どうかお待ちください」

　カレヴィが嘆息する。

「このご令嬢では、リクハルド殿の妻としてやっていけるとは思えんがな」

「大丈夫です。私のライラはとても頑張り屋なのです。私の妻になるため、今、様々なことを一生懸命学んでくれています。間もなく私の妻として相応しい女性になるでしょう」

「だと良いのだが。今、私は『恋は盲目』という言葉を思い出したがね」

　そう言ってカレヴィがソファから立ち上がる。小さく震えてリクハルドに身を寄せるライラを一瞥《いちべつ》してから、カレヴィは続けた。

「それで、君の妻となる彼女の正体は、一体誰なのかね？」

「それはしかるべきときが来たときに皆様にお伝えいたします。ああ、ですが陛下にはもうお話をしていますすよ。もしどうしてもお知りになりたければ、陛下にお尋ねください」

　カレヴィがほんの一瞬、忌々《いまいま》しげに顔をしかめた。

「私には話せないということか？」

「ときが来るまではお待ちくださいとお願いしているだけです。ですがそうまでして私のライラのことを知りたがる理由は――何かあるのでしょうか」

　理由を話してくれれば要望に応えよう――そうリクハルドは言外に告げている。宰相相手にそんな強気な態度に出てもいいのかと心配になるが、リクハルドは一切構わない。

「……小僧が……」

カレヴィが呻き声とともに小さく呟く。憎々しげな声にライラは驚き、内心で身を竦ませた。

「……あまり今の権威に酔いしれることがないよう、忠告しておこう。陛下に可愛がられているといっても、実力が伴っていなければ足元をすくわれる。例えばとても大事にしていたものを、誰かに奪われたりすることもあるぞ」

カレヴィの視線が、ライラに定められた。リクハルドがさりげなく移動し、庇うように間に入ってくれる。

「ご忠告、ありがとうございます」

リクハルドが利き手を胸に押し当てて礼をする。カレヴィは一瞬だけ顔をしかめたあと、すぐに社交的な笑みを浮かべて退室した。

扉の外に出て、カレヴィの姿が見えなくなるまでリクハルドとともに見送る。気配が完全に遠のくと、リクハルドがライラの肩を抱いて再び室内に促した。

「あれは明らかに君と二人きりで話すことを目的としてここに来たんだろう。まったく、悪知恵ばかり働く御仁だ。一人で対応させてしまって悪かったね。急に宰相殿が現れてびっくりしただ……ライラ⁉」

リクハルドと二人きりになった安堵から、急に膝から力が抜けてへたり込んでしまう。リクハルドが慌てて腕を伸ばし、支えてくれた。

「大丈夫か⁉」

「す、すみませ……安心して、力が抜けてしまって……わ、私、リクハルドさまに不利なことは何も言わなかったと思うのですけれど……だ、大丈夫でした、か？」

「もちろんだ。むしろ機転を利かせてくれて本当に助かったよ。宰相殿と二人きりになっただけでも緊張しただろうに、正体を明かさないどころか頼りなくか弱い令嬢だと印象づけてくれた。宰相殿も君に向ける警戒心を弱めると思う。よくやったね」

リクハルドがライラを優しく抱き締め、唇に軽くくちづける。改めてホッとし、ライラは彼の胸に頬を擦り寄せた。

「よかった……これ以上ご迷惑にならないようにしたくて……」

「迷惑なんて何一つない。そんな心配はする必要はないよ。それに、宰相殿が僕のことを良く思っていないことも、改めて確認できたしね」

（所謂《いわゆる》、権力争いというものかしら……？）

だがリクハルドは権力に固執する男ではない。こうして傍で彼の働きぶりを見ていると、民を大事にする国王に共感し、自ら率先して面倒な仕事も引き受けている。宰相の立場を揺るがすようなことをしているとは思えなかった。

「やはりあの男に、この国は任せられないな……」

リクハルドが独白する。ライラはどういう意味なのか問おうと顔を上げ、酷く冷酷な横顔をみとめて息を呑んだ。

視線に気づいたリクハルドがすぐにこちらを見返し、優しく微笑んだ。先ほど見た冷たい表情は、もうどこにもない。

(気のせい……?)

「さあ、ライラ。もう帰ろう」

カレヴィとのやり取りの疲労は強く、これ以上社交の場に留まるのは難しそうだった。

「そうですね。今日は疲れました……」

リクハルドの前だと必要以上の虚勢を張ることもなくなった。思わず本音を零してしまい、ライラは慌てて口を押さえる。

「いえ、大丈夫です! まだリクハルドさまとお話しできていない方もいらっしゃいますし、もう少し社交されてから帰りましょう」

「こら。そういう気遣いはいらないよ」

指先で軽くライラの額を押したあと、リクハルドは小さく笑ってライラを抱き上げた。

「リ……リクハルドさま!? 何を……っ」

「疲れているのならば抱いていってあげる。僕はね、ライラ。君が僕に甘えてくれるのがとても嬉しいんだ。だから僕と二人きりのときは、僕にたくさん甘えて」

なんと応えればいいのかわからずライラは真っ赤になって俯いたが、もう下ろしてとは言わなかった。


朝の支度をしながら鏡に映る姿を見て、そろそろ髪染めをしなければならないと感じた。

今日から一週間ほど授業がない。令嬢教育を頑張ってきたご褒美として、リクハルドが長めの休みを提案してくれたのだ。予習と復習はしなければならないが、時間がある。今日は髪染めをすることにした。

いつものように必要なものを持ってバスルームに向かっていたところを通りかかった使用人に見つかり、お手伝いしますと意気込まれてしまった。

使用人たちはライラの素性を知ったあとも、別段、態度を変えることもなかった。また口も固く、屋敷の外に情報が漏れている様子も見られない。その点についてはアートスが目を光らせてくれていた。彼によると、ライラの出自の秘密を知ったことで、かつての仕事仲間、そして今では敬愛する主人の婚約者への庇護欲《ひごよく》が高まったらしく、皆の団結力が高まっているともいう。

先日のリクハルドの甘えて欲しいという言葉を思い出し、手伝ってもらうことにした。使用人はとても嬉しそうに頷いた。

まずは濡れたり汚れたりしてもいいように普段着のワンピースに着替える。ケープをかけられ、浴室で丁寧に髪を洗ってもらう。やがて、落ちていく染め粉の下から見事な銀髪が現れた。

使用人がうっとりと呟く。

「本当に綺麗な銀髪ですわ。光が当たっているところは、青みがかって見えるのですね」

「ありがとう。でも、こんな髪の色をしていたら、変に目立ってしまって大変よ」

言いながら、瞳の色を薄くする一日一度の点眼を今日はまだしていないと気づく。髪を染め終えたらしよう。

「この髪……やっぱり染めてしまうのですよね？」

「ええ。この髪色だとすぐに王族出身ってわかってしまうし」

「もったいないですわ……とてもお綺麗なのに……」

使用人が名残惜しげに髪から櫛を離す。ライラは苦笑しながら染め粉に手を伸ばした。

直後、開いたままのバスルームの扉を軽くノックしながら、リクハルドが姿を見せた。

「僕ももったいないと思う。出掛けない日くらいは、ありのままの君でいていいんじゃないかな？」

驚いてライラは椅子から立ち上がろうとする。リクハルドはそれを軽く手を上げて止めた。

「ひと区切りついたから一緒にお茶にしようかと思ったのだけれど、髪を染め直しているというから。君の本当の髪の色を見られるのは滅多にないから、急いで来たんだよ」

言いながらリクハルドがライラの前に歩み寄り、顔を覗き込んでくる。目薬の効果も丁度薄れる頃だったようで、リクハルドの瞳に映るライラの瞳の色は、鮮やかな透明度の高い紫色だった。

肩から滑り落ちてきた銀髪のひと房をリクハルドは手に取り、愛おしげにくちづける。そんな仕草もとても格好良く、ライラの胸がときめいた。

「久しぶりに見るな、この色……ああ、とても綺麗だ。まさに雲一つない夜に在る、冴えた月光の色だ。瞳もよく見せて。……綺麗だよ、ライラ。これが君の本来の姿……」

愛おしげに目を細めてじっと見つめられ、気恥ずかしくなる。反射的に身を引こうとすると、すぐさまリクハルドの両手に頬を包み込まれ、動けなくなった。

「駄目だよ、よく見せて。愛する者に本当の姿を見せてもらえないのは、事情がわかっていても辛いものだ。早く君がありのままの姿でいられるように努力はしているけれど、それなりに根回しは必要でね……ああ、もどかしいな……」

瞳に焼きつけるかのごとく食い入るように見つめられ、ライラは次第に耳まで赤くなる。使用人に助けを求めようとしたが、彼女の姿はどこにもなかった。

いつの間に、と驚く間もなくリクハルドに柔らかくくちづけられる。触れて軽く吸われ、舌先で唇の合わせを舐められる。

だんだんと官能的になっていくくちづけに、ライラは慌てた。このまま続けられたら、彼が欲しくなってしまう。

「……リ、リクハルドさま……駄目、です……」

「……ん、ごめん。ありのままの君を愛したくなって……確かにここだと落ち着かないね」

じゃあ寝室に行こうか、とでも続けそうな口調だ。

だがそれ以上手を出すつもりはなかったらしい。リクハルドは名残惜しげに軽く嘆息しながらも、立ち上がった。

「そういえばライラ、今日からしばらく授業は休みだよね」

「はい。リクハルドさまもお休みが重なってますよね」

ライラの休みに合わせてリクハルドも休みを重ねている。それでも全日休みになる日は二日ほどしかなく、残りは屋敷で執務ができるようにしていた。

どこかに出掛けることも考えてくれたが、せっかく一日中休みならばのんびりして欲しい。それに最近は社交の場によく参加していたこともあり、屋敷でゆっくりと過ごしたかった。

優しい皆が作り出してくれる心安まる空気に包まれた屋敷の中で、好きな菓子作りをして出来たての菓子をリクハルドたちに振る舞い、彼と二人で他愛もない会話を交わし、穏やかに過ごす――それが、この長期休暇で予定していることだった。

「休暇の間、君は素の姿でいるといい。屋敷の皆は君の正体を知っているから問題ないしね」

「で、でもそんなことをしてもいいのですか？　もし、事情を知らない誰かに見られたら……」

「来客が来たら君は部屋にこもることになるけれど……そんな予定は入れていないし、王城からの使者が来たとしても僕の部屋か大玄関で対応できてしまうしね。この状況でも君の姿を目撃する外部の者がいるとしたら、それは……まあ、うん、僕たちにとっていい相手ではないということだ。それなりの処置はするよ」

言葉の後半は正直、よく意味がわからなかった。

だがありのままの姿でいて良いと言われると何だかとても心が軽くなり、嬉しくなる。ずっと髪の色と瞳の色を変えていたことが、本当は嫌だったのだろうか。

（気づかないうちに、私の心に負担をかけていたのかしら……）

「どうかな？」

リクハルドが改めて顔を覗き込んでくる。ライラは泣き笑いになりながらも頷いた。

「ありがとうございます……‼」

「……なんて可愛い笑顔なんだ。その顔が見られるならば何でもするよ。それに休みの間だけとはいえ……本当の君の姿をたっぷり見ていられるし、愛せるのだからね。僕も嬉しい」

ん？　とライラは眉を寄せる。今の言葉を聞き流してはいけないような気がしたが、リクハルドの嬉しそうな笑顔の前では問いかけられなかった。

「お茶の前に少しいいかな」

リクハルドがライラの手を取り、クローゼットルームへと導き始める。そこへ行って何をするのかと問えば、リクハルドは満面の笑みで答えた。

「着せ替えごっこだ。ありのままの君の姿で似合うドレスは何かを探そう。今まで用意してきたものは皆、偽りの姿に合わせていたからね。本来の姿に戻れたときのために、新しいドレスやアクセサリー、小物などを用意しておこう。うん、クローゼットルームがもう一つ必要かな」

ひえぇぇぇぇ、とライラは声にならない悲鳴を上げた。

一体自分のためにどれだけ費やすのかと窘めても、リクハルドは笑うばかりで聞かない。それどころか、せっかくの僕の楽しみを奪うなんて憎らしい人だ、と反論されてしまった。

結局、それ以降の執務はアートスに任せ、リクハルドは使用人たちとともにライラの着せ替えごっこを楽しんだ。彼女たちとともに似合う色やデザインについて意見を交わし合う。もちろん、ライラの好みも考慮してくれる。

結局、また新たなクローゼットルームが用意され、出入りの仕立て屋や宝飾店に注文書がいくつも出された。新しい部屋がいっぱいになるのも時間の問題だろう。

（ええ、確かに……確かに、リクハルドさまは私に甘いわ。そして私のために費やすお金がシニヴァーラ侯爵家にとってはほんのわずかな散財だということもね！　でも、でもね！　これは私のために良くないと思うの!!　私が贅沢三昧に味を占めてしまって、自分からおねだりするようになったらどうなるの!?）

人の心は弱く、欲に流されやすい。どれほど律していても、どこで踏み外すかわからない。ライラにはそもそも豪遊趣味はない。今、手元にあるだけの幸せを感じられればいいと思っているから、金銭に固執していない。

だがこのままでは本当に道を踏み外しそうで恐い。甘やかすのはやめてもらわなければと、ライラはリクハルドを窘めることにした。

とはいえ、そんな場面を使用人の誰かに聞かれるのは、嫌だった。リクハルドは何も悪くないのに窘めなければいけない罪悪感もあった。だから、夜、寝支度を調えてリクハルドと二人きりになったときに話をしようと決めた。

険しい表情でベッドに近づくと、横たわって本を読んで待っていたリクハルドが訝しげに眉を寄せた。

「ライラ？　どうかしたのかい、難しい顔をして……」

「リクハルドさま……お願いがあります」

閉じた本をサイドテーブルに置き、リクハルドが身を起こした。ライラの腕を掴んで引き寄せ、腕の中にすっぽりと抱き締める。

「何でも言ってごらん。君の望みは僕が叶えるよ」

安心できる温もりにうっとりと目を閉じてしまいたくなる。だが今は、これを言わなければ。

リクハルドの胸から顔を上げ、ライラは決死の表情で言った。

「私を甘やかすのは、そろそろいい加減になさってください！」

「……ん？　どういうことだい？　僕は自分の財力と権力を損なわない程度にきちんと考えて、君を甘やかしているけれど？」

悪びれる様子もなく、リクハルドが意外そうに返す。早速反論に詰まりそうだ。

「いいですか、リクハルドさま。今日のことです……！」

こんこんと説教すると、リクハルドは神妙な顔をして話を最後まで聞いてくれた。これで少なくとも金銭的な甘やかしはなくなるだろうと安堵する。

だが話を終えるとリクハルドは神妙な顔のままで言ったのだ。

「君の言い分はわかった。それで、誰かに迷惑をかけているのかな」

「……迷惑……？」

「そう、迷惑。誰かが困っている？　誰も困っていない。侯爵家の財政に問題はない。僕が君を飾り立てることで発注が生まれ、出入りの店が繁盛する。店が繁盛すれば、働き手に還元されるだろう。君は僕が甘やかすせいで強欲になることを恐れているみたいだけれど……その恐れを抱いている時点で僕に迷惑をかけないよう努力しているし、そもそも君が金に目が眩むような人ではないと僕はわかっている。何の問題もないね？」

ぐうの音も出ない。それでも何か言いたくて、ライラはただ口をパクパクさせてしまう。

「ふふ……今のその顔、すごく可愛い」

ちゅっ、と軽く唇を啄まれながら言われれば、今度は口を閉ざすしかない。完全にライラの敗北だった。

「僕に勝とうだなんて、十年……いや、二十年かな……？　早いと思うよ。何しろ誰かをこんなに愛するのは初めてだ。これまで誰かに注げずにいた気持ちが、君にだけ向かっている。そんな僕から一本取ろうだなんて、無理だから諦めて」

柔らかな優しい口調でとんでもないことを言われてしまう。さらに話しながらリクハルドは両手でライラの身体に触れ、寝間着と下着を脱がしていた。

気づけばあられもない格好で彼の腕の中にいることに気づかされ、ライラは慌てて両腕で胸を隠し、身を引こうとした。すぐにリクハルドが覆いかぶさり、ライラをベッドに押し倒す。

「ベッドの中で僕から逃げるなんて、もっと無理だ」

「……あ……そ、んな……もう……っ‼」

リクハルドの舌と指が、ライラの全身を愛撫して蕩けさせてくる。身体はすぐ応え、リクハルドの剛直を根本まで押し込まれても柔らかく受け入れた。

最奥を緩やかに押し上げられ、胸の膨らみを律動に合わせて揺らしながら達する。リクハルドが嬉しそうにライラの頬にくちづけた。

「素の君の乱れる姿も、とても綺麗だ。興奮する……」

愛撫に蕩かされてよくわからなかったが、行為の最中ずっと強い視線を感じていたのは、そのせいだったのか。

リクハルドは情事のとき、ライラの様子をじっと見ることが多い。見られると恥ずかしいのに身体の芯は熱くなり、蜜が溢れてさらに行為は激しく濃密になっていく。

身体を合わせるのは初めてではないが、今夜は本当の自分の姿で交わっている。ライラにとって気持ち的には、初夜と同じようなものだ。

「……や……見ない、で……！」

思わず枕を抱き締め、顔を伏せて隠そうとした。だが予測していたリクハルドが素早く枕を取り上げ、ぽいっとベッドの下に落としてしまう。

「駄目だよ、ライラ。今夜はたっぷり本当の君の姿を見せて。ああ……とても綺麗だ。これがロイヤルカラーと呼ばれる、王族だけが持ち得る色なんだね……」

リクハルドが愛おしげに髪を撫で、瞳を覗き込んでくる。反射的にぎゅっと目を閉じて顔を背けるのは、とにかく恥ずかしいからだ。

「ねえ、どうして僕を見てくれないんだい？　僕は君の瞳をよく見たい」

「だ、だって……は、ずかしいです……」

「今更？　君の一番奥深くまで、僕は知っているのに？」

クスクスと小さく笑いながら反論される。上手く言葉にできなくて、ライラは緩く唇を引き結んだ。

直後、リクハルドの両手が身体に絡み、体位を変えてきた。寝そべったリクハルドの腰に跨がる格好だ。上体を引こうとするとリクハルドが両膝を立てて背もたれ代わりにして阻み、両腕を掴んで軽く引き寄せる。これでは逃げられない。

「たまには……うん。こうして君を見上げる体位もいいね」

「……や……見ないでってお願いしました……っ」

「お願いを聞くとは約束していない。今日は君の本当の姿をじっくり堪能したいんだ。ほら、顔を見せて」

両腕を掴まれているから、顔を覆えない。俯いてもリクハルドが下にいるから、あまり意味はない。それでも最後のあがきとばかりに逃げようと身じろぎして——ふと、ライラは疼く快感を覚えてしまう。

逃げるために身体を動かすと腰が揺れ、自然と恥丘や花弁をリクハルドの引き締まった下腹部に擦りつけていた。そのせいでまるで彼の指に弄られたときのような甘い快感が広がっていく。愛撫で滲み出した愛蜜で、ぬるついた感触が気持ちいい。

「……あ、あ……嘘、こ、んな……」

気づけば自ら腰を揺らし始めてしまうライラを、リクハルドは嬉しそうに見つめている。

「……可愛い、ライラ。僕が欲しくなってしまった……？」

（リクハルドさまが欲しい）

素直にそう口にできるほど、奔放にはなれなかった。いくらリクハルドを愛していても、やはり捨てきれない羞恥心がある。

「言えない？　でも君の身体は僕を欲しがっている。……ああ、とても気持ちいい……君が……自ら腰を揺らして、擦りつけてくれるなんて……たまらない、な……」

熱い吐息が、ライラの身体を疼かせる。リクハルドが飢えた瞳を向けて言った。

「ねえ、ライラ。君から僕を……呑み込んでみせてよ……」

そんな恥ずかしいこと、できるわけがない。真っ赤になって無言のまま首を左右に打ち振ると、リクハルドがもどかしげに腰を軽く浮かせ、両足を大きく開いた。

すでに昂ぶった男根が臀部の割れ目に押し付けられる。びくりと大きく震えて逃れようと腰を揺らせば、太く逞しい肉竿を臀部で擦り立ててしまった。

リクハルドが快感に顔をしかめる。

「お願いだよ、ライラ……君が、僕を……呑み込んで」

「……だって……恥、ずかしい……」

「どうしても駄目？　なら……擦るだけでも、いい、から……」

ひどく感じるのか、リクハルドの声は苦しげだ。それならばできるかもしれないとライラはリクハルドの腰に両手を押しつけ、ぎこちない動きで腰を揺らした。

割れ目の間に肉竿を挟み込み、擦り立てる。単純な前後の動きしかできないが、先端が時折蜜口や花弁、花芽を擦ってきて、気持ちがいい。

「ライラ……いい、よ……とても……綺麗だ……」

熱に浮かされた声で、リクハルドが賛美する。いつの間にか腕は解放され、代わりに乳房を丸く捏ねられていた。今ならば逃げられるのに、身体は言うことを聞かない。

「……あ……あぁ……あ……っ」

リクハルドの指先が頂をひっかき、摘まみ、押し潰す。かと思えば、指の腹で側面を擦り立てられる。気持ちいい。

「……ねえ、ライラ。君のここ……とても熱く解れてきた……」

その通りだ。蜜口は綻《ほころ》びひくついて、少し力を入れればリクハルドのものを根元まで飲み込めそうなほどだ。

「君の中に、入りたい……まだ、入れてくれない……？」

リクハルドがきゅっ、と乳首を強くひねりながら問いかけた。小さく仰け反り、ライラは頷く。

（私も……リクハルドさまが、欲しい……）

なんてはしたない身体になってしまったのか。

だがそれも、リクハルドにだけだ。彼以外の男など考えられない。

「……リクハルド、さま……だけ、だから……こんなこと、する、のは……」

だからはしたない娘だと、呆れないで欲しい。そう願って掠れた声で言うと、リクハルドは当然だと頷いた。

「わかっている。僕のせいで、僕の前だからこそ、君はこんなにいやらしく淫らになるんだ。僕以外の男でこんなふうになったら……僕は相手を殺してしまうから、気をつけて」

頭が上手く回らない。ライラは何度も小さく頷いて、腰を上げる。

「リクハルドさま……だけ、だか、ら……」

狙いを定めて腰を恐る恐る落とすが、蜜口があまりにも濡れすぎているせいか亀頭が滑って上手く入らない。リクハルドが片手で男根の根元を支えてくれた。

「そう……そのまま、下りて……そう……」

リクハルドの声に導かれて、ライラはゆっくりと腰を沈めていく。つぷ、と蜜口に押し当たった亀頭が、そのまま花弁に吸われて奥に入り込んできた。

どちらも、待ち望んでいた感触だ。熱い吐息を互いに吐き出して、深く繋がり合う。

（……あ、あぁ……これ、深、い……）

自重も手伝い、亀頭に子宮口を押し広げられている感覚がたまらなく気持ちが良い。目の前にチカチカと光の粒が散るような快感に、ライラは肉竿を呑み込んだまま打ち震える。

「……ライラ、動いて」

リクハルドが、腰を優しく撫でる。それだけでビクンと大きく震え、男根をきつく締めつける。

リクハルドが息を詰めてやり過ごしたあと、微苦笑した。

「どうしたの。動いてくれないと……終わらないよ？」

「……う、動け、な……」

少しでも腰を揺らせば、中に入ったままの男根の形や硬さ、熱がはっきりとわかり、力が抜けてしまう。そして肉竿の脈動が伝わってくるだけでひどく感じてしまうのだ。

「……だ、駄目……無理……お、願……リクハルドさま、が……し、て……」

「僕がしてもいいのかい？　僕が動いたら、きっと止まらないよ。今、君が欲しくて堪らないんだ。君がおかしくなってしまうくらい、乱してしまうかも」

ライラはリクハルドの引き締まった腹に両手を置いて身を支えながら懇願する。

「い、いい……です……から……っ、し、てぇ……っ」

自分から彼を求めるなど、なんてはしたない。そう頭の中で最後の理性が告げたが、どうでもよかった。こんなに弱い快感だけでは、きっと頭がおかしくなってしまう。

「……ライラ……っ！」

直後、リクハルドが大きく突き上げてきた。子宮口を押し広げるかのごとく、亀頭が激しく叩きつけられる。

「あ、あっ、あぁっ‼」

律動に合わせて身体が上下に揺れる。自重も手伝って深く肉竿を呑み込んだかと思えば、再びリクハルドに突き上げられる。あまりの激しさに乳房も銀の髪も揺れ動いた。

リクハルドは獰猛《どうもう》な獣のような目でライラを見つめながら、強靭《きょうじん》な腰を動かし続ける。時折、きつく眉根を寄せて低く呻く様がひどく艶めいていてドキドキし、それが自然と男根を締めつける。

「……は……っ、僕を……食いちぎるつもり、か……っ？」

負けじとさらに突き上げが激しくなり、ライラは彼の上でしなやかに仰け反って達した。リクハルドもすぐにあとを追い、ライラの腰を掴んで抱き上げ、男根を引き抜いた。

「……く、う……っ」

びゅく、びゅくっ、と先端から白濁が放たれる。蜜口や内腿を熱く濡らす熱にライラはさらに震える。最後の一滴まで絞り出すように、リクハルドが片手で肉竿を扱いた。

「……あ……あ、あ……っ」

「……はぁ……ライ、ラ……」

リクハルドの熱い瞳が、ライラを見返す。彼自身も中で放ちたいと切望している瞳だ。

(欲しいのは、一緒なの……)

真の姿で交わっている今だからだろうか。彼の熱を、体奥に欲しくて堪らない。ライラはリクハルドの男根にそっと両手で触れた。

びく、とリクハルドの腰が震える。少し萎えた男根の根元を支え、ライラは改めてゆっくりとそれを自ら飲み込んでいく。

「……あ……あ……っ」

行き止まりまで受け入れる間に、リクハルドの男根は再び硬さと逞しさを取り戻していた。

「……ライラ……?」

「……奥に、欲しい……です。今日は、リクハルドさまのものを奥に、たくさん……本当の、私の姿で……受け止めたい、です……」

リクハルドが息を呑んだ。そしてギラつく瞳で言う。

「……いいのかい?」

「は、い……今の私に、たくさん……くださ……ああっ!!」

強い腹筋で上体を起こすとリクハルドはそのままライラをベッドに押し倒した。そしてライラの腰を両手で逃げ出せないように強く掴んで、一気に引き寄せる。

蕩け切った蜜壺の最奥を、ごちゅんっ、と押し広げられた。

「……あー……っ‼」

「ライラ……ライラ、愛している……っ」

押し潰すように抱き締められながら、一番深いところを抉られる。視界がチカチカする快感がやってきて、ライラはリクハルドの腰に両足を絡め、逞しい背中にきつくしがみついた。

「……あ、あぁっ、あー……っ‼」

腰を震わせてライラが達すると、リクハルドも低く呻き、欲望を放った。これまで身体の外で感じていた熱が、体内で感じられる。

最後の一滴まで注ぎ込むつもりか、リクハルドの吐精はなかなか止まらない。小刻みに何度も腰を打ち振ったあと、大きく息を吐いてライラの頬にくちづけながら、下腹部に右掌を押しつけた。

まだ男根が入ったままのそこを軽く押されると、彼の形がよくわかる。リクハルドは中に男根を納めたままで、腰をゆっくりと押し回した。

「……あ……あぁ……っ」

蜜壺の奥に塗り込めるかのような動きだ。ライラは新たな気持ちよさに喘ぐ。腰が止まっても、リクハルド自身はまだ中に留まったままだ。

汗と涙で濡れたライラの頬を掌で優しく拭い、リクハルドは微笑んだ。

「愛しているよ、ライラ……絶対に離さない……」

「は、い……離さないで、ください……」

息を乱して上下する厚い胸に、ライラは頬を摺り寄せる。リクハルドが小さく震えた。

まだ中に入ったままの雄芯が、再び力を取り戻す。ミチミチと蜜壺を押し広げられる感触にライラは軽く目を瞠ったあと、焦ってリクハルドを見上げた。

汗の雫《しずく》をこめかみから頬に滴らせ壮絶な色気を纏ったリクハルドが、ひどく申し訳なさげに——けれど絶対に逃がさないと、再び腰を動かし始める。

「……ごめん。また君の中に、注ぎたい……」

ずんずんと突き上げながら、指で花芽を弄ってくる。逃げられない快感が再び全身に与えられ始め、ライラは今夜だけ、羞恥を抱くことを放棄した。


屋敷の中だけとはいえ本来の髪と目の色で過ごせることは、ライラの心を解放した。いつも心のどこかで抱き続けていた、誰かに見られてはいけないという強迫観念のようなものがなくなったからだろう。これまで以上に生き生きと過ごすことができ、それをリクハルドはとても嬉しそうに見守ってくれた。

休みも残り一日となった夕方、ライラは廊下を歩いていて、ふと、窓の外から強い視線のようなものを感じた。

(誰かに、見られているような……)

ここは二階の廊下だ。外から誰かの視線を感じるなど、あり得ない。鳥か何かの気配をそんなふうに感じてしまったのだろうか。

しかし気にしすぎだと一笑してしまえるほど、他愛もない気配ではなかった。ライラは思わず足を止め、視線を感じる方へと目を向けてしまう。

そこに、リクハルドがやってきた。

「ライラ、お茶にしないか？　……どうかしたかい？」

すぐにリクハルドが歩み寄り、ライラの肩を抱き寄せる。全身を包む彼の温もりに例えようのない安堵感を覚えながら、ライラは言った。

「あの……誰かに見られているような気がしただけです。でもここは二階ですし、外からなんてあり得ませんよね。ごめんなさい、変なことを言って」

「変なことではないよ。気になることは全部僕に教えてくれればいい。注意しなければならないかどうかは、僕が判断する」

言いながらリクハルドはライラをその場に留め、手近の窓に近づく。窓を開けると、上着の内側に利き手を滑らせた。

何をするのか見当もつかず見守るライラの視線の先で、リクハルドの手が素早く動き、きらりと光るものを投擲《とうてき》する。

一瞬しか見えなかったが、あれは護身用ナイフではないのか。何故そんなものを外に投げつけたのかと思うと同時に、近くの大木の枝が不自然に大きく揺れた。

ライラは身を強張らせる。リクハルドは鋭く前方を見据えていた。何かが去っていく気配と音がかすかにしたが、ライラにはそれが何なのかわからない。

「……逃げたか。逃げ足だけは速いな……」

小さく呟いて、リクハルドは窓を閉める。そしてアートスを呼びつけ、後始末と調査を命じた。

「あ、あのリクハルドさま、今のは……？」

「うん、僕の部屋に行こう」

何が起こっているのかわからず戸惑うことしかできなかったライラを、リクハルドはひとまず自室に連れていく。何か不穏なことが起こり始めていると、肌で感じ取ることはできた。

部屋に入るとソファに促される。二人揃って腰を落ち着けると、アートスがやってきた。その手には、血で濡れた護身用の短剣があった。

先ほど、リクハルドが投擲したものだろう。ライラにははっきりとわからなかったが、あの大木の辺りに密偵がいたらしい。

「庭にこちらが落ちていました。誰かが送り込んだ密偵がいたということですね」

「狙いはライラの正体かな……。僕がこれほど執着し、妻にと望んでいる存在が一体どういう者なのかを知りたがっていると」

リクハルドに悪意を持つ政敵か。自分のせいで彼に迷惑がかかってしまっている。

(ううん、そんな迷惑もリクハルドさまはすべて受け止めてくれると言ってくれているわ。なのにうじうじと後ろ向きに考えても仕方がないでしょう。今、私ができることは、これ以上リクハルドさまの足手まといにならないことよ！)

そのために自分には何ができるだろうか。考えようとして、ハッと我に返る。

「……リ、リクハルドさま‼　私、その密偵に本当の姿を見られてしまっています……‼」

月光のように美しい銀髪と深い紫色の瞳――ロイヤルカラーとしてこの国では高貴なる色とされ、王族の血を持つ者だけが持ち得る色合いだ。髪と瞳の色で、ライラが王族の血を引く者だとすぐにわかるだろう。

さすがにこれだけでは、現国王の落とし胤とまではわからないとは思うものの、調べを続けられればいつかはその答えに辿り着かれてしまう。

(いくらリクハルドさまがいいと言ってくれても、屋敷の中だけだったとしても、気を抜いてはいけなかったんだわ！　ああもう、私の馬鹿‼)

「そうだろうね。これで敵は君が王族の血を引く者だと、すぐに調べをつけるだろう」

慌てるライラとは相反して、リクハルドは落ち着いている。

アートスが短剣についた血を見つめながら言った。

「どこかの密偵であることに間違いないでしょう。血の濡れ具合からして、急所は外れているようです」

「……ふうん……それはずいぶんと腕の立つ密偵だね」

リクハルドがこともなげに呟く。アートスが頷いた。ライラは無言でリクハルドを見返すことしかできない。

その視線に気づき、リクハルドが安心させるように微笑んだ。

アートスが短剣の血をハンカチで拭ってから、リクハルドに渡す。鞘《さや》に納め再びそれを胸ポケットに入れると、リクハルドが説明を始めた。

「屋敷の周りには、護衛と監視を用意しているんだ。僕の立場を考えれば、それは仕方ないことなのだけれど……」

なるほど、とライラは頷く。

門番はもちろんのこと、屋敷の外にも中にも常に何人かの護衛が見回りしていた。今更驚くほどのことでもないのに、と軽く眉を寄せれば、リクハルドが微苦笑した。

「ライラが見えていないところにも、何人かいるんだよ」

えっ、とライラは軽く目を瞠る。すると、天井の方でこつん、と小さな——ノックのような音がした。

驚いて振り仰ぐが、もちろん人の姿など見えない。そこには決して華美ではない品のある植物模様が薄く描かれた天井があるだけだ。だがそこにも護衛と見張りがいるのか。

「もちろん、僕とライラの私的な場所には近づかないように命じてあるから、安心して」

「あ、ありがとうございます……」

（いやでもでも‼　他のところで何か色々とまずいところを見られていたんじゃ……⁉）

気を抜いたところを目撃されていたとしたら、恥ずかしい。ライラは真っ赤になって顔を覆ってしまう。

だがこれも、高位貴族として当然のことなのだ。ましてやリクハルドほどの立場と権力を持つ者ならば、屋敷の中でも護衛は必要だろう。

「当家の護衛は優秀だよ。けれどその目を盗んであそこまで君に近づいてきた密偵は、僕の護衛たちと互角だと思う。それなりの力がなければ、雇える者ではない」

腕が良ければ、報酬も高くなるはずだ。だがそんな相手に一撃与えることができたリクハルドも、相当強いのではないだろうか。

「だとすると、敵はリクハルドさまのように高位貴族の方、ですか……？」

「うん、そうだね。僕は宰相殿ではないかと思っている」

（宰相さまが……⁉）

ライラは息を詰めた。

カレヴィは、リクハルドと並んでこの国と国王を支える存在だ。リクハルドが国王の右腕ならば、カレヴィは左腕だろう。令嬢教育の中で、二人の今の立ち位置を教えてもらっている。

（そして今、リクハルドさまがほんのわずか、宰相さまよりも上位に立っていることも）

国王が彼を気に入っていること、後継者として王太子にまで押し上げたカレヴィの孫が国王の責務に未だ興味を持っていないこと――が、その要因だろう。

「宰相さまはリクハルドさまを……その、邪魔に思っているということですか……？」

「目の上のたんこぶだと思っているだろうね。僕は宰相殿の施策にいつも反対するから」

まだ政についてはよくわからない。申し訳ない気持ちになると、リクハルドがわかりやすく説明してくれた。

「宰相殿は軍備をもっと手厚くして、他国に攻め入られる隙を作らないようにすることを目標としているんだ。脅かされる要素がなければ、国は豊かになる。それに、他国との交渉でも優位に立つことができる」

なるほど、とライラは頷く。だがすぐに、それはあまり好ましくないとも思った。

（だって言うことを聞かなければ攻撃するって、脅迫しているようなものじゃない……？）

政治的交渉として常套手段なのかもしれないが、嫌な気持ちにはなる。もっと別の方法はないのだろうか。

「ライラはどう思う？」

優しい声で問われ、少し躊躇ったが素直に答えた。

「何だか脅迫しているみたいで……嫌、です」

リクハルドが頷いた。

「僕もライラと同じ考えだ。この方法は、そのとき、あるいはそのあとしばらくはとても効果的だ。けれど長く続くと相手に不満が溜まり続け、いずれ反旗を翻されるだろう。そのときに我が国に相手を叩き潰せるだけの力があるとは限らない。もっと先を見据えて国力を強くするというのならば、別の方法がいい。もちろん国防に手を抜いてはいけないけれど……例えば、我が国にしかない技術や作物を作り出したり、民に多くの学びを与えて傑物を輩出したりね」

「そういうのは好きです」

「ふふ、僕もだ。……だから宰相殿は、私がお嫌いなんだよ。国王陛下は民のために動かれる方だ。根本的に宰相殿とは相容れない。それでも助言が偏らないよう、陛下はすべての意見をお聞きになられてから判断される」

（ああ、やっぱりお父さんは素敵な人なんだわ……）

そんな人が自分の父親であることを、改めて誇りに思う。今までは死ぬまで名乗りを上げず、父の活躍と幸せを願うつもりだった。だが今は違う。

リクハルドに求められ、彼に応えた。それによって、いずれ父に会うこともできる可能性が出てきた。そのときに胸を張って娘だと名乗りを上げられるよう、努力したい。

「陛下は王妃を迎えなかったため、王妹の御子を王太子になさった」

王太子・サウル。この国の民として、知らぬ者はまずいない。

知識として見知っている彼の姿を脳裏に思い浮かべ、はた、とライラは気づく。

「……あの、それってサウルさまが即位されたら、実質的には宰相さまがこの国の実権を握る、ということになるのでは……？」

「うん、そうだね」

リクハルドはあっさりと頷き、ライラは胸のざわめきを覚えた。

いいのか悪いのか、わからない。ライラはカレヴィの人となりを、国が配布する読み物や噂などでしか知り得ていないのだ。

（でも、宰相さまのやり方はなんだか嫌……それに、サウルさまを隠れ蓑《みの》にして権力を握るのって……自分の手は汚さずに好き放題できるような気が……）

モヤモヤする気持ちを上手く説明できなくて、もどかしい。そもそもこんなふうに思うこと自体が、平民の僻《ひが》みかもしれない。

リクハルドがまるでライラの心の内を読み取ったかのように続けた。

「このままで行くと、宰相殿が裏で国を動かすことになる」

ドキリ、とする。リクハルドがライラを見つめて小さく笑った。

「国を乗っ取るのに上手い方法だと思うよ。誰も傷つけずに自分だけが昇りつめ、かつ、矢面には立たない。まあそれも、サウルさまが国政にまったく興味を持たなかった恩恵ではあるけれど」

やはりリクハルドも同じ危惧を抱いているようだ。

「僕はね。別に宰相殿が暗躍しようと構わないんだ。僕は陛下のやり方が好きだから、陛下がいらっしゃる間は彼に妙な手出しをさせるつもりはなかった。だから万が一のときには彼を陛下の前から消せるよう、それなりに策を立てていた。でも、陛下の御代がこのまま何事もなく終わるのならば、その策を使うつもりはなかったんだ。この国が彼の手によって滅びに向かおうとも、僕を取り囲む世界が無事ならばそれでいい。陛下がこの世を去られたら、のんびり田舎《いなか》で暮らそうと思っていた。跡継ぎを作るつもりもなかったしね」

ある意味、とても酷薄な言葉だった。けれど最後の言葉がライラの胸を痛める。

（それは、誰とも契るつもりがなかったということ……）

誰も愛することがないと、諦めていたのだ。

「けれど君と出会って、僕はとても大事で守りたいものができてしまった。陛下がいらっしゃる間だけではなく、そのあとのことも考えるようになった」

言いながらリクハルドがライラの両手を取り、優しく握り締める。

「君がいる世界を、僕は守りたいと思った。いずれ君が僕の子を産み、育て、その子供たちがまた子を産み育てる。僕と君の命が受け継がれていく。その未来を、僕は守りたい」

ライラは胸の中で愛される喜びに震えながら、リクハルドの手を強く握り返した。

「宰相殿にまだ明確な反対の態度は見せていないのだけれど、彼は機があれば僕を排除しようと狙っている。何かの拍子にいつでも僕が厄介な敵になることを、本能で悟っているのかもしれないね。そこへ君が現れた。宰相殿からすれば初めてわかった僕の弱点だ。狙ってくるのは当然だろう。他にも僕をよく思わない者たちが僕に言うことを聞かせようとして、君を狙うだろう」

当たり前のように告げられて胸が痛み、ライラは息を詰めた。迷惑をかけるとわかっていても、現実に突きつけられると心苦しい。

だがわかっていたことだ。落ち込むよりも先にやれることをやらなければ。

「私は、何をすればいいでしょうか」

自分にできることが何か、ライラにはわからない。無知であることを恥ずかしいと思うが、見栄を張っても仕方がない。それがさらにリクハルドの迷惑に繋がる。

「……ご、ごめんなさい。何をすればいいのかもさっぱりわからないので……私にできることを教えてください」

思わず顔を赤くして言うと、リクハルドは優しく微笑んだ。

「無知であることを恥ずかしがることはないよ。それを認められないことは、恥だけれど」

アートスも温かい瞳で頷いてくれた。

「身の回りに充分に気をつけて欲しい。これまで以上に、だ。僕たちも君を守る。だが、どうしても目が行き届かなくなるところは出てきてしまう。そこを心配しているんだ」

もどかしげにリクハルドは言って繋いだ手に力を込め、互いの指を組み合わせるように握ってきた。

「……許されるならば君を、部屋から一歩も出したくない」

思わず背筋に震えが走るような、低く昏《くら》い声だった。

大事なものを得ると、それを喪《うしな》うことを恐れる。人として当然のことだ。

リクハルドにとってのそういう存在になれたことは嬉しい。だがそのせいで、不安ばかり高めてしまうのは辛い。

ライラはリクハルドの手を強く握り返した。

「大丈夫です、リクハルドさま。アートスさんから護身術も習っていますし、そもそも私は平民としてこれまで生きてきましたから、貴族のご令嬢よりは色々な意味で強いと思います。だからしぶとく生き残ると思います」

リクハルドが意外そうに軽く目を瞠ったあと、笑い出す。小さいながらも声を立てて笑われてしまい、何か変なことを言ったのかと少し恥ずかしくなった。

「……うん、そうだね。君はそういう人だね……」

しみじみと言ったリクハルドが、何かを吹っ切ったように改めて笑った。先ほどの昏さは消えていて、ホッとする。

「君の強さを信用するよ。でも、何かあったらすぐに相談するんだ。でないと僕は心配で仕事が手につかなくなってしまうからね」

ライラも笑顔で頷く。

とりあえずはカレヴィの動きに気をつけておこう。そして何かあったときには、すぐにリクハルドに相談しよう。


警戒していても、もう令嬢として──リクハルドの婚約者として、ライラの名は社交界に知れ渡っている。屋敷に閉じこもる間も与えず、様々な招待状が届いていた。

いつまでもリクハルドと一緒に社交の場に出続けていては、一人で対応できなくなる。今のところカレヴィに動きは見られないこともあり、ライラは思い切ってリクハルドに一人で社交の場に出向く提案をしてみた。

まだ早いのではと渋られたが、少し思案したあと、彼は仕方なさそうにしながらも頷いてくれた。参加する場はリクハルド自身が選んでくれた。

リクハルドが傍にいない不安は決して拭えなかったが、それでも何度かこなせば自信もついてきた。彼が傍にいないことで心無い言葉を投げつけられたり陰口をたたかれたりするが、暴力的なことは何もされていない。自分の気持ちをしっかり持っていればやり過ごせることばかりだ。

無事に社交の場から戻れば、リクハルドがすぐに様子を聞いてくれる。どんな情報が彼にとっての利益、不利益になるかがわからないから、詳細に話した。リクハルドは決して面倒くさがることなく丁寧に聞いてくれ、時折ライラの所感も尋ねた。

一緒に仕事をしているような気持ちになり、かえってやる気が増した。リクハルドの役に立ちたい気持ちが強まり、気後れや不安も跳ね除けられるようになる。結果、令嬢としての堂々とした振る舞いに繋がり、誰もライラを平民出身とは思わない。

一人で——とはいってもリクハルドが選別した使用人兼護衛を付き従えてはいたが——社交の場をこなして数週間後、シニヴァーラ侯爵邸に王太子・サウルから、茶会の招待状が届いた。

ついに来た、とライラは緊張しながらリクハルド、アートスとともに招待状を確認した。

何の変哲もない普通の招待状で、リクハルドが大層ご執心の婚約者であるライラと少しゆっくり話してみたい、という誘いだった。リクハルドに変な誤解をさせたくはないから、昼間の茶会にするともしたためられている。だが、招待されているのはライラのみだ。

執務室で招待状をリクハルドたちと囲み、ライラは不安に少し揺れる声で言った。

「……多分これは、何かありますよね……？」

「何かあるとしか思えない。間違いなく宰相殿もいるだろうね」

ひえええぇ、と声にならない悲鳴を上げてしまう。

カレヴィと対峙《たいじ》するには、まだ勇気が足りない。しかも、王太子・サウルとも対面するのは初めてだ。

(絶対に何か言質を取られてしまうような気がする……‼)

何か理由をつけてリクハルドに同行してもらうことも、できないことはないだろう。だがそれが彼らの不興を買えば、また問題だ。

「サウル殿下は政治に興味がまったくないから、さほど心配しなくていいだろうね。けれど、こんなふうにわざわざ僕を排除した招待状を送ってくるとなると、間違いなく宰相殿が仕掛けた茶会だと思う。彼が同席してくるだろうね」

(むしろここは、私が頑張らなければならないところだわ……‼)

ライラはぐっ、と両手を握り締めて言った。

「私、行ってきます。下手なことを口にしないように充分に気をつけますけれど……あ、あの、でも……失敗したらごめんなさい……」

「気にすることはないよ。君はこれまでもとても頑張ってくれている。君が失敗しても、僕が助ける。それはこれからもずっと変わらないよ」

安心させるようにリクハルドが頬を撫でてくる。指先の温もりから、勇気をもらえた。

「ありがとうございます。そんなことにならないよう精一杯頑張ります。あと、また何かわかったら、都度、ご報告しますね！」

「僕は君に、密偵まがいのことをさせるつもりはないんだけどね……」

リクハルドが微苦笑しながら呟く。

「でも私にできることはとても少ないですし、リクハルドさまのお役に立ちたいですし」

「……もう……本当にどうしてくれようかな、僕の可愛い人は」

ぎゅっ、と抱き締められて、慌てる。だがアートスはいつものことと、大して気にもしていない。

「ではお茶会の誘いには出席のお返事をお送りしましょう」

「私が直筆でお返事を書きます」

その方がいいだろうと提案すると、リクハルドたちが笑顔で頷いてくれた。

【第六章　駆け引き勝負の結末】

王城の王太子の居住区になる東棟の庭に、テーブルセットが用意されていた。花の透かし模様が施されている、可愛らしいデザインのテーブルと椅子だ。

汚れ一つない真っ白なそこに、何の焼きつけもされていない同じく真っ白なティーセットと皿がある。よく見ればティーカップのソーサーと大皿は二枚貝を模《かたど》っていた。カップもティーポットも同じく二枚貝を思わせるデザインが、取っ手や蓋などに取り込まれていた。シンプルだが凝っている。これもサウルの画家としてのセンスの成せる技なのかもしれない。

大皿にはチョコレート、マカロン、クッキー、プチケーキなど、色とりどりの菓子が載っていて、色の対比が鮮やかで楽しかった。思わず手に取ってみたくなる並べ方だ。

とはいえライラは品のある笑顔を頬から消さないようにするのに集中していて、菓子に手を伸ばすことはできない。

絶対に粗相しては駄目だと緊張するライラを、しかしサウルは予想外にも気遣い、優しく接してくれた。菓子や茶を勧め、「君と一緒にいるリクハルドってどういう感じなの？　やっぱり蕩けた顔をしっぱなしなのかい？」などと砕けた口調で尋ねてくる。

噂話に興味津々の様子を見る限り、サウルに裏があるようには思えなかった。純粋に常とは違うリクハルドのことを知りたいと、ライラに問いかけてきている感じだ。リクハルドがライラを溺愛していることはもうずいぶん社交界では知れ渡っているので、普段の様子を話したところで警戒されることもなく、驚かれたり笑われたりするだけだった。

てっきりこちらの正体を追求してくるのではないかと思っていたが、今のところ、警戒し続けるだけで大丈夫そうだ。それでも発言には気をつけようと、ライラはサウルに気づかれないよう、周囲を見回した。

自分たちの周りには、護衛が三人、取り囲むように立っている。給仕の女使用人が同じく三人、あとは視界に入る程度のところまで離れた場所に、八人の護衛がいる。護衛のお仕着せを纏った者たちは物々しく、少し威圧感があった。

だがそのうちの一人に、一瞬気を取られた。どこかで見たような者に思えるのだが、遠目でもあってわからない。

気になる彼は、眼鏡をかけていた。眼鏡をかけた知り合いはいなかった。

（嫌だ……緊張しすぎて変なところに目が向いてしまうのかしら……）

「どうかした？」

サウルが声をかけてきた。ライラは慌てて答える。

「い、いいえ、何でも……そ、その、もしかして宰相さまが同席されるのかと思っていましたので……」

サウルに王太子らしくあれと、カレヴィが自ら教育していることは貴族社会では皆知っていることだ。対してサウルは年々祖父に反発し、かつ、自分が目指す夢に対して確実な成果を上げている。今、政についてサウルに期待をする貴族はほとんどいない。

皆、サウルの後ろに立つカレヴィが次代を滞りなく終わらせるだろうと思っている。サウルには早く跡継ぎを作らせ、次の世代の教育をした方が良いと考えているのだ。

ライラが招待されたこの茶会にカレヴィがいるかもしれないと思うのは当然だった。だが未だに彼の姿はどこにも見えない。

サウルがテーブルに頬杖をついて、不快そうに嘆息した。

「……ああ、お祖父《じい》さまね……」

うんざりした物言いが演技ではないと感じられる。

「知ってる？　お祖父さまは僕を国王にしようとしているんだよ」

「……存じ上げております……」

ヨハンネスに子がいない以上、一番彼に近い血を持つ者が後継者に定められるのは当然のことだ。そして今、その立場に相応しいのはサウルしかいない。……そう、ライラが名乗りを上げていないのだから。

「でも僕には、国王としての素質は一切ない」

あっさりとサウルは言う。ライラは何を言えばいいのかわからず、沈黙した。

サウルは明るく笑った。

「皆、僕と同じことを思っているよ。僕には政治的思考がほとんど備わってないからね。そんなことを考えるのだったら、僕は素敵な景色や素晴らしい人たち、その営みなどを絵に留めたい。そして僕の絵を見た者が心を癒やし和ませ、幸せな気持ちになってもらいたい。僕はそういう方法でしか、誰かを幸せにすることはできないんだよね。まあこればっかりは仕方ない。僕には絵の才能しかないんだから」

自分には才能があると断言し、その成果を見せているからこその言葉だろう。

いっそ傲慢でもあるが、事実として認めざるを得ない。彼の芸術作品は国内だけではなく他国でも評価され、この国に利益を与えているのだ。

(それに……殿下は皆様が言うほど政に無頓着というわけではないような……)

誰かを幸せにしたい。でも絵を描くやり方しか、自分にはできない。そう言っているのだ。

誰かを幸せにしたいという考え方を持てることは、民の上に立つ者として絶対に必要なものであるとライラは考えている。だからライラは知らず、口元に笑みを浮かべていた。

「そのお考えは素晴らしいものだと思います。殿下はどなたかを幸せにしたくて、絵を描かれているのでしょう？　実際、殿下の絵を一目見たいと、国内外から美術館にやってくる者はあとを絶ちません。殿下のやり方は国王としては褒められることではないのかもしれませんが……私は、そのお考えは好きです」

サウルが驚きに軽く目を瞠る。そして次の瞬間には嬉しそうに笑った。

「リクハルドも同じようなことを僕に言ってくれたよ。だから僕はリクハルドが好きなんだ。君も、そういうリクハルドだから好きになったのかな」

「は、はい。リクハルドさまは私のありのままの姿を見てくださいました。私はそれがとても嬉しかったのです」

「彼は人の本質を見るよね。僕たち芸術家も、作り上げる対象の本質を見るんだ。彼はいい目を持っているよ。僕からすれば、お祖父さまよりリクハルドの方が、この国の次代を背負うのにずっと相応しい人だと思うんだけれどねぇ……」

思わず頷いてしまいそうになるが、これはとんでもない背信の発言ではないかとライラは内心で息を呑む。穏やかで品のある笑みはなんとか頬に貼りつけ続けたが、聞いてはいけないことではないだろうか。

だがサウルはまったく気にしていない。それどころか時折茶を飲みながら、話し続ける。

「僕はね、王太子どころか侯爵家跡取りとしても無能な男なんだよ。そんなことは自分が一番よくわかっているんだ。僕は誰かを陥れたり裏でこそこそ動いたり、自分の立場を守るために画策したりする方法なんて、考えつかないからね。そういうのはできる者がすればいい。適材適所って言葉を貴族たちは皆、もう一度学び直した方がいいと思うよ」

ライラは内心で声にならない悲鳴を上げたまま、微笑み続ける。ここで自分が何か返せば、変な勘ぐりをされることは間違いない。

（黙ったまま……‼　殿下のお話を聞き流さなくては……‼）

「君、知っているかい？　お祖父さまはね、この国を軍事国家にしたいんだよ。力で周囲を何でもねじ伏せて、言うことを聞かせる。単純だけど効果的なやり方だとは思うよ。でもねえ、反感も同じくらい買うよね。それにそういう世界はあんまり楽しくないし、美しくもない。どんな世界になるんだろうなって想像して、ちょっと鉛筆画を描いてみたんだよ。あ、絵を描くにはね、想像力も必要なんだ。だから目で見て描き写すっていうのもいいんだけど、たまに夢想画も描くんだよ。今度、何かいい伝承でも見つけて、絵本を作ってみようかとも思っているんだ。子供たちが学びを得られる本がいいよね。……あれ、何を話してたんだっけな……ああそうだ、鉛筆画だよね。で、その鉛筆画があまりにも気持ち悪くて正視に耐えられなくて……僕、吐いちゃったんだよね。僕には戦争とか侵略とか、そういうのは駄目だなって実感したんだよね……」

今度は遠い目をしてラウルは言う。感情が豊かな分、思うままに口にしているという感じだ。受け取る側は聞いていていいものなのかどうかがわからず、困ってしまう。

（あああぁぁ、先生‼　こういうとき、完璧な令嬢はどのような反応をするのですか⁉）

心の中でここにはいない教師に救いを求めてしまう。

だが答えが返ってくることなどない。なんとか自力で切り抜けなければ。

「……あ、あの、殿下……」

「でさ、一番驚いたのはさ。僕と君を結婚させようってこと」

「……っ⁉」

予想もしていなかった言葉にライラはとても驚き、ついに令嬢然とした態度を保てなくなった。青ざめて反射的に立ち上がる。

「どう、して……殿下と私、を……」

「だって君、陛下の子なんだよね？」

なぜそれを、とライラは声もなく問いかける。サウルは静かに茶を飲んだ。

その背後で、こちらにやってくるカレヴィの姿が見え始める。

貫禄ある歩き姿に、自然と威圧される。スカートの中の足が竦み、すぐには動けない。カレヴィの瞳は真っ直ぐにライラを見つめ、唇には傲慢な笑みが浮かんでいた。

（逃げなきゃ……‼）

本能的にそう思い、ライラはすぐさま立ち去ろうとする。だがいつの間にか背後に立っていた使用人に肩を掴まれ、強引に椅子に座らされてしまった。令嬢に対する扱いではない。

「ライラさま、宰相さまがこちらにお見えです。どうぞお座りになってくださいませ」

彼女の手は肩を押さえたまま、外れない。ライラが少しでも身じろぎすれば、さらに力を込めてくる。決して逃がさないと言っているようだ。

「……わ、私……急用を思い出しまし、て……」

そんなひねりのない言葉しか思いつかない。サウルはカップをソーサーに置き、ライラをじっと見つめた。

「ライラ嬢、大丈夫。君はそこに座って、お祖父さまに何か言われても正直な気持ちを答えればいい。お祖父さまに良く思われようとか何かされないようにしようとか、そういうことは一切考えないで。そのときの君の、正直な気持ちを答えるんだよ」

まるで言い聞かせるようだ。ライラは落ち着くため、ひとまず深呼吸した。

ここにリクハルドはいない。すべて自分一人で切り抜けなければならない。連れてきた使用人は別室で待機している。せめて、彼女たちが人質にされるのだけは避けなければ。

「わかり、ました。宰相さまとお話し……いたします」

サウルが笑顔で頷く。その笑みに、カレヴィから感じるような策略や昏さはなかった。

先ほど彼が言っていた言葉を思い出す。

彼は、祖父とは違うはずだ。少なくとも、誰かをこんなふうに陥れる策を自ら立てるようなことはしない人柄だろう。

（何か、お考えがある……？）

直感としか言えない根拠だ。だがどちらにしても今は、事を荒立てる必要はない。

息を詰めるライラのところに、カレヴィがやって来た。

「これはこれは、ライラ嬢。殿下とお茶会をしていると小耳に挟んでね。是非とも私も参加させていただけないかとやって来たんだが」

「僕が嫌だと言っても居座るつもりでしょう、お祖父さま。まったく、僕に監視でもつけているんですか？」

唇を尖らせて、サウルが言う。使用人が引いた椅子に腰を下ろし、カレヴィが額を指先で押さえた。

「まったくお前は……！　私と二人きりならばまだしも、それ以外の者がいる前でそんな子供のような物言いをするなと何度も言っているだろう！」

「僕の正直な気持ちを口にしたまでです。どうしてそんなに怒るのかがわかりませんよ」

「いいか。政治的立場が高い者ほど、正直に何かを言う機会は少なくなる。高位になればなるほど、発言に責任が伴うからだ。お前の不用意な発言一つで、国が滅びる事態になるかもしれないんだぞ！」

「そんな僕に、この国を治めることなどできませんよ。だからお祖父さまが僕の代わりに国を治めてくださるのでしょう？」

はあ、とカレヴィが深く嘆息する。

「実質的にはそうだとしても、民を納得させるには見栄えが必要だ。だからライラ嬢、私の孫と結婚して欲しい」

突然話がこちらに振られ、ライラは絶句する。カレヴィが笑みを浮かべてこちらを見た。

瞳は笑っていない。ライラを射貫《いぬ》くように強く見据え、否の答えを一切許さない圧を感じる。

声にならない悲鳴は、辛うじて呑み込んだ。代わりにライラはかすかに震える声で言う。

「……私は、リクハルドさまの婚約者です。それに王太子殿下のお相手ともなれば、血筋も家格もしっかりとした……」

「だがライラ嬢ほど我が孫に相応しい相手はいない。あれを」

カレヴィが近くにいた使用人に命じる。何を頼んだのかさっぱりわからないが、彼は小さく頷くと一度屋敷の中に戻り——そして何か液体の入った大きな瓶を持ってきた。

それを見たライラは、本能的にまずいのではないかと感じる。衝動的に再度立ち上がろうとしたとき、再び使用人に肩を押さえつけられた。

今度は新たに護衛だった者が一人加わってライラの腕を掴み、椅子に押さえつける。これでは動けない。

「君が我が孫に相応しい伴侶であることを、これから証明してあげよう」

カレヴィが使用人に目配せする。使用人は頷くと、その大きな瓶をライラの頭上に掲げた。そして、容赦なく中身をライラにぶちまける。

「……っ!?」

冷たい水の感触にびくりと身が強張った。頭から瓶の中身を被り、ずぶ濡れになって茫然とする。一体何が起こったのか、すぐにはわからない。

だが、ドレスが濃い茶色のインクをぶちまけたかのように汚れていくのを見て、理解した。ライラの髪の色が、本来の青みがかった銀色に変わっているのだ。

瓶の中身はライラが使用している染め粉に対応した中和液だったのだ。染めたばかりの髪の色も、これではすぐに落ちてしまう。

「……っ‼」

事情を知らない使用人たちが、ライラの銀髪を見て大きく目を瞠った。それでも護衛はライラの肩を押さえつけていて、逃げ出せない。

カレヴィは勝ち誇ったような笑みを浮かべ、傲然と座っている。サウルは動揺と驚きに大きく目を瞠り、絶句していた。

ぽたぽたと前髪や襟から濃茶色の雫を滴らせ、ライラは茫然とカレヴィを見返す。カレヴィが笑みを深めた。

「これが君を我が孫の妻として迎えたい理由だ。君は陛下と、陛下が愛された女教師との間

にできた子供だな」

（あのときの密偵は、やっぱり宰相さまの手の者だったのね……‼）

落ち着くのよ、と、ライラは己に言い聞かせる。

リクハルドがカレヴィに気をつけろと言っていたではないか。ここで動揺し狼狽えて反射的に対応し続けていたら、すべてカレヴィの思うままになってしまう。

サウルと結婚させたいというのならば、少なくともこの身にあからさまな危害は加えられないはずだ。ライラはぐっと奥歯を噛み締め、気持ちを奮い立たせた。

「……ええ、その通りです、宰相さま。私は陛下の血を受け継ぐ者です。ですがもうすでに、リクハルドさまの婚約者として社交界に顔見せをしております。今更サウルさまと結婚というわけにはいかないのではありませんか？」

「ふむ。つまり君はもう、あの小僧と肉体関係を持ったということか」

カッ、とライラの頬に朱が散る。不躾すぎる言葉には羞恥よりも怒りの方が勝った。そんなことを言われる筋合いはないと怒鳴りたくなるのをぐっと堪える。

「……ご想像にお任せいたします」

「なるほど、思った以上に馬鹿ではないのだな。だが別に私の方に問題はない。君が持つ王女殿下という立場が必要なだけだ。君がサウルと結婚すれば、たとえ我が孫が王太子として役に立たない者であろうとも、もう誰も文句は言わない。君は王女として名乗りを上げ、復権し、これから贅沢で優雅な生活を送れば良い。政治的なことは私がすべて引き受ける。君もサウルも煩わすつもりはないから安心しろ」

聞いているだけならば、実に楽に一生を終えることができるようだ。だがその先に待つのは、この国が軍事国家に変わっていく未来だ。

そんなことになれば徴兵制度が生まれ、他国を侵略――あるいは侵略されることになるかもしれない。それは民の哀《かな》しみを生み出す。絶対に認められることではなかった。

ライラは濡れた髪を絞って水気を切る。頬や額に張り付いた銀髪を払うと、居住まいを正し、真っ直ぐにカレヴィを見返した。

(この国が今、平和で豊かなのは、お父さんが一生懸命頑張っているからなのよ。お父さんが大事にしているものを、こんな人に好き勝手にされるなんて絶対に嫌だわ!!)

「お断りします。あなたのやり方では、お父さんが作ったものを全部めちゃくちゃにされそうですから」

品のある令嬢然とした口調はもう保てなくなっていた。素のままの言葉と態度で、ライラはきっぱりと言う。

ほう、とサウルが感心したようにかすかに嘆息した。だがカレヴィは不快げに眉をきつく寄せる。

「躾のなっていない娘だ。小僧はお前を妻に迎えるために令嬢教育をさせていたようだが、我が孫より不出来だな。いいか。自らの力量を見誤るな。弱き者は強き者に従え。それが貴族社会での不文律だ」

ライラは呆気に取られてしまう。こんな考えを持っている者が、宰相——国王の次に強い権力を持っているのか。こんな者が父の傍にいるのか。

「お断りします‼」

再度、同じ言葉を口にする。カレヴィの瞳に、怒りが宿った。

「そうか。ならば身の程を知れ」

ライラの背後に立っていた護衛が、腰の剣を抜いた。よく手入れされた刃をライラの喉に後ろからぴったりと押しつける。

冷たい鋼の感触に、身が強張った。ぐっ、と強く刃を皮膚に押しつけられ、ライラは息を呑む。皮膚が薄く裂け、淡く血が滲んだ。

殺さないとわかってはいても、これでは命の保証が本当にあるのか怪しく思えてしまう。

「……お祖父さま！」

サウルが声を上げる。カレヴィが笑った。

「安心しろ。この娘には価値がある。殺すことはしない」

「本当ですね⁉　僕の目の前でライラ嬢が死ぬなど、寝覚めが悪くて嫌ですよ！」

「そういう問題ではないだろう……」

こめかみを指先で押し揉みながら、カレヴィが呟く。だがすぐに気を取り直すと、ライラに向かって改めて言った。

「発言には気をつけろ、小娘」

「……私を傷つけると、まずいのではないのですか……？」

「子供を産めて、人前に出すのに面倒でなければ別に問題はない。例えば喉をかき切って二度と声を出せないようにするとかな。首の傷はドレスで隠れるし、話せなくても特に問題はない。筆談でも構わんだろう。むしろその方がお前の卑しい生まれを誤魔化せて好都合か」

とんでもなく残酷なことをカレヴィは事もなげに言う。

ライラは唇を強く引き結んだ。彼にとって自分は、単なる道具でしかないのだ。

「それと、自分一人だけ耐えればいいからなどと考えるのも愚かだぞ。お前が変な真似をすれば、あの小僧を殺す」

ライラは目を剥いた。だがすぐに思い直す。

「……リクハルドさまは毎日、ちゃんと鍛錬しているわ。ただの貴族とは違うのよ。剣術も体術も、とてもお強いんだから！」

ライラと初めて会ったときも、彼はあっという間に数人の男たちを一人で片付けて助けてくれたのだ。また、宰相の密偵に気づき、深手も負わせた。そんな彼が容易くやられるわけがない。

「本当に……どいつもこいつも頭が足りないな……小娘、別に殺す方法は身体を傷つけることだけではないんだぞ。毒を使う方法だってある。事故に見せかけて亡き者にする方法もある。確実に殺すと決めたのならば、方法などいくらでもあるんだ」

なんてこと、とライラは絶句する。

この男は真から悪党だ。彼が国の実権を握ったら最後、どれだけの不幸が民に降りかかるだろうか。

そしてその不幸は、ライラが大切に思う人たちの上に降りかかる。認められない。

(私が宰相さまに利用されたら、リクハルドさまはきっと、私を助けるために——私を傷つけないために、宰相さまの言うことを聞いてしまう)

ならばなんとしてもカレヴィの前から逃げなければ。そのためには逃げる隙を作らなければ。

一か八か。とんでもなく無謀な賭けだが、今はこれに賭ける。

(だって私は、リクハルドさまとこれからずっと一緒に生きていくって約束したんだもの‼)

ライラはぐっと首を前に突き出した。まるで自ら首を断ち切ろうとする仕草に、護衛が慌てて首から剣を離す。

ライラはその隙を逃がさない。極度の緊張状態にあったからこそできたのだろう——男の力が緩んだ瞬間に、剣を奪う。

護衛が驚きに大きく目を瞠った。傷つけたらごめんなさい、と心の中で謝りながら剣を薙《な》ぐ。

護身術の授業のときに使用しているものとは刃渡りも重さもまったく違い、上手く動かせない。だが、虚を衝《つ》くことはできた。護衛が怯んだ隙にライラはスカートをたくし上げ、この場から一気に駆け出す。

令嬢らしさなど、今はかなぐり捨てた。護衛と使用人たちに追いつかれないよう、懸命に走る。

護衛たちが慌てて追いかけてきた。カレヴィが立ち上がって叫ぶ。

「何をしている‼　さっさと捕まえろ‼」

離れた場所にいた護衛たちもライラの逃走に気づき、こちらに駆け寄ってきた。特に眼鏡をかけた護衛が速い。まるで獣のようだ。

方向転換して逃げても、間違いなく捕まる。ならばこれもまた、一か八かだ。

アートスから教わった護身術の教えで、使えそうな技を仕掛けることにする。令嬢らしからぬ動きに彼らが驚いている今しか通用しないのならば、ここで仕掛けるしかない。

「……ええいっ‼」

さらに速度を上げて、眼鏡の護衛に突っ込む。そして彼の身体に思い切り体当たりした。

だが、眼鏡の護衛はライラの不意打ちの行動への驚きから気を取り直していたらしい。危なげなくライラの身体を抱き止め、しっかりと腕の中に閉じ込める。

ならば足払いを！　とライラは身を沈めようとする。ひどく好戦的な気分になっているのは、とにかくここから逃げ出さなければと必死だったからかもしれない。

ライラを抱く腕にぐっと力を込めて阻んだ眼鏡の男が、小さく笑いながら言った。

「すごいね、ライラ。この状況でも絶望せずに逃げようとするなんて素晴らしい。さすが、僕が妻にと望んだ人だよ」

（……え……？）

あまりにも聞き馴染んだ低く響きの良い声に、ライラは大きく目を瞠る。思わず振り仰げば、眼鏡の奥に見慣れた濃青の瞳があった。

髪型がいつもとまったく違う。それに護衛用のお仕着せもあって、すぐにはわからなかったが——リクハルドだ。

「……リクハルド、さま……？」

「そう。君のリクハルドだ。少し待っていて」

追いついてきた護衛が一人、よくやったと言いながらライラに手を伸ばす。その腕をリクハルドは掴み、ひねった。

護衛の身体が宙に浮き、背中から地面に叩きつけられる。瞬時に新たな状況の変化を悟った護衛たちが、リクハルドに次々と襲いかかってきた。

リクハルドはライラを腕に抱いたまま空いている方の手を突き出し、掌底を護衛の顎に打ち込む。

ぐはっ、と濁った悲鳴を上げて、男は仰向けに倒れた。続けてやって来た男には、いっそ無造作と思えるほど気負いのない様子で右足を上げ、強烈な回し蹴りを首筋に叩き込み、うつ伏せに倒した。

「さっさとその男を捕らえろ‼」

離れていた護衛たちも、リクハルドに向かっている。いくらリクハルドが強くとも、一対多数では難しい。ましてや自分を守りながらでは、かなり大変だろう。

「リクハルドさま、私は一人で大丈夫ですから‼」

「ああ、気にしなくても平気だよ。彼らは僕たちの味方だ」

新たな驚きに大きく目を瞠る。リクハルドの言う通り、離れてこちらを守っていた護衛の者たちは皆、彼の横を走り抜けて攻撃しようとする使用人や護衛たちを叩きのめしていた。

さらにはカレヴィをあっという間に取り囲み、テーブルに押しつけ、後ろ手に組み伏せる。頬をテーブル面に押しつけられ、カレヴィが顔をしかめて呻いた。

「貴様ら……‼　一体何なんだ‼」

「僕の部下ですよ、宰相殿」

リクハルドが眼鏡を外して上着のポケットに入れ、手櫛で髪を整え直す。

いつも通りの髪型になり、何だかホッとした。変装していたリクハルドも格好良かったが、それでもやはりいつもの見慣れている彼の姿が一番素敵だ。

「……小僧……」

その呼び方が、カレヴィが開き直っていることを教えていた。カレヴィが押さえられて身動きが取れないと理解すると、サウルは大きく息を吐いて崩れ落ちるように椅子に座った。

「……あー……こういうの、僕は苦手……いやもう本当に苦手……」

「サウル‼　何をのんきなことを言っているんだ‼　私に対する謀反だぞ‼　さっさとこの小僧を捕らえるよう、誰か呼べ‼」

だがサウルは苦笑して言った。

「ごめんなさい、お祖父さま。僕はお祖父さまの作る国に興味がないんです」

「……な、んだと……？」

何を言われているのかわからないというように、カレヴィが大きく目を瞠った。サウルはしおらしく肩を落として続ける。

「僕はこの国を軍事国家なんかにしたくないし国王にもなりたくないし、ずっと絵を描いていたい。この子が陛下の娘ならば、僕は国王になんかならなくていいでしょう？　彼女が王配を迎えればいいだけだし。面倒なことはリクハルドが全部やってくれるというから任せたんだ。でもリクハルドたちをこの屋敷に手引きするのは、ちょっとドキドキしたよ！　貴重な経験だった。本当にお祖父さまにばれなくて良かったよ……」

ほっと胸を撫で下ろす仕草が、いっそ無邪気なほどだ。カレヴィが瞠った目をリクハルドに定める。

「……貴様、サウルを懐柔して……？」

にっこりと笑みを浮かべてリクハルドが頷く。カレヴィの顔が、怒りに赤く染まった。

「貴様……貴様、なんてことをしでかしたと……っ」

「お叱りを受けるいわれはありませんね。僕はあなたと同じ方法を採っただけです。そしてサウルさまは自由をお望みになり、僕の手を取りました。それだけですよ」

「……許さんぞ……小僧、絶対に許さ……」

「それは仕方がありません、甘んじてお受けいたします。ですが、まずはご自分のことをお考えください。あなたがバレスティア帝国上層部と内通し、武器や兵器を何年にもわたって購入していることを突き止めています。ましてやそれをあなた自身の財からではなく、国税を横領して購入していることもね。実に巧妙に動かれていて、言い逃れできないように証拠を揃えるのになかなか苦労しました。さすが、優秀な宰相殿です」

笑顔のまま、酷く冷たい声でリクハルドは言う。

バレスティア帝国は、大陸の南東に位置する大陸内でも一番の軍事国家で、むやみに戦を仕掛けてきたりはしないが軍事面をとても重要視する国だと言われている。

「陛下はこのことについて、宰相殿ご自身から説明を聞きたいと仰っておられます」

（それはつまり審議にかけて罪を暴いて、罪を償わせるということ……）

国税を横領しただけでなく、国を裏から乗っ取ろうと画策してきたのだ。反逆罪として重い罰が与えられるだろう。

「言い逃れはできません。僕のライラを利用しようとしたことは、僕がしかとこの目で見て、この耳で聞いていましたからね」

「……っ」

ついにカレヴィも反論の言葉がついえてしまう。リクハルドが目配せすると、護衛に変装していた部下たちが頷き、カレヴィを連れていった。

その背中を、サウルが少し寂しそうに見送っている。彼がぽつりと呟いた。

「馬鹿なお祖父さまだ……」

複雑な思いがたくさん込められているだろう独白に、ライラは何も言えなかった。


その場の後始末を部下に任せ、リクハルドはライラとともに早々に侯爵邸に戻った。

万が一のときのためにと医者が控えていて、ライラの首の傷をすぐに手当てしてくれる。

もう血も止まっているから大げさだと思うのだが、リクハルドがとても心配し、結局首に包帯まで巻かれる手当てをされてしまった。

それだけに留まらず、他に気づいていない怪我がないかどうかをくまなく確認され、診察にずいぶんと時間をかけさせた。傷は首のものだけだとわかって、ようやく安堵してくれた。だが治療が終われば念のためと称して、すぐさまベッドに押し込まれてしまう。食事も寝室で、少しでも動こうとすれば叱られてしまった。

リクハルドはどうしてもというとき以外はライラの枕元から離れず、そこで部下たちからの報告を聞き、今後の指示を出したほどだ。それだけ心配させてしまったのだと、ひしひしと感じる。

入浴も傷に障らないよう慎重に手伝われてしまった。寝間着も着付けてもらう。

夜になれば一緒にベッドに入り、優しく抱き締められる。今日は何度もリクハルドに謝罪し続けることになった。

「無茶をしてしまって、本当にごめんなさい……」

「君は何も悪くない。あのとき君は、自分ができる精一杯のことをしようとしただけなんだからね。僕が寛容でないだけだ。ほんの少しでも君が傷ついたりすると、とても心配になる。……君が死んでしまうのではないかと恐くなるんだ。あのとき、君が何をしようとしているのかわかっていても、怒りで頭が真っ白になったよ。君が作り出そうとしていた機会を無駄にしないよう、必死に堪えていたけれど」

リクハルドがライラの唇に優しくくちづける。

「君を愛して、僕はどんどん狭量な男になっていく……ごめんね」

困ったように呟くリクハルドに、胸がきゅんっとする。それほどまでに自分を愛してくれることが嬉しかった。

ライラが首を左右に振ると、リクハルドがしっとりと唇を重ねてきた。

そのままゆったりと舌を搦め捕られ、身体を優しく撫で回される。背筋をそっと撫で上げられると、柔らかな快感に震えた。

は……っ、と小さく息を漏らして唇を離すと、リクハルドがずいぶんと名残惜しげにしながら頭を撫でた。

「さあ、今日はもう眠って。たくさん頑張ったから疲れただろう。明日のことは目が覚めたらゆっくり考えよう。でも、今夜は何があっても僕の腕の中にいること」

リクハルドが何を求めているのか、よくわかった。けれどほんのわずかな傷と心の疲れを気遣ってくれている。それが嬉しい。だからライラは自然と口にできた。

「リクハルドさまさえよければ……そ、の……もっと、触れて欲しい、です……」

何だか誘っている言葉になってしまい、急に恥ずかしくなる。頬を染めて目を伏せると、リクハルドが目元を優しく指先で撫でた。

「……ごめん。僕が君を抱きたいって気持ちが伝わってしまったかな。無理をさせるつもりはないから、今夜はゆっくり眠ってくれていい。特に君は、怪我をしたんだからね」

「身体は大丈夫です。本当です。リクハルドさまが求めてくれることは、私……う、嬉しいんです……」

気遣われて我慢させてしまうのは、何だか嫌だ。彼が求めてくれるのならば、応えたい。はしたないことだが、ライラも彼が欲しいと思うときはあるのだ。

「わ、私が……リクハルドさまが、欲しい……んです……」

リクハルドが驚きに息を呑み、しげしげとライラを見返す。濃青の瞳を勇気を奮い立たせて真っ直ぐに見返すと、リクハルドの顔に徐々に嬉しそうな笑みが浮かんでいった。

「君も、僕を欲しいと思ってくれるんだ?」

「……あ、当たり前、です。こ、こういうことは……どちらかだけが欲しい、というのとは違うと思います。わ、私も……リクハルドさまが欲しいときも、あります……」

リクハルドだけが求めているのではないことをわかって欲しくて、何だか必死になってしまう。リクハルドはますます破顔し、ライラの唇に今度は容赦なく熱烈なくちづけを与えた。

意識が蕩け、呼吸が乱れ、胸が上下するほどまでくちづけられる。舌先を最後まで触れ合わせてからようやくくちづけを終わらせると、リクハルドはにっこりと優しく笑って言った。

「でも、君が怪我をしていることに変わりはないからね。身体に負担を掛けないように……しようか」

（た、確かにこれは負担にならないかも……でも‼　でもでも、はずか、しい……‼）

互いに一糸まとわぬ姿になると、リクハルドは仰向けになった。その上にライラを乗せる。

そして互いの秘所を弄り合う。

ライラの頭はリクハルドの下肢と向かい合い、同じようにリクハルドはライラの足の間に顔を向けて、舌と指で蜜壺を可愛がってくれている。

自分ばかり気持ち良くさせられて、蕩けさせられるのは嫌だ。花芽を吸われて小さく達したときに止めてしまった手を、改めて動かす。

目の前には、リクハルドの腹につくほど反り返った男根がある。先端から先走りが滴り、それを掌に取って竿全体に塗りつけるように扱く。

リクハルドが時折軽く息を詰める場所があって、そこは指先で丁寧に撫でた。以前、浴室で彼に奉仕したときのことを思い出しながら、愛おしい恋人の一部を愛撫する。

「き、気持ち……いい、ですか……っ？」

「ああ……とても。僕のやり方はどうかな」

蜜壺を弄る指の動きが、少し速くなる。感じる部分を強く擦られ、ライラは喘いだ。

「き、気持ち、いい……です……っ」

「嬉しいよ。もっと蕩けて」

リクハルドの指の動きが、さらに激しくなる。ライラは腰を捩って身悶えるが、彼の腕が足に絡んで逃げられない。

これでは自分ばかりが気持ち良くなるだけだ。何かお返しをしたいとライラも手の動きを激しくする。

掌の中で、男根がさらに膨らんだ。硬さも増し、先端から滲み出す先走りもとろりと竿を滴り落ちていく。

（私はリクハルドさまにこうして舐めてもらうと、とても気持ちよくて……）

ならば彼にも同じようにすればもっと気持ちよくなってもらえるのではないか。ライラはその思いに突き動かされ、思い切って肉竿に舌を這わす。

ビクリ、とリクハルドの腰が震えた。嫌だったのかと動きを止めたが、低く呻くように続けて、と言われる。

乱れた息と湿った水音が、寝室を満たしていく。リクハルドがライラに小さな絶頂を与え、その熱が引けばお返しにとライラも口と舌で男根に奉仕する。誰に教わらなくともリクハルドの反応を注意深く見ていれば、彼が悦んでくれる場所がわかった。

何度目かの絶頂を迎えた頃には、リクハルドの男根を口に含んで強く吸い上げていた。だがそれが、彼の快感も引き出したようだ。

「……駄目、だ……ライラ……っ。口を離し……っ」

　無論、聞き遂げるつもりなどない。リクハルドには、自分と同じほどに気持ち良くなってもらいたいのだ。

　懸命に奉仕を続けていると、リクハルドが小さく毒づき、指と舌の愛撫を激しくした。蜜壺の中の感じる場所を長い骨張った指で強く押し上げる。ライラは男根を頬張ったまま、びくびくと身を震わせた。

　唇に強く力が入ってしまい、男根をきつく吸い上げる。リクハルドが呻き、腰を動かして慌てて肉竿を引き抜く。

「……く、う……っ」

　ライラの喉元と胸元に向けて、白濁が吐き出された。熱くどろりとしたものを肌で受け止め、ライラは絶頂に身を震わせる。

「……は……ぁ、あぁ……っ」

　中で放たれていないのに、同じほどに気持ちが良い。とても満たされたと嘆息し、リクハルドが身体の向きを変えてライラを抱き寄せる。

「素晴らしかったよ……僕を愛してくれてありがとう、ライラ。息が整ったら、身体を洗ってあげる」

　リクハルドの満足げな顔が何よりの褒美だ。ライラは彼に身を擦り寄せ、甘えて頷いた。

【終章】

カレヴィの所業は貴族社会に大きな動揺を与えた。だがライラが現れたことにより、それも徐々におさまり始めている。

カレヴィは国王と王国への反逆罪に問われ、さらなる企みはないかと連日、取り調べが行われていた。時折リクハルド自身が彼を取り調べることもあるという。

このままいけば、カレヴィは王国の最北端に位置する罪人収容所で一生を終えることになるだろうと言われていた。

ハヴェリネン侯爵家は爵位を剥奪され、財産は屋敷以外のすべてのものが国庫に没収されることになった。サウルも王太子から廃嫡され、ただの画家として生きていくことになった。とはいえ、彼の芸術の才能はすでに国宝として重宝されているため、サウルが野垂れ死ぬことはないだろう。

ライラの登場も、貴族社会に衝撃を与えた。だが後見人がリクハルドであることや、社交界でのライラの人となりを知る者が比較的好意を持っていること、さらには愛する者に操を立て続けたヨハンネスの愛の証しだとして、様々な根回しを必要とするものの、危惧するような反感はなかった。むしろカレヴィの失態をこの慶事で塗り替えたいという思惑が感じられた。

そしてカレヴィを捕らえたあと、ライラは国王にこの状況を説明するという口実をつけたリクハルドを介し、ようやく実父と対面した。

しかし互いに色々な想いが溢れてしまい、出された茶がすっかり冷めてしまうまで話すことができなかった。リクハルドがヨハンネスを促してくれて、少しずつ、会話を交わすことができるようになった。

イーリスのその後を娘の口から聞かされたあと、ヨハンネスはしばらく無言だった。ついに堪えきれずに静かに涙する実父の横顔を見ていると、もう一度生きて会いたかったのだろうとひしひしと感じられた。

体調のことを問えば、ヨハンネスは微苦笑しながら教えてくれる。

「これまでの無理がたたって疲れやすくなっているようだ。そのせいで風邪にかかりやすく、熱を出しやすくなっているが……身体に負荷をかけないように政務の量を考えればいいのだと、前々から注意されている。これからは医師の話をきちんと聞こう。イーリスには会えなかったが……今は、お前がいてくれる。イーリスが、お前を私に残してくれた……」

ヨハンネスのイーリスへの愛を感じると、自然と娘として、彼の身体を抱き締めることができた。それを実父はとても喜び、優しい娘に育ててくれたイーリスへの感謝と、そういう娘に育ってくれたライラへの誇らしさを感謝してくれた。

ヨハンネスと何日も話し合い、ときにはリクハルドも交え、ライラは国内外に王女として名乗りを上げることを決意した。亡き母が愛した父が民のためにと懸命に守ってきた世界を、二度とカレヴィのような輩に脅かされることがないようにしたかった。

ヨハンネスはライラに、無理することなく思うように生きていけばいいと言ってくれた。だがリクハルドとはよく話し合い、王女として復権することを決めたのだ。どのような困難も、リクハルドとならば必ず乗り越えられるからと。

——今、ライラは王女として復権するための準備に追われている。

宰相カレヴィが犯した罪は民にも知れ渡ることとなり、サウルが廃嫡されたこともあって、国内は不穏な空気に包まれた。だがライラの思いを受けてすぐにヨハンネスは娘の存在を公表し、民へのお披露目の場を設けることを告示したのである。

正当なる後継者が見つかった朗報は、民の心を明るくさせるに充分だった。ライラは王女として復権するお披露目と同時にリクハルドを王配として迎え入れ、この国の後継者となることを宣言することになる。

「――さて、ライラさま。今日の歴史の授業はここまでです。次の授業までにこの国とこの国の王族の方々のお名前と、こちらの共和国の主導者のお名前と議会制度について私に説明できるようにしておいてください」

教師の言葉にライラは軽い目眩を覚えながらも品のある笑みを浮かべて頷く。よろしい、と教師は頷き、退室した。

彼の気配が完全に消え去るのを待ってから、ライラは室内に一人だけなのを確認したあと、ばったりと机の上に上体を倒した。

（で、できる気がしないわ……‼）

だがやらなければならないことだ。できないからと放り投げることもできない。ライラは肩口から頬に落ちてくる銀髪を見やる。

もう髪を染めなくてもいいし、瞳の色も誤魔化さなくていい。ありのままの姿で過ごすことができる。王城だろうと街だろうと。この国のどこででも。今のライラはこの国の王女で、数ヶ月後にはリクハルドを夫として迎え次期後継者として名乗りを上げるのだから。

その準備や王女教育のため、ライラは王城に住むようになった。ひとまずは来客用の部屋を与えられているが、民へのお披露目の儀までには、王城内、南東の棟がライラの居住区になるよう急いで整えられている。

それは嬉しい。ヨハンネスとも日々、ぎこちないながらも父と娘とのやり取りを深めている。だがここには、リクハルドがいない。

お披露目と同時に結婚式も行われてライラの夫になるとはいえ、外聞とけじめはつけるべきだろうとリクハルド自身が提案したために、今は侯爵邸と王城で離れ離れに暮らしている。婚儀とお披露目の打ち合わせなどがあり、彼は毎日王城に足を運んでくれるが、やはり、同じ屋敷で暮らしていたときよりはともにいる時間が少なくなっていた。

『染めていたときの色もいいけれど、本来の色がやっぱり一番いい。とても綺麗だ』――そう言ってライラの髪をひと房取ってくちづけてくれることが、傍にいないから難しい。

(寂しい、なんて贅沢よね！　リクハルドさまの方が私よりもずっと大変なんだから……)

王女として右も左もわからないライラを、リクハルドは常に手助けしてくれる。彼の気遣いがなければ己の不甲斐なさに自己嫌悪に陥り、王城から逃げ出していたかもしれない。

リクハルド自身もいずれは王配になるための教育や準備、手続きなどがあるのに、まったく疲れを見せていないのだ。

(それどころか楽しいって仰ってくださって……そんな大変さも、私と一緒に生きていくためだからって……)

改めて、彼に深く愛されていることを実感し、気力に変える。

ライラは気を取り直すと顔を上げ、復習をしようとした。その時、扉がノックされ使用人がヨハンネスがライラを呼んでいることを伝えた。

何かあったのかと急いで父のもとに向かう。父の私室に招かれると、リクハルドとヨハンネスがとても和やかに茶を楽しんでいた。

「リクハルドさま！」

ヨハンネスのもとに来るとは聞いていたが、今日は会えそうもないと思っていたのだ。嬉しくて、思わず走り寄ってしまう。

すぐさまリクハルドが椅子から立ち上がり、飛び込んできたライラをしっかりと深く抱き締めてくれた。

「ああ、ライラ。今日は会えないかもと思ったから……会えて嬉しいよ。顔を見せて」

両手で頬を包んで上向かされる。愛情を隠さない熱を孕んだ瞳で見つめられると、嬉しいが恥ずかしい。

「……お、一昨日も……お会いしました、よ……」

「つれないことをいう唇は、僕の唇で塞いでしまおうかな」

「だ、駄目です‼　お父さんがいるのに‼」

思わず素の口調で反論すると、ヨハンネスが楽しげに笑った。

こうして三人だけのときは、平民の口調や仕草でも誰も叱ったりはしない。そうやってライラの気持ちをほぐしてくれるのだ。

「別に私は構わない。私の可愛い娘が一番幸せな顔をするのは、悔しいことにリクハルド、お前の前でだけだからな」

「お褒めにあずかり恐縮です、陛下」

「別に褒めているわけではないぞ。調子に乗るな」

言葉は辛辣だが、声音も表情も柔らかい。その目元や顔色に、病魔の気配はほとんどなかった。

ライラを王城に迎え入れてから、ヨハンネスは目覚ましく快方に向かっている。娘と過ごせることで、生きる意欲が出てきたからだろうと侍医は言った。

「まあ、早く私に孫を見せてくれれば許してやろう」

「……お父さんっ‼」

ライラは耳まで真っ赤になる。ヨハンネスはさらに楽しげに声を立てて笑い、立ち上がった。

「今日はもう仕事は終わりだ。お前もゆっくりするといい」

「ありがとうございます、陛下」

「ではライラ、また晩餐《ばんさん》のときに」

「べ、別にお父さんも一緒でいいのよ。私たち、家族になるんだから……」

まるで父親を邪険にしているように感じられ、ライラは慌てて袖を掴んで引き留めてしまう。ヨハンネスが嬉しそうに微笑み、ライラの頭を撫でた。

「気にするな。ただ、仲睦まじいお前たちを見ていると、私が居たたまれなくなるだけだ」

なんだかよくわからない理屈だが、それ以上引き留めることもできなかった。

ヨハンネスが退室し扉が閉まると、リクハルドが何も言わずにライラを抱き締め、深くくちづけてきた。濃密で官能的なくちづけを突然、手加減なしにされ、ライラは慌てる。

「ま、まだ……使用人、が……っ」

「陛下と一緒に出ていってる。もう二人だけだ」

くちづけの合間にそれだけ答え、リクハルドがライラの唇を貪った。強く引き寄せられて、つま先立ちになる。

（ああ、でも……一日ぶりのリクハルドさまとのくちづけ……）

「……ああ……一日ぶりの、君の唇だ……」

心地よさそうに嘆息し、リクハルドがかすかに独白する。自分と同じことを思っていたことがわかって嬉しくなり、思わず笑った。

リクハルドが唇を離し、訝しげに見返した。

「僕は何か、変なことを言ったかな」

「いいえ。そ、その……私と同じことを思ってくださったのだなと……私も、リクハルドさまの一日ぶりのくちづけが、とても気持ちいいと思ったので……」

「くちづけだけ？」

リクハルドがぺろりと顎先を舐めて問いかける。情事の始まりのような愛撫にドキリとし、ライラは目を伏せた。

「……だ、駄目ですよ。こ、ここでは……」

「もちろん、わかっているよ。だから夜、たっぷりとね」

「泊まっていってくれるんですか？」

「ああ。陛下からお許しをいただいている。ここ数日、君と一緒に眠れていないからね。寝不足が辛いと相談したら、そう仰ってくださったんだ」

なんてことを相談するのかとは思ったが、一緒に過ごせる時間が増えるのは嬉しい。ライラはリクハルドの身体に腕を回し、抱きついた。

「嬉しいです。今夜は一緒に眠れますね。私もよく眠れ……」

「え？　眠らせるつもりはないけれど……」

リクハルドが申し訳なさげに続ける。ライラが驚いて見上げると、彼は艶めいた笑みを浮かべた。

「今夜は君をたっぷりと可愛がるつもりだよ。寝かせるつもりなんてない。次に君と一緒に夜をともにできる日まで、君を補給させてもらわないと」

（……あ、今夜、私が寝不足になるのは……間違いないわ……）

内心で青ざめたものの、求められる喜びの方が勝った。ライラは思い切ってリクハルドの唇に自ら軽くくちづけて言った。

「わかりました。でも、寝室に入るまでは我慢してください……！」

仕方ないな、とリクハルドは呟き、お返しに一人で立っていられなくなるほど深く情熱的なくちづけを与えてきたのだった。


――その日は抜けるような晴天で、王都には国内外から人が集まって賑やかだった。

王女として復権したライラが王配と定めたリクハルドと婚儀を行う日だ。祝いの歓声があちこちで上がっている。

昼を過ぎると花火が何度か打ち上げられた。それがやむと王城の門が開き、楽団が祝いの曲を奏でながら出てくる。大庭園には王女ライラをひと目でも見ようと、民がひしめき合っていた。

屋根のない華やかな装飾が施された馬車が、四頭の白馬に引かれて出てくる。そこに座して周囲に手を挙げて応えているのは、婚礼衣装のライラとリクハルドだ。民の歓声が、ひときわ大きくなった。

初めての公式行事であり、怒濤《どとう》のように押し寄せてくる歓喜の熱量に、ライラは内心で頬を引きつらせた。

緊張して、ぎこちない笑顔になっていないか。彼らの望む王女としての姿を見せられているだろうか。

お披露目パレードは、街の中心まで続く。それまで笑顔を保ち続けられるだろうか。

「ライラ」

隣に座っていたリクハルドが、歓声に応えて手を振りながら呼びかけてくる。ライラは民に目を向けたままで返事をした。

「はい、どうされました？」

「ちょっとこっちを向いてごらん」

何か面白いものでもあったのか。リクハルドの方へ顔を向けた途端、柔らかくくちづけられた。

民の歓声が、一層高くなる。ライラは大きく目を瞠り、リクハルドの唇がゆっくりと離れていくのを見る。

（今、私、公衆の面前でリクハルドさまにくちづけ……され、て……）

「ほら、これで緊張が解れただろう？　愛している、僕だけのライラ」

ちゅっ、ともう一度軽く唇を啄まれた直後、ライラは耳まで真っ赤になる。歓声がさらに強くなった。

（これは民に私たちが仲睦まじいことを教えるため……そう、そのため！　恥ずかしがって

は駄目‼　みんなも喜んでいるんだから……‼）

きっとこの場だけのことだ。緊張しすぎているライラを労ってのことだ。そう言い聞かせ、辛うじて悲鳴を堪える。

パレードの間、何度もこうやってくちづけられることになるなど、このときのライラには予想もできなかった。

あとがき

こんにちは、舞姫美です。

今作をお手に取っていただき、どうもありがとうございます！

実はこの校正作業中、痛み止めを飲まなければ日常生活が送れなくなるほどひどい歯痛に悩まされました。一週間ほど、激痛の日々でした……。原因は歯髄炎だったのですが、まさかお菓子大好き甘党侯爵リクハルドさまの虫歯攻撃か⁉　などと思ってしまったほどです（僕のライラを大変な目に遭わせて！　とのお叱りの声かと……）。

なのにがっつり生クリームプレイを入れられなかったのは非常に悔しい。林檎コンポートプレイも楽しかったですが、いつかリベンジをしたいと思います（拳振り上げ！）。

ちょいちょいやばい発言を入れてくるくせに、ライラが気づく前に笑顔で次の話題に進むリクハルドさまの会話術は素晴らしいです。ライラも気づいたときにはあっという間に彼の腕の中です。そして可愛がられまくりです。リクハルドさまは本質はとても愛情深い方なのです。今までそれを注ぐ相手がいなかったのですが、相手ができてしまったらまあ結果はお決まりなのです！　ライラ、頑張るんだ！

……私、あとがきでいつもヒロインにエールばっかり送ってるような気がします。そんなに愛が激重なヒーローばっかり書いてるかな……？　とぼんやり思いました。

外側甘党、中身過激、な、リクハルドさまと、頑張り屋のライラを素敵に描いてくださった、小倉つくし先生、どうもありがとうございました！　宰相さまの悪人面の横顔がとてもお気に入りです！（あれ、なんかちが……）

毎度同じ謝辞になってしまいますが、改めて担当さまをはじめ、今作品に関わってくださったすべての方に、深くお礼申し上げます。

そして何よりもお手に取ってくださった方に、最大級の感謝を送ります。今作品が少しでも癒やしとなり、楽しんでいただければ何よりです。

またどこかでお会いできることを祈って。

舞姫美　拝

原稿大募集

ヴァニラ文庫では乙女のための官能ロマンス小説を募集しております。
優秀な作品は当社より文庫として刊行いたします。
また、将来性のある方には編集者が担当につき、個別に指導いたします。

◆募集作品

男女の性描写のあるオリジナルロマンス小説（二次創作は不可）。
商業未発表であれば、同人誌・Web 上で発表済みの作品でも応募可能です。

◆応募資格

年齢性別プロアマ問いません。

◆応募要項

・パソコンもしくはワープロ機器を使用した原稿に限ります。
・原稿は A4 判の用紙を横にして、縦書きで 40 字 ×34 行で 110 枚 ~130 枚。
・用紙の 1 枚目に以下の項目を記入してください。
①作品名（ふりがな）/②作家名（ふりがな）/③本名（ふりがな）/
④年齢職業 /⑤連絡先（郵便番号・住所・電話番号）/⑥メールアドレス /
⑦略歴（他紙応募歴等）/⑧サイト URL（なければ省略）
・用紙の 2 枚目に 800 字程度のあらすじを付けてください。
・プリントアウトした作品原稿には必ず通し番号を入れ、右上をクリップなどで綴じてください。

注意事項
・お送りいただいた原稿は返却いたしません。あらかじめご了承ください。
・応募方法は必ず印刷されたものをお送りください。CD-R などのデータのみの応募はお断りいたします。
・採用された方のみ担当者よりご連絡いたします。選考経過・審査結果についてのお問い合わせには応じられませんのでご了承ください。

◆応募先

〒100-0004　東京都千代田区大手町 1-5-1　大手町ファーストスクエアイーストタワー
株式会社ハーパーコリンズ・ジャパン　「ヴァニラ文庫作品募集」係

実は国王の娘ですが、
甘党侯爵さまに仕えたら
カラダごと濃密に食べられました　Vanilla文庫

2024年4月20日　第1刷発行　定価はカバーに表示してあります

著　者　舞 姫美　©HIMEMI MAI 2024
装　画　小倉つくし
発行人　鈴木幸辰
発行所　株式会社ハーパーコリンズ・ジャパン
東京都千代田区大手町1-5-1
電話　04-2951-2000（営業）
0570-008091（読者サービス係）

印刷・製本　中央精版印刷株式会社

Printed in Japan ©K.K. HarperCollins Japan 2024 ISBN978-4-596-54035-5